攀龍不如當高枝 2

風 文創 1277

小粽 著

風文創 1277

目錄

第二十六章 005
第二十七章 017
第二十八章 029
第二十九章 041
第三十章 051
第三十一章 063
第三十二章 075
第三十三章 087
第三十四章 099
第三十五章 111
第三十六章 123
第三十七章 135
第三十八章 147
第三十九章 159
第四十章 171
第四十一章 183
第四十二章 197
第四十三章 209
第四十四章 221
第四十五章 233
第四十六章 247
第四十七章 259
第四十八章 271
第四十九章 283
第五十章 295

第二十六章

送完清殊上學，清懿被趙嬤嬤領到平國公府後院女眷住處。

國公府到底有幾分底蘊，即便內裡虛空，表面上的富貴仍教人咂舌。清懿留神細看，一路上的亭臺樓閣設計別致，與院中花草景觀相映成趣；又有路過的丫鬟溫和有禮，頗顯出主人家的教養，加上她們均穿著統一制式的淡色裙衫，其做工相較一般人家的姐兒也差不多。因此，越發從細微處透露了體面。

趙嬤嬤一向以國公府老僕自傲，不管是哪家客人過府，她總要暗暗拗飭得體面些。能得旁人一、兩分驚嘆，她便渾身舒暢，快活得很。

這回也是如此。自從知曉曲雁華有意聘清懿為兒媳，趙嬤嬤便琢磨許久，到底還是想抓著這次機會敲打敲打這小門戶的姑娘。

畢竟，趙嬤嬤自己的女兒正逢相看人的年紀，以她們的出身，就算踮高了腳也尋不到多好的人家，倒不如近水樓臺，嫁與奕哥兒做妾，豈不體面又舒坦？

這般打算著，趙嬤嬤更想探探清懿的底，倘或是個軟和性子，倒好拿捏；若是個有主意的，就此先給她一個下馬威也好。她一面若無其事地吩咐小丫鬟，一面暗暗覷著清懿，留意她的神色。

「去將皇后娘娘賞的盞子拿來，再打發人沏上一壺熱熱的茶，切記不要番邦貢上的那塊茶餅子，雖是難得貴重的玩意兒，味道卻尋常。姑娘沒喝過這茶，想必是喝不慣，未免怠慢了。只教人拿了廬山雲霧來，正是您潯陽外祖家那邊的名茶呢，給識貨的人喝，最為應當。」

她指使了幾個丫鬟做東做西，直把那些好寶貝想了個由頭在清懿眼前過一遍，偏又裝著一副雲淡風輕的模樣。話裡話外，就差直接地將家世高低擺在明面上。

「多謝嬤嬤。」清懿笑了笑，眼觀鼻、鼻觀心，那些晃眼的富貴渾然沒進她眼底。

趙嬤嬤只當她年輕姑娘逞強，暗暗諷笑，又擺出慈祥的臉道：「姑娘別見怪，我們公府家大業大，二奶奶又是主持中饋的人，一時事忙也是有的，少不得我這老婆子替她幫襯一二。尋常人家一年嚼用，抵不過公府貴人一件衣裳。這銀子如流水似的花，不是這樣的人家，哪裡能信呢？便是說與姑娘聽，怕是姑娘也當我這婆子假充場面呢。」

趙嬤嬤又指著外頭的雕梁畫棟，笑道：「倘或姑娘做了公府媳婦，少不得也要在富貴窩裡迷了眼，屆時可不能露出小家子氣，沒得招人笑話。」

清懿神色淡淡，手指摩挲著茶盞，眼底卻閃過一絲厭倦，語氣卻還是帶著三分笑。「嬤嬤說笑了，我自然沒有那個福分做公府的媳婦。」

趙嬤嬤眸光一閃，還待說什麼，卻被人打斷。

「這是哪家的好孩子？」

一個年邁的老太太在丫鬟的攙扶下進門，臉上滿是驚喜，語氣不像老人家，更像個稚齡頑童。

還沒等清懿抬頭，老太太便顫巍巍地上前拉過她的手，湊近笑道：「哦，是妳啊，老二媳婦的娘家姪女。」

清懿認出眼前的老人家是平國公老夫人，上回的壽星主角，也是將她和清殊摟在懷裡不撒手的那位。

「是我呢，老祖宗。」清懿這回的笑容真心許多，見老太太還站著，便起身攙扶她坐下，又為她添了個靠枕。「這麼久未見，您還記得我？」

老太太一見她，喜歡得不知如何是好，即便坐著也要拉她的手。「快拿果子、糕點來給這孩子吃，瞧她瘦的，怪可憐的。」

趙嬤嬤在一旁應道：「姑娘正是苗條好看呢，老祖宗快撒手，別嚇壞了她。」

「要妳多嘴？這孩子是要給我做孫媳婦的，我自然疼她。」老人家上了年紀說話便顛三倒四，道理也說不通，認準了什麼便是什麼。她心下極滿意清懿，便糊裡糊塗地要為自家孫子說媳婦。「我家雖不是多好的人家，卻也能保妳吃穿不愁，好生享一輩子福。我家孩子也是極好的，尤其是奕哥兒，最像我那老冤家。」

老太太不知想到什麼，神秘兮兮地湊到清懿耳邊道：「我那老頭，這輩子沒讓我受過半分委屈。」

清懿握著老人家枯瘦乾皺的手，卻在她眼裡瞧見與年齡不符的澄澈。老太太青春不再，眼底卻有小女兒家的情態。想必，老國公在世時，是真的待她如珠如寶，才將她養成這樣單純的人。

相扶到老的兩個人，無論哪一個先走，活著的那一個總要承擔痛苦。可老太太又是多麼幸運，得了癡病，反倒將那沈痛忘卻，只餘一星半點兒的回憶不時跳出來，得已讓此刻的清懿，感受到那份真心。

「說好要死在我後頭，卻留我一人在世上孤零零的……」沒頭沒尾，老太太雀躍的神情又黯淡下來，說話有些含糊了，像陷在某段回憶裡，時而清醒，時而糊塗。

「懿兒見笑了，我家老祖宗有些癡病，一日裡常有時辰犯病。」

一道溫和的女聲伴隨著笑意傳來，來人衣著華貴，形容端莊，正是曲雁華。

「見過姑母。」清懿起身行禮。

曲雁華忙上前笑道：「妳我姑姪，不必多禮。我還得多謝妳來，討得我家老祖宗的歡心呢，我家的孩子都不曾有哪個像妳似的得她珍愛，難得妳入了她的眼，可不要早早回家，在這兒好生陪陪老人家才好。」

她一面又問了清殊在學堂的情況，一面吩咐下人妥善看顧清殊，直把慈愛的模樣展現得淋漓盡致，教人挑不出錯來。

清懿笑道：「有幸與老人家投緣，自是願意相陪的。我見老祖宗便如見我外祖母，再沒有更親近的。」

「那真是極好的。」曲雁華又妳來我往地寒暄片刻，繞了半盞茶的工夫，才狀似不經意地道：「方才聽老太太中意妳做媳婦，這話乍一聽不覺得，細想卻也有意思。好孩子，妳如今家中也沒個主母替妳籌謀，陳氏雖有個母親的頭銜，卻不是真心替妳想的；妳父親一個男子，更無法插手內宅事。」

曲雁華眼底透出幾分情真意摯。「姑娘韶光易逝，我這做姑母的不怕妳嫌我囉嗦，少不得要替妳想。這些日子我也曾留意京中才俊，倘或能得個好的，教妳安穩一世，我也有臉面去見我阮家嫂嫂。

「可我瞧著各府裡的哥兒，竟覺得沒有一個合適的。家世好的難免傲氣，怕給妳委屈受；家世太次，又恐妳心裡不樂意。我家懿兒模樣性情都是拔尖的，斷不能配個庸人。」曲雁華面露喜色道：「因我這私心，便難挑個好的來。女子嫁人，所求不過吃飽穿暖，婆媳和睦，夫妻恩愛。順著這條藤想，我越發沒思路，如今被老太太點撥，我才明悟了。」

清懿笑容淺淡，垂眸喝茶不言語。

曲雁華是個算計浸透骨子裡的人精，瞧見清懿現下的神色，不消多說一個字，她便忖度出了意思。

一時間，曲雁華眼底心思急轉，笑容卻半分未變，仍像揣了一副菩薩心腸道：「懿兒，妳小姑娘家臉皮薄，倒也罷了。我自認掏心掏肺，也沒什麼不能說與妳聽的。

「一則，我承妳母親的情誼，倘或沒有阮家嫂嫂的提攜，我必沒有今日造化；故而，我想將這恩報在妳身上，若妳們姊妹有了著落，我心裡也安穩。」曲雁華神色黯然，嘆了口氣道：「我想著，妳去哪家做媳婦都難免受折磨，唯獨來我這兒，我是妳親姑母，必不能苛待妳；再者我公府雖不如從前，卻也能保妳富貴不愁。更何況，我奕哥兒說是個愚鈍人，卻也有幾分好人品；配妳雖差了幾分，但勝在為人善良，日後必會悉心待妳，這也算全了妳娘的心願。」

曲雁華沈默許久，眼底竟泛起淚光。「若說私心，我確實有。妳生得這樣好，我不忍妳受委屈是真，想妳做我家媳婦也是真。我的私心，便是不想妳這樣的好孩子去了旁人家。」一番溫言軟語，如泣如訴，倘或是個不知事的少女，怕真要信了這副假面。煊赫的公府富貴，人品樣貌拔尖的郎君，婆婆還是自己的親姑母，任誰聽了，都要被誘人的條件說動了心。

可清懿淡淡地望著茶盞裡漂浮的茶葉，目光卻悠遠，不知飄向何處。

上輩子，若是在她孤苦無依時，曲雁華也曾有這番情真意摯的剖白，她也願意信幾分所謂姑母的真心；可惜的是，那寒微時的援手，卻一次也不曾有。

於是，曲雁華只見那個溫婉柔弱的小姑娘，眼底沒有半分動容，甚至笑意只維持一貫的虛假弧度，淡淡道：「我自覺蒲柳之姿，配不上奕表哥。」

倘或沒有曲雁華前頭的鋪墊，那麼這句客套的話，倒也算不得什麼；可現下有那番掏心掏肺的遊說打底，這一句敷衍的拒絕，便如一記響亮的耳光打在曲雁華的臉上。涵養如她，一時笑意也僵住半晌。

這樣豐厚的條件，這樣動之以情、曉之以理的遊說，竟會受挫？眼前的姑娘是真蠢笨，還是另有圖謀？

短短一瞬間，曲雁華心念百轉，又恢復了言笑晏晏的模樣，自如地岔開話題。

清懿低眉淺笑，順著她的話頭應和。好似一個真正的小姑娘，從不知拿捏話語主導權，只曉得傻乎乎被套話。

曲家兩代女兒，一成熟風韻，一青澀柔美。微笑的假面下，藏著如出一轍的冷漠算計。在這一刻，倒真像親姑姪。

話過晌午，清懿告辭。

知道今日的試探不會有結果，曲雁華也不強留，只禮數周到地送她出門。

姑姪倆並肩行到兩株紫藤旁邊，紫藤纏繞而生，其中桃色的那株養得花朵累垂，生機盎然。一旁那株銀藤，卻氣息奄奄，將要凋零之相。

將要出月亮門時，清懿忽似有感而發道：「早先聽趙嬤嬤說，姑母府裡有兩株名貴的紫藤，一喚作紅玉藤，一換作白花紫藤，想必就是這兩株了。」

「有什麼名貴的？不過是死物，得個野趣罷了。」曲雁華笑道：「雖是死物，養起來倒費勁得很。如那株紅玉藤，習性霸道得很，擠得那株銀藤沒了生氣。」

清懿似是好奇，蹲下來看了半晌，回眸笑道：「看根莖，白花紫藤才是這裡的主子呢，可嘆這紅玉藤竟借銀藤的勢，長得這樣好。

「原是銀藤的恩情，卻沒承想，紅藤絲毫不念舊情，為一己之私，連活路也不給銀藤留。」清懿垂眼道：「現如今，竟是連銀藤這個恩主最後的生機也要霸占了。姑母，」清懿笑著看向曲雁華，緩緩道：「您說，世上可有如紅藤這般忘恩負義之人？」

好半晌，空氣彷彿凝滯，沈默蔓延開來。

曲雁華的笑容逐漸消失，眼底微光盡斂。無人將話說透，卻又像把一切都擺在檯面上。

良久，曲雁華面上的冷色漸收，誰也不知她在短短數息間，想到了什麼。

只見她又將那副春風和煦的面具戴上，溫和道：「姑母聽不明白懿兒的話。銀藤之命已是定數，聰明人該朝前看。」

一聲輕笑，清懿目光悠然，唇角微勾。「定數嗎？我看未必。」

曲雁華是個極要面上錦繡的人。

二人之間雖是彼此心知肚明的暗潮洶湧，她卻偏能若無其事，甚至十分周到地打發婆子送清懿回去。

清懿才行至上回那處「留芳庭」，不料又遇上一人。

那人一身月白錦衣，立在廊亭前，夏日湖面有溫熱的風輕拂，吹得他袍角微揚，端的一副清俊的好模樣。

他像在等人。許是內心懷著萬分期待，即便孑然一身，也不顯得孤單。

清懿原不想驚動他，只待悄悄離去，身旁的婆子卻出聲道：「奕哥兒緣何在此處？」

那人回頭，沒來得及答話，一眼便瞧見清懿。一瞬間，他眼底的希冀如有實質。

向來沈穩的少年郎君，不曾察覺自己的語氣多麼雀躍。「清懿表妹！」

話一出口，程奕便覺有失分寸，又歉意一笑，緩和語氣道：「是我唐突了，還請表妹勿怪。」

清懿福了福身，淡淡道：「表哥不必多禮，倘或無要緊事，還請原諒我先告辭了。」

「哎！」聽見這話，程奕下意識有些著急，忙道：「有事！還請表妹留步。

「上回見表妹，還是我家老祖宗壽宴時。先前妳在我家遇著諸多不好的事，可氣我知道得晚，平白教妳們吃了虧。」程奕道：「我自覺有負思行表兄的囑託，實在難安。今日得知表妹要來，便想著要補償妳才好。」

這些時日清懿操煩的事多，略微想了想，才記起他是指項連青那件事。過了太久，她都快忘了，難為程奕還記得。

「多謝表哥好意，那只是小事，不必放在心上。」

又是一貫輕描淡寫拒人於千里之外，直教程奕遞出東西的手，僵在原地。

他動了動唇，眼底有些暗淡。「表妹，妳不必……這般防著我。只是一本書罷了，便是看在兄妹的情分上，收了也不為過。」

他一向是個受人追捧的公子，卻不知為何，在自家表妹面前，總是這般被嫌棄。

清懿難得定定看了他一眼，那副失意的模樣落在她眼底，卻不能讓她有半分心軟。良久，那個遞至半空的包裹，仍然沒有被接過。

婆子有眼力見兒地退下，此刻只剩他二人。

湖邊微風翩然而至，吹起少女的髮絲，衣角上的淡紫色蝴蝶振翅欲飛，繡著金絲銀線的裙襬在陽光下折射出冷清的光芒。

只聽少女淡如煙雨的嗓音響起。「程奕表兄，無論它是書、是金、是玉、是塊木頭，我都不能接。」

程奕倏然抬眸。「為何？」

清懿的眼神是一貫的淡漠。「因為我不曾鍾情於你。」

她說得毫不猶豫，程奕卻愣怔良久。好像有一絲嘆息，被清風裹挾著飛遠，幾不可聞。

第二十七章

「我早已知道。」程奕眼底的微光熄滅了一瞬，嗓音有些沙啞。「不過是……有一絲可笑的執念罷了。」

執念？看著眼前的少年，清懿眼底藏著複雜的情緒。透過他笨拙而青澀的樣子，有一瞬間，她想到了很久遠以前的自己。有情者無畏，執著為一念。

他不再看她，轉而看向湖中連綿盛開的荷花，水面波紋蕩漾，如一顆心的不安寧。

「起初是眾人的玩笑，說我有個娃娃親，是舅舅家的表妹。」

那時還是不通風月的年紀，他看著那個玉雪可愛的妹妹，十分羨慕思行表兄，心想自己若有個這樣的妹妹該多好。

「很長一段時間，我並不曾記起這件事。我如其他的公子們那樣，讀著聖賢書，一心考功名，心裡只裝著平步青雲的志向。我知曉，世家子弟的人生一向循規蹈矩，那些從前的戲言，當不得真。我會有一個出身高門的妻子，會有聽話懂事的姬妾，會有三五兒女，如此安穩度過一世。」

程奕神色黯然。「那時我想，滿京城誰不是這樣過的呢？是娃娃親也罷，不是也好，總歸是陌生的枕邊人。所謂情愛，不過是書裡哄騙癡男怨女的橋段，世上哪有除卻巫山不是雲的道理？」

清懿默然片刻，順著話頭，她忽然想起前世的程奕，就如他此刻所說的那樣，娶了高門妻，撐起門戶，有三五兒女，過著世家子弟一眼望到頭的富貴日子。

「我以為我這一生便是個這樣的人了，偏又遇見妳。」

夾道上的偶遇，他故作老成有禮的那一面，並非初見。二月十三，雪後初晴，有晨霧淡淡，籠罩湖心亭。人群中，眾女如百花爭妍。

彼時，程奕正領著貴客經過。明明只是遙遙的一眼，他已無法探究，側旁有紅梅顏色正豔，有月季妖嬈可愛，為何偏要將目光落在一朵淡然如霜的蘭身上。直到那行貴女走遠，身旁的貴客提醒，他才回神。

有微冷的風吹拂，好似帶來一朵蘭的香氣。沒來由的，他舉起手按上心臟的位置，裡頭怦怦作響，將少年人的心思暴露無遺。

「從那時起，我心裡便有妳了。」

不經意將心裡藏了很久的話說出，程奕有一瞬的失措，他狠狠地閉上眼睛，像是怕見到對方眼底的厭惡，他苦笑道：「對不起，我說這樣的話，不是為了得妳憐惜。」

他似心有千千結，卻難開口言明。

程奕張了張口，嗓音有些低沈。「娃娃親，表哥的囑託，母親的首肯，如命中注定似的相遇……我不曾信鬼神，可在這一刻，我卻以為老天爺都在幫我。我一向是個不討喜的人，從幼時讀書到年長時侍奉父母，我從不知如何取巧。對我而言，我只能學會精誠所至，金石為開。於是，我總在想，倘或我再用心一些，會不會有一日，妳能接納我的心意？」

良久，他輕輕一笑。話到這裡，只剩無聲的留白。

結果擺在眼前。我本將心照明月，明月皎潔而無情，從不為一顆情深的心而停留。

「程奕。」她忽然喚道。

清懿好像懶得再偽裝不諳世事的模樣。於是，這一刻，一個十六、七歲的少年反倒被少女壓倒了氣勢。

她想告訴他，他所認為的命中注定，無非是各人的籌謀博奕。刻意被安排的湖心亭初遇，夾道相逢，甚至於現下的碰面，少年天真的以為是命運的安排，殊不知，這只是他母親玩弄人心，達成目的的手段。

這是曲雁華的攻心計，不惜付出兒子的真心，以換取她的真心。

可惜，入了戲的只有程奕。

話到嘴邊，不知為何，看著程奕赤紅的眼，清懿到底沒開口。

暖風不知愁，尚在圍繞著二人飄舞。

她看著程奕，目光微閃。她也曾有執著一念的時刻。少年人的真心，從不是錯的。

「情之初時，只覺至痛至深，於是便有山盟海誓，刻骨允諾。可是，世事易變，當下的鍾情是真，日後的情淡也是真。哪有什麼巫山非雲？不過是得到又失去的悔恨之言。」

她說這話時，神色淡漠得像在敘述一段無關緊要的話。可是，在她眸光微斂的某一刻，程奕好似窺見了她心底的一隅。

「與其執著衡量自己付出的情深幾許，我倒更希望你能去理解你將來的所愛之人。」她淡淡道：「女子活在這世上，太艱難。冷言冷語是刀，明目張膽的喜歡也是刀。往後，你若再遇著傾心的女子，別再像今日這樣，不顧一切地捧出一顆心來。因為，她除了你的一顆心，還要名譽、要清白、要活路，要失去你之後還能另擇旁人的可能。」

程奕愣住，他後知後覺地明白，不計後果的喜歡，會是負擔。

枉費他自詡君子，卻從未站在女子的角度考慮過，一時間，羞愧近乎要淹沒他。

「多謝表妹指點，往後……」程奕低著頭。「往後我自知不會再有鍾情之人，只是既然表妹這般認定，我便假託有這麼一個人。總之，我必定為她考慮周到，不教她陷入為難境地。

「倒是表妹妳，因我從前的魯莽，想必受了不少委屈。」他眼底閃過堅定，頓了頓才道：「妳放心，我回去便和母親說，必讓她日後不會再提結親的事。」

清懿輕勾唇角，卻沒說話，只看了他一眼。

歹竹出好筍。藏污納垢的平國公府，竟生出一個真正的君子。

「書給我吧。」

程奕猶自沈浸在愧疚裡，一時竟沒反應過來。「什麼？」

「我說，把你送的書給我。」清懿淡笑。「既然是兄妹，收下兄長的一本書也使得。」

程奕被驚喜沖昏頭腦，又聽見兄妹二字，笑容雖然僵了一瞬，旋即便又釋然。

「好！」他珍重地遞上那個小包袱。「這是我託人尋的《枕夢集》，我想著妳或許會喜歡。」

枕夢集？清懿一挑眉，目光帶著詫異。

程奕似有所感。「怎麼了？」

清懿接過書，細細翻看幾頁。她垂著頭，教人看不清神色。

片刻後，她緩緩從書裡抬頭，眸中帶著一絲複雜，良久才道：「無事。」

程奕雖想問，但是書都已經送了，不好逗留，只能作揖告辭。

「既如此，我便走了。」他看了清懿一眼，眉間染上幾不可察的惆悵。「望表妹往後之路一切順遂，所願皆所得。」

「還有，我也有句囑託要對表妹說。」他露出一個真誠的笑。「這世上總有一人的心不為外物而轉移，說出來的山盟海誓是真，刻骨允諾也是真。世事易變，待妳之心不變。故而，除卻巫山不是雲也是真。妳是世上獨一無二的女子，他若歡喜一個獨一無二的妳，又怎能移情旁人？」

程奕一貫穩重，難得露出幾分孩子氣。「妳別不信，我祖父便是如此。他一生都不曾納妾，唯有我祖母一個妻子，我說的那些，他都做得到，而清懿妳這樣好的姑娘，又憑什麼說那樣的喪氣話？」

一彎月亮皎潔懸空，自有人奔月而來。

這是程奕未說出口的珍重。

湖面荷花相映紅，樹上的鳥雀在花團錦簇的融融景色裡啾啾鳴啼。卻不知，少年人言淺情深，在合該是璧人成雙的好兆頭裡，向冬日遇見的那朵獨一無二的蘭，送上一場告別。

回去的路上，清懿想，這樣的情深與告別，原來不是第一回。

她摩挲著書本封面——枕夢集。

上一世，她出嫁前夕，也曾收到一本尋不到來處的書，名叫《枕夢集》。書裡夾著一支籤，上面寫——惟盼所願皆所得。

彼時，她遍尋不到送書之人，卻沒承想，兜兜轉轉，隔了兩世的時光迢遞，那樁無名懸案在這樣一個惠風和暢的夏日有了答案。

原來，少年人的心，從來如白玉，澄澈而堅定。

今日出門好像沒看黃曆，清懿一路上接連遇到不速之客。婆子去打發小廝抬軟轎來，走開的空檔，前頭的院子又來了一行人。

現下清懿身旁只有婆子留下的一個小丫鬟，比清殊還要小兩歲。伶仃的二人面對浩浩蕩蕩的一行男子，氣勢對比懸殊。

清懿不欲露臉，免得生出許多是非，於是便對小丫鬟低聲道：「我有東西落下了，陪我回去尋一尋。」

小丫鬟兀自懵懂。「啊？姑娘落了什麼，要緊嗎？」

「隨身攜帶的小玩意兒罷了。」清懿不動聲色地瞥了眼後面那行人，轉身便往回走。

事情卻沒能如願。

身後傳來一道帶笑的聲音。「前頭是誰家的姑娘，怎的來了前院？妳們程家的女子我哪個沒見過，卻不曾瞧見這般模樣的。」

一旁有人油腔滑調。「既然爺好奇，何不請佳人上前一見？」

有人聽不下去。「怎好唐突女兒家？傳出去倒不好，有損皇孫殿下清譽。」

眾人你一言、我一語，都落在清懿耳中。她眼底閃過冷色，袖中的手緊攥。

身邊的丫鬟神情張皇，她的脊背卻挺直，毫不理會身後的雜音，抬腳繼續往前行。

「姑娘留步。」

聽聲音是那個油嘴滑舌的。現下，他正甘心當馬前卒，一陣小跑，擋在清懿身前。

「敢問姑娘姓甚名誰？」馬前卒在見到清懿時，一雙賊眼上下打量了一番，眸中閃過一絲驚豔，旋即又恭敬作揖。「姑娘別惱，容我向姑娘道一聲喜。今兒難得遇著皇孫殿下過府來，我們殿下是最憐香惜玉之人，現下頗好鑽研閨中詩詞，還望姑娘賞臉賜教？」

他滿嘴胡咧咧，隨意扯了面大旗就開始唱戲，雖是個恭敬的模樣，說的話卻透著一股輕視。他只當貴女們都在園子裡上學，來了前院的只怕是家中貧寒的姑娘、或不受寵的庶女，稍稍唬上幾句，還怕不來？

可他躬著身等了許久，卻不見有人答應。納罕一抬頭，正對上一雙冷如寒潭的雙眸。

「我不通詩詞，你請回吧。」清懿語氣平靜無波瀾，卻無端地教馬前卒品出了一絲危險。

一晃眼的工夫，這種錯覺又消失了，馬前卒晃晃腦袋，只覺自己糊塗了。

不過一個貌美的小姑娘，能有什麼危險？

於是他又咧嘴笑道：「姑娘別忙著推辭，妳年紀小、沒見識，倘或妳曉得其中好處，怕是要多謝我呢。」

他賣了個關子等著人問，卻見那姑娘似笑非笑，沒有答話的意思。

於是只好乾咳兩聲掩飾尷尬，繼續道：「我們皇孫殿下是太子爺的第二子，生母又是最受寵愛的太子嬪，如今他正當適婚之齡，倘或姑娘入了他的眼，豈不是一步登天？妳說，可要謝我不謝？」

他這話，一半是說與清懿聽，一半是有意奉承後頭那位主子。

「哦？」清懿唇角微勾，像是細細琢磨了片刻。「那我……」

像是猜到她是拿架子，總要答應的。馬前卒不免得意打斷。「好了，既然姑娘想通了，那……」

不等他說完，她緩緩道：「那我願拱手讓旁人消受這福氣。」

「什麼？」馬前卒後半截話梗住，面色如打翻五味瓶般難看。「姑娘可知我們爺是誰？」話裡帶著明晃晃的威脅。

「你方才不是說了嗎？」清懿挑眉。「皇孫殿下嘛。」

「妳既然知道，怎敢拒絕？」這話他是壓低了嗓子，不敢教後頭聽見，略帶警告意味。

原先他為晏徽霖做這等尋芳問柳之事，可謂爐火純青，也不是沒有遇到過牙尖嘴利的；然而，只要他拋出一些甜頭，假意許諾姑娘們攀高枝的妄想，幾乎沒有不拿下的。

畢竟，一個好人家的姑娘，畢生追求不就是嫁個如意郎君嗎？可眼前這個姑娘，既不是欲拒還迎，也不是虛張聲勢。她好像實打實地看不上堂堂皇孫，也絲毫不懼怕他背後的滔天權勢。

只聽她淡淡地道：「哦，那又如何？」

聽見這句不輕不重的反問，馬前卒說不出話來，「這……這……」了半天，只敢拿眼往後面瞄。

臉色難看的不只有他，更有後頭的正主，晏徽霖。他雖然還是十六歲的年紀，卻是出了名的驕矜跋扈。即便對那女子有意，他也是絕不肯自降身段的，反正只消一個眼神，自有人替他跑腿。

滿以為手到擒來，可這會兒，卻當著這麼多人的面被掃了臉！

一時間，他有些繃不住心頭怒火，咬著牙道：「丟人現眼，滾回來！」

「是，殿下。」馬前卒畏畏縮縮地道。

到底想找回面子，晏徽霖惡狠狠地看向背對著這頭，只露出無瑕側臉的女子。

他從喉嚨裡發出短促的一聲笑，道：「我當什麼天仙？不也是裝腔作勢，待價而沽？」

「殿下，慎言！」身旁有人勸阻。

「慎言？我需要慎什麼？」晏徽霖微瞇著眼，語氣裡暗含威脅。「我怕得罪一個小女子不成？」

「這……並非得罪不得罪，殿下這般為難一個姑娘，倘或傳到太子爺耳中，豈不又是與人遞話柄？太孫那邊又要借此作文章了。」

「好了，你只知道搬出我父王。」旁人苦口婆心，他卻聽不進去，一心要出氣。「來人，請那位姑娘過來！」

雖說了個「請」字，他身後的侍從卻沒有「請」的架勢。

第二十八章

側頭瞧了眼十幾個圍上來的護衛，清懿臉色真正的冷了下來。

她雖知道晏徽霖即便狗膽包天，也不敢對她做什麼；可她如今根基尚淺，實在不想沾上這個扎眼的麻煩。無論是傳出她被皇孫看上，還是她拒不答應的消息，總歸讓她不可避免地成為旁人的談資。

她心底怒火中燒，但如今是進也麻煩，退也麻煩，不如索性撕破臉，倒好和他撇清關係。雖要將這條咬人的狗得罪狠了，也好過被噁心的東西沾上，還要虛與委蛇。

這般想著，清懿眼神逐漸冷靜，露出幾分孤注一擲來。

正打算開口的時候，忽然有人搶先一步。

「霖二爺，您在這兒鬧出這麼大的動靜，吵著我家主子了。」一個小廝不知從何處過來，不急不緩道：「我家主子勸您別打那姑娘的主意，否則又要惹麻煩了。」

清懿覷了那小廝一眼，只覺有些面熟，細看才想起來，是上回找玉墜時，幫自己打掩護的人——袁兆身旁的柳風。

見柳風過來，晏徽霖心知是袁兆吩咐的，到底收了手，讓侍從回來。他嘴上卻不肯甘休，冷笑道：「怎麼？兆哥也瞧上這位姑娘了？」

「二爺慎言！」柳風跟隨袁兆久了，身上也養出幾分氣勢，猛地冷聲下來，也頗為駭人。「我家主子說，若是旁人叮囑，您不願聽，他便親自來教您。屆時，必要教會您姑娘家清譽貴重的道理。」

順著話頭，晏徽霖似乎想到什麼可怕的事情，胸脯起伏片刻，到底嚥下這口氣，不敢叫囂，但他又不願讓人察覺他真怕了袁兆，仍要問個究竟。「既不是兆哥看上，他為何護著？不過就是某個官府貴女，難不成她來頭不小？」

「來頭雖平平，卻架不住是有靠山的。」柳風又恢復笑盈盈的神情。「姑娘姓曲，她還有個妹妹，現下正在學堂裡唸書。」

「哪家小門小戶？什麼值得說嘴的靠山？」晏徽霖面露不屑。

「並非小門戶。」柳風好脾氣地道：「而是淮安王世子，您的堂弟晏徽雲。」

晏徽霖一怔，旋即猛地皺眉。「又關那小子什麼事?!」

「關不關世子爺的事，二爺自可親去問。」柳風笑道：「小的只知道，他頗有幾分看重那姑娘的妹妹，前前後後護過不少次，甚至還告知了王妃。前些日子，娘娘還想認那孩子當乾女兒呢。

「如此，二爺不妨好生想想，世子爺要是知曉您今日作為，肯不肯與您甘休？」柳風瞥了他一眼，意味深長地道：「他的脾氣，您是清楚的。」

晏徽霖臉色鐵青，一腔怒火生生憋得心口氣悶。

他如何不清楚？那就是個一點就燃的炮仗，真惹了他，他非要百倍報復回來不可！

一想到這裡，晏徽霖便覺得身上的舊傷隱隱作痛。

小時候他倆便結下了梁子。那時他不過九歲，正是為非作歹的年紀。因他融不進那幾個兄弟的圈子，便格外看他們不順眼，尤其是晏徽雲，年紀小，卻極其猖狂，明明只是個親王世子，偏被皇爺爺格外愛重。他心裡不忿，又不敢惹這狼小子。於是他左思右想，終於計上心頭，心道：我既對付不了你這小子，還不能對付你姊姊一個小姑娘嗎？

他前腳才打發人欺負樂綾，後腳便被得到消息的晏徽雲抓住狠揍了一頓。

他兀自嚷著冤枉，吵得全宮都聽見。等大人被引了過來，他剛想顛倒黑白，卻見樂綾逮著禍首氣勢洶洶前來。趁大人被吸引了注意，姊弟倆又聯手把他揍了一頓。

晏徽雲打人拳拳到肉，疼痛來勢洶洶；樂綾卻是又狠又毒，專往不留傷又格外鑽心的地方打。事後，她還裝委屈，立刻把他精心準備的顛倒黑白戲碼搶去了。

這一場架，可謂是他人生陰影。既失面子，又失裡子！

樂綾在人前哭得梨花帶雨，轉頭便向他陰沈沈地笑；晏徽雲板著一張閻王臉，牢牢護在他姊姊身邊，冷冷盯著他。餘留他被打得全身沒一塊好皮，還被罰禁足。那一刻，他就知道，淮安王府這對姊弟，惹不得！

晏徽霖到底是帶著人撤了。臨走前，他又回頭看了一眼。那姑娘自始至終側身而立，即便只是一個側臉，也如同雪中寒梅般傲然。心裡雖癢癢，可他知道，今兒無論如何是沒法子了。

很快，院子裡只剩柳風、清懿，和身旁瑟瑟發抖不敢說話的小丫鬟。

人一走，柳風臉上的笑容真心許多，他上前恭敬拱手道：「奉我家主子之命，來替姑娘解圍。」

清懿也頷首笑道：「多謝你，也多謝你家主人。」

柳風受了這聲謝，卻沒言語，也沒有離開的意思，面上反倒有些躊躇。

清懿挑眉道：「還有什麼要緊事？」

柳風猶豫片刻，目光在她手中那本書上盤桓片刻，方才斟酌著語氣道：「嗯……還有一件事，主子要我囑託姑娘。」

清懿順著他的目光，看向自己的手。「這本書有何不妥？」

柳風道：「並非是書不妥當，而是送書的人不妥當。」他頓了頓，又道：「主子只有一句話，程家大廈將傾，姑娘切莫立於危牆之下，恐帶累自身。」

話音剛落，便聽得一聲諷笑。

「這話可真是莫名了。」清懿似笑非笑。「你主子雖位高權重，卻也沒得斷言煊赫的國公府窮途末路的道理；更何況，你主子憑什麼覺得我想立於程家這堵危牆下？再者……」

她頓了頓，語氣越發冷淡。「即便我立了，又與你家主子有什麼相干？」

一連串的話把柳風問得啞口無言。

「這……」好問題，他也想問，人家姑娘的婚姻，與他主子有什麼相干，緣何多這句嘴，即便提醒了也是吃力不討好，反倒讓他這傳話的像隻呆頭鵝。

他乾巴巴地道：「這……嗯，我主子說，姑娘玲瓏心思，只消提點一句，自然不會走錯了路。」

「錯路？」清懿唇角微勾。「我走哪條路，對與錯，他又如何斷定？江河尚且要擇路而行，或乾涸，或匯聚成湖海，它們的命運又豈是在源頭就能看到的？你主子也是玲瓏心思，今日卻做這等故作聰明的事。你只管原話回了他去。」

這話真可謂是尖銳冷硬，一時讓柳風辨不出這姑娘的真性情。

起初，他瞧著姑娘柔弱溫和，在人前寡言少語，從不出挑。即便方才被晏徽霖為難，她也沒有要動怒的意思，端的是再沈穩不過的人。可現下，她的尖銳好似沒有來由。明明他只是替主子傳了句話，這話在他看來，雖莫名，卻也沒什麼壞心，緣何將曲姑娘惹怒成這樣？

他一面又慶幸主子沒在這裡，至少沒親耳聽見這番尖銳的話。主子面上落拓不羈，實則並不是個好脾氣，倘或知道自己突發的好心，被人這樣冒犯，一時惱了可怎好？他正尋思著怎麼措辭，卻聽熟悉的聲音在身後響起。

「我就是知道程家這條河流要斷絕，不想妳踏進這灘沼澤。妳平日裡聰慧至極，為何今日不願聽這句勸告？」白衣郎君不知何時踱步至中庭，臉上雖掬了一絲笑，眼底卻平靜如水。

他看著清懿，頓了片刻，唇角勾起一絲笑。「莫非，妳真的看上程奕了？」

他的眼神好像是笑著的，可瞳孔深處卻倒映著細微的探究。

清懿自始至終不曾看他一眼，只垂眸不語。

柳風有眼力見兒地拉開小丫鬟，一齊退下。

一時間，庭中只餘他二人。和不久前與程奕那場湖畔獨處不同，彼時楊柳依依，惠風和暢。這會兒，庭中忽然颳起一陣風，常青的綠樹搖晃，簌簌掉了漫天的翠色。

有幾片飄落在袁兆身上，劃過他的肩頭，落在骨節如玉的指間。他把玩著手中的樹葉，細細摩挲著它的紋理。

「樹若倒了，依附於它的枝葉，焉能苟活？」他漫不經心地道：「程奕再好，也撐不起程家這棵垂老的樹，妳有大好人生，何必執迷不悟？」

「執迷不悟？」清懿兀自笑了一聲。「好一句執迷不悟。」

她的話意有所指，卻教袁兆會錯了意。

他定定看了她一眼，忽然將手裡那片摺成小果子的樹葉遞給她。

清懿皺眉，不接。

見她這副模樣，袁兆輕笑出聲，旋即一撩袍角，隨意地往地上一坐。

「妳一個小姑娘，緣何總是這般老成？」他笑道：「倒是今日這番不聽勸告，執迷不悟的作為，像個真正的年輕人。」

清懿似笑非笑，看了袁兆一眼。「在您眼裡，少年人的執迷不悟，想必是愚蠢至極。」

「愚蠢？」袁兆像是思索片刻，又坦然笑道：「若說程奕，那確實有幾分。」

他又抬頭看了看清懿。「妳坐下吧，站了這麼久，也該腿痠了。」

清懿兀自站著，充耳不聞。

袁兆也不再勸，反倒含著笑，淡淡道：「我既然出現在此處，周圍便已打點妥當，妳不必擔心清譽。」

清懿一愣，眉頭微蹙，眼底難得有片刻愣怔。

沒來由的，塵封的某段回憶好似被揭開一隅。她明白，袁兆此人，看似朗月清風，於細微處卻有極敏銳的心思。

前世那時，距御宴初見過去不久，清懿原以為人多口雜，總要傳出一絲風聲，說她刻意接近袁兆之類的話。後來才知，是袁兆打點好了一切，讓人三緘其口。

第二回見面，是在一個雅集上。也是如曲水流觴宴一般，男女賓客各一席，共同擬題作畫。有好事者提議以在座諸位往日之作為題，再男女對調抓鬮，抽中何人，便作何人的畫，得了畫主人的好評，便算作過關。

清懿雖坐在不起眼的角落，可因素日才名，人人都關注著她抓鬮。展開手中的紙團，只見上面赫然寫著——瓊林夜宴圖。

短暫的寂靜後，眾人興奮的眼神四下傳遞。

這幅畫，有袁公子珠玉在前，哪能輕易超越？況且袁兆恃才傲物的聲名在外，想得他一句好，真比登天還難。公子們難得看一貫清冷如霜的大才女吃悶虧，到底存著看戲的心思；貴女們卻有些豔羨她的好運道，能抽中袁兆的畫。

各人輪流抽了遍，就剩袁兆和末席一位公子沒抽。

那公子起初推諉好幾次，一直等旁人報了手中的簽，這才確定剩下兩個中必有清懿的。他瞅準了要拿某一個，卻被一隻手搶了先，他疑惑望去，只見袁兆似笑非笑地瞥了他一眼，那公子只能憋著一口氣不敢發作。

果然，那張紙條寫著：嗅青梅。他二人竟成了場上唯一一對抽中彼此畫作的。一時間，眾人臉色都有些複雜。

清懿有些意外，隔著重重人影，她微微抬頭望向上首，卻正好對上一雙含笑的眼。

山林間有花香順著清風鑽入鼻腔，有累垂於樹木之上的層層花朵，落下漫天桃色。有一枚花瓣，落在清懿的裙襬上，飄落於小溪，順著水波蕩漾，晃晃悠悠，如同一條滿載溫柔的小舟，恰好駛向上首某位白衣郎君的身前。他恰好伸手撈起一捧溪水，那枚小小花瓣，就這樣盛開在他的掌心。

至晌午，已有數人畫畢，眾人紛紛找了對應之人品評，場中唯餘清懿二人還未結束。

有人伸長了脖子去看，只見他愣住片刻，驚疑道：「這……袁郎可是記錯題了？」在翹首引領下，袁兆率先擱筆。

「嗅青梅是閨閣女兒畫，怎麼……袁郎畫山畫水畫草原，就是沒畫青梅啊？」

眾人紛紛圍觀，七嘴八舌討論。

袁兆兀自坐在一旁喝茶，一語不發。唯餘清懿聞得隻言片語，如同感應到什麼似的，筆尖一頓。旋即，她看著筆下的「瓊林夜宴圖」，釋然一笑道：「我畫好了。」

眾人又湊過來瞧她的畫，短暫的寂靜後，有人憋著氣道：「曲姑娘和袁公子，是不是故意耍我們啊？」

他舉起清懿的畫，然後展開，只見上面畫的是一幅北燕堪輿圖。

有人善解人意道：「想必他二人覺得彼此的名作已然登峰造極，不好再擅自改創。」

「啊，言之有理。」有不想得罪人的趕緊和稀泥，這事就翻篇了。

宴席仍在繼續，卻有兩個人在一片熱鬧裡，寂然無聲。

原來也會有人以一葉的凋零而窺得秋日來臨。

御宴時，她說：「我想畫內宅之外、京城之外、武朝之外。」

於是，他的嗅青梅，是大漠孤煙直，是洞庭山水色，是一個小女子身不能至，心嚮往之的野心。同樣，清懿自己也無法解釋，為何在畫瓊林夜宴時，腦子回想的不是那描摹千百遍的恢弘殿宇，而是那晚寂寥月色下，他眼中遼闊的疆域。

她的瓊林夜宴，沒有歌舞昇平，唯有懸於他心上的烽火狼煙，百姓困苦。

一場宴會從開始到結束，在旁人眼裡，他二人不曾說過一句話，唯有那片落花知道，情不知所起，一往而深。

短暫的自由只能維持片刻，回到家中，她又是困於四方天空的斷翅之鳥。

可這回卻不同。或是隔日，或是三、五天，院外不時有小玩意兒送進來，擱在她的窗外，末尾署名「曲思行」。

今日是上好的顏大師字帖，明兒是一方好墨，都是貴重卻不顯眼，又能給她聊作慰藉的東西。她心下狐疑，深知大哥是個直腸子，絕對沒有這般好品味，於是忍不住探查起來。

終於有一日，被她逮著送東西的人，原來是她院裡新買來的丫鬟。

那丫鬟在逼問下，仍吞吞吐吐，最後脹紅著臉說：「公子囑咐我，不能隨意告訴旁人。因為姑娘的清譽貴如珍寶，他想讓您在內宅能舒坦一些，卻又不能讓您為難，所以才假借少爺之名。這樣一來，既不會有旁人為難您，您自己也不必日日將這點好處懸於心上。

「他想您好，是想您真的好，並不是要您記得他的好。」

小丫頭磕磕絆絆表達著，詞不達意。可清懿何等玲瓏，早就猜到是誰。

她心中忽喜忽悲，沈默良久才道：「我明白。他待我好，卻不願教我知道，怕也覺得，若得了我的歡喜，也是一種負擔。」

她這話沒有自怨自艾的情緒，正如看透了事物本質的人，對於表層的情感，也就沒什麼好留戀的。

於是，她讓小丫鬟把東西退了回去，又道：「多謝袁公子的賞識，我知他惜才之心；可惜……」

她頓了頓，深吸一口氣，再抬眸，露出一個坦蕩的笑。「可惜，我對他的心，並不清白。我不能和他做知交好友，請妳將話轉告給他。能得知世上有一人，懂我的志向，憐我的遭遇，已是平生之幸。如此，便已足夠了。」

第二十九章

小丫鬟猶豫著，到底還是捧著東西傳話去了。

自那之後許久，都不曾再有東西送來。當時的清懿看著窗前梨花滿樹，想著這樣結束也很好，斬斷那一縷不可能的妄想，也是好的。

直到有一回，她去亭離寺為娘親祈福。

幕天席地間，她放飛那盞孔明燈，忽然就想起小時候聽過的俗話，此刻若誠心許願，或許能願望成真。

閉上眼的那一刻，其實她還沒有想好願望是什麼，腦子亂烘烘的，於是隨意默唸，想看到一輪最皎潔的月亮。

再睜眼，往空中一瞧，結果烏雲蔽月，灰濛濛一片。

清懿難得有幾分孩子氣，嘟囔道：「果然是騙人的，哪有什麼皎潔的月亮？」

正垂著頭，忽然又有一盞孔明燈徐徐升天。

不知何時，身後的小丫鬟沒了蹤影，四周無人，只餘那人如芝蘭玉樹，正負手而立，笑看著她。那一瞬間，她知道，自己的心短暫地失控了。

片刻後，她冷靜下來，躬身行禮道：「上回，想必丫鬟已同您說清楚了。我這個人向來如此，喜歡無法裝不喜歡，不喜歡也討好不來。袁公子光風霽月，心中磊落，我卻不能同等待您，勢必索求更多。您既能體貼女兒家的難處，自然能曉得我的道理。對貓兒、狗兒施捨的憐憫，倘或施捨給我，不過教我有片刻溫暖，卻不能聊慰終生。如此，我不如不要，孑然一身，沒有掛礙才好。」

夜色朦朧，只餘孔明燈留下的熹微亮光。

那人看了她許久，才緩緩道：「倘或我不磊落呢？」

沒有得到預料之中的答案，清懿愣住。

他看向夜色掩映下，只餘淺淺峰形的亭離山。

「妳從頭至尾就誤解了我的意思。我待妳好，卻不告訴妳，是為了讓妳有退路。」他的聲音伴隨山風裹挾的穿林打葉聲，略顯寂靜。「我待妳好，是我心之所願；可我卻不能因為我這一廂情願的恩情，誘導妳錯認自己的喜歡。

「妳可以因一個人與妳性情相投而喜歡他，也可以因他的相貌、他的才華，甚至他的風趣而喜歡他，卻絕不能是因為對妳好。」他說這話時，神情竟有幾分鄭重。「妳長在閨閣，善良單純，有人待妳好，妳便輕易感動，覺得那是喜歡。可真正的喜歡是靈魂吸引，互為知己，而不是廉價的好。我不告訴妳，是因為我不要妳知恩圖報。倘或有一日，妳遇著真心喜歡的男子，又愧於我的恩情，屆時妳該如何自處？」

這一番話說完，清懿難得需要耗費很長的時間去消化。她從未品嚐過所謂感情的滋味，這一刻，她竟無師自通地知道，有人的愛，是溫柔妥帖、事事周全的愛。

「你說……你不磊落……」清懿故作鎮定，抬頭問：「這句話，是什麼意思？」

他不避不讓，同樣直視著她。「我心裡有妳的意思。」

這直接的話打得她猝不及防。

那人一撩袍角，席地而坐，然後仰頭看她，拍乾淨身旁的草地，笑道：「站這麼久，累不累？過來坐。」

清懿順從地在他旁邊坐下。

他望著月亮，揶揄道：「自妳向我遞話後，我三天沒睡好。」

清懿沒忍住，輕笑出聲。「倒沒承想我有這等魅力，竟教遊遍芳叢的袁公子也有今天？」

「遊遍芳叢？」他有些匪夷所思。「我的名聲到底被敗壞成什麼樣了？」

「約莫是半個女學排隊嫁你的程度。」

「阿彌陀佛，不能因為一副好皮囊，便污人清白啊，我也是好人家的乾淨郎君啊。」袁兆故意擺出一副無奈的樣子，果然將清懿逗得捂著嘴笑。「那妳怎麼還敢對我這個花叢浪子託付心事？」

清懿笑得滿臉通紅，想了想，才認真道：「因為，一個身居高位，卻能心懷天下的人，到底有幾分君子氣度在。」

聞得此言，袁兆也收起了逗趣的心思，他的眼眸中倒映著月亮，目光寂靜。

「大武朝既是我的國，亦是我的家。如今它已有病灶入體，沈屙難癒。我師從顏泓禮，雖承了習畫的名頭，他卻授我仁義禮，教我體會眾生疾苦。我曾在他病逝前，立誓還武朝一個清明，再去考慮成家之事。」他頓了頓。「而妳，是一個意外。」

他目光幽深。「我雖出身高門，可在周旋於權貴之間時，也要步步小心。他們能接受一個閒雲野鶴般的小侯爺，卻不能接受有出仕之心的權貴。更何況，我和他們從不是一條道上的人。」

清懿沒想到他會將這些心底的隱密，對她和盤托出。朗月清風下，恍然間，她好像窺見這人內心的一絲縫隙。

她難得鼓起勇氣，有些忐忑地道：「我雖為女子，倘或你不嫌棄，我也能用心學些有用的，做你的助力？」

袁兆笑了笑，朦朧夜色裡，他神情柔和得不可思議，沒有一絲一毫的輕視。

良久，他卻道：「我不想妳踏進這灘渾水。」

沒有睡好的那三天夜裡，他計劃了太多的未來。

他這個人，一向謀定而後動。他考慮如何突破門第之別，如何說服父母，說服不了就用手段威脅他們不得不服。總之，他將一切都算好，才來放這這盞孔明燈。

可當孔明燈緩緩升起，他看到那姑娘閉著眼，側臉沐浴在柔和的光暈下，一顆心，驀然柔軟。沒來由的，他躊躇了。

本來有百分之一勝算的事，他便敢孤注一擲；可現下，他卻覺得沒有十分之二十的把握，他不敢帶這個姑娘進那個水深火熱的家。

像是知道他的猶豫，清懿的聲音溫和而堅定地道：「我不怕。只要你心似我心，前路有什麼我都不怕。」

少女的坐姿還是刻在骨子裡難改的端莊，此刻在夜風吹拂下，顯得伶仃單薄。

一件外衣披上她的肩，除此之外，沒有任何逾矩的舉動。

袁兆的神情前所未有的鄭重。除了月亮，沒有人知道他方才的心跡。

良久，他的嗓音有些沙啞。「我答應妳。那些永墮阿鼻地獄的誓都太俗，不起這樣的誓。」

清懿笑問道：「那起什麼？」

袁兆看向她。「我若死了，反倒要我所愛之人心生愧疚，那就算不清是懲罰誰的了。

「倘或有一日，我負了妳，我便為妳求生生世世的和樂，每一世，我都孤獨守妳到老，教我永生永世愛而不得，心死成灰。」

有一瞬間的愣怔，清懿細想這條誓言，只覺悲傷難抑。

徐徐清風拂面，有人輕柔擁住她。那是一個青澀的，甚至有幾分小心翼翼的擁抱。那個所謂遊歷芳叢的浪子，此刻連手腳都僵硬著，聲音雖故作鎮定，刻意調整的呼吸卻洩漏了他的緊張。

「我有一樁公事，要出京處置。大約三月之久，三個月後……」他語氣溫和道：「等我回來和妳說。」

清懿輕輕點頭，緊了緊裹在身上的外袍。「我等你。」

也許是她的眼神太溫柔，月亮欲為媒，烏雲層層散開，露出皎潔的月色。

一切都像是好兆頭。可沒有人知道，僅僅三月之期，每個人的命途會發生怎樣的轉變。

那晚的月光如最純淨的赤子之心；那夜的風，見證了他們的誓言。

於是在隔世後的時光裡，當有微風掃過裙襬，清懿看著袁兆隨意坐在地上的身影，不可避免地回想起亭離寺的那個夜晚。

即便世事變遷，茫茫歲月掩蓋了無數淚水與疼痛，他對著孔明燈起誓時，是捧出一顆真心的。

清懿收回記憶，回到此刻。

清懿愣怔半晌才回神，她聽見袁兆道：「妳問我是否覺得程奕愚蠢，答案是，也不是。他愚蠢，在於以為一顆真心便可敵過一切，殊不知妳與他在世人的愚見裡，地位不甚匹配。倘或有一日，妳真的做了程家婦，他上有心機深重的母親等著算計妳，下有不成器的各房親戚拖累妳。」

他忽然定定地看著清懿，眼底難得顯露一絲真摯。「妳是極聰明的女子，即便妳百般藏拙，我也知妳胸中有丘壑，怎甘願來程府做一隻籠中鳥？」

「籠中鳥？」清懿第一次抬頭，直直看向袁兆。

又有風捲著樹葉，掃過她的裙襬，掃過袁兆垂地的衣袖。

「是啊。」她突然輕笑一聲，目光轉向遙遙天際。「他怎麼會捨得讓我做一隻籠中鳥？」

她像是在問程奕，卻又像在問自己。那雙澄淨的眼睛，分明看著遠處，袁兆卻沒來由地覺得，這句話砸在了自己的心上。

「在袁公子眼裡，執著一念是蠢，橫衝直撞是蠢，不善謀劃也是蠢。」她笑容淺淡。「少年人的真心，在你眼裡價值幾何？」

「此刻他待妳的真心是真心，彼時情意隨風散，妳當如何？」袁兆回頭看她。「不曾計劃好的將來，妳不怕後悔？」

「為何後悔？」她極快地接話。「我種什麼因，便得什麼果。當初我坦蕩攥著一顆心去，後來被碾碎了，化作灰，都是我自己選的路。」

一語成讖，這番話穿越了呼嘯而過的歲月，定格在前世生命的盡頭。

質本潔來還潔去。

可這話落在袁兆耳中，卻突兀地覺得刺耳。他驚訝於清懿待程奕的情深，然而內心卻升起一股複雜難言的憋悶。

「妳明明有得選，真要等到無法回頭，悔之晚矣嗎？」他難得正色。「若妳這輩子受盡委屈，難道要等下輩子求他還？」

清懿看了他一眼，緩緩道：「倘或真有下輩子，我懶得恨，也懶得怨，更懶得求他還。只願彼此再無瓜葛，做個相逢不識的陌路人。」她話語清冷。「如此，已是我心之所求。」

那日，這是她留下的最後一句話。

和袁兆重逢的插曲過後，清懿便將此事拋在腦後。比起情愛，她有更重要的事情要做。為曲雁華設下的局已經邁出了第一步。

這日，清懿親自送清殊去上學，而後再次拜訪自家姑母。聽得下人通傳曲家姐兒過府來了時，曲雁華正在瞧著丫鬟們搗花研胭脂。

她伸手撚了撚透著紅粉的花脂，凝神看了看，才狀似不經意地丟下一句吩咐。「領她進來，照舊帶她去小花廳候著，都妥當些，別怠慢了。」

下人領命去了。

唯有趙嬤嬤擺出一副沒興頭的模樣，頗為不忿地道：「二奶奶倒好性子，我卻是個沒皮臉的，少不得說幾句僭越的粗話。奕哥兒品貌皆上乘，待人又極好，多少姑娘爭破頭，也不見他斜一斜眼。二奶奶娘家的姑娘也是好的，她雖好，卻心比天高。上回，奕哥兒守在毒日頭底下等她，都說到那步田地了，她還不依，真不知她要挑個什麼人家才稱心。」

曲雁華聽了這話，臉上笑意未變，伸手接過小丫鬟的搗花杵，不緊不慢地碾碎玉罐裡的牡丹花，迸濺出幾滴嫣紅的汁液，襯得保養得宜的手，更加瑩潤白皙。

「小姑娘家罷了，不知輕重。」

趙嬤嬤替她挽起袖子，一面又道：「二奶奶菩薩心腸，只怕姑娘不領情，她可是把心思擺在明面上了。也不知是哪裡吹的歪風，竟教她疑心起親姑母的好意了。這會兒上門來，怕是卯足了勁要使手段呢。」

她又左右瞧了瞧，見丫鬟們低頭做事，才壓低聲音繼續道：「二奶奶也要提防著些，咱們安插在曲府的眼線可都說了，姑娘年紀小，卻不是省油的燈，才這些工夫，就將陳氏這個太太整治得沒半分體面。

「她既然是打著拿回先夫人嫁妝的旗號，勢必也是要算計到二奶奶您的頭上。」趙嬤嬤斟酌著曲雁華的神色，猶豫片刻才道：「蚊子叮一口，雖不疼，到底是毒物，須得防著啊。」

第三十章

曲雁華面色淡淡，辨不出喜怒，聞言也只意味不明地笑了一聲，才道：「蚊子？怕是不見得吧。」

想起那尚未及笄的年輕姑娘，將一身反骨掩飾得極好，卻在最後猝不及防地給她下了一封戰書。以藤喻人，辛辣又諷刺，如同一記無聲的耳光。

曲雁華承認，在那一瞬間，她被激怒了。短暫的思考後，又冷靜了下來。

步步為營才上得高臺的人，從不會小瞧任何一個看似弱小的對手。那姑娘明明可以繼續裝下去，偏偏撕開臉皮，一定留了後手。

曲雁華蘸了一點胭脂，輕輕點在唇上，斂下眼底一抹思索。順著這條藤想下去，能讓一個小姑娘胸有成竹、有底氣的，無非是……潯陽的老掌櫃們。

她眼底泛起絲絲笑意，卻無端讓人心底生寒。

「自數月前，咱家鋪子裡的掌櫃們就不老實，心野了，想來是姑娘從中弄鬼呢。」趙嬤嬤偷偷瞅著她的臉色，試探道：「於此事上，二奶奶可是早有成算？」

「她有張良計。」曲雁華微勾唇角。「我自有過牆梯。」

這話未說透，趙嬤嬤卻深知自家主子這些年的厲害。外人端看大房聲勢顯赫，又有馮氏把持著當家主母的頭銜；實則，眼前這位不顯山、不露水的二房奶奶，才是真正舉足輕重的人物。

又過了半晌，剛去招呼人的丫鬟去而復返，上前道：「遵二奶奶的意思，領著姑娘在花廳好生招待，現下茶已喝過三盞，不好再有託詞，只得來問二奶奶何時去？」

「沒眼力的蹄子！她是哪個，怎就讓妳來請二奶奶？」趙嬤嬤眼神一掃，叱責道：「莫說等個幾盞茶的工夫，便是幾個時辰又有什麼關係？」

她還待發威，卻被曲雁華緩緩抬手制止了。

「我就來，只管回她去。」

適當的等候是留足彼此盤算的時間，若耽擱太久，反倒像是最下乘的手段，不是聰明人對弈的路子。

另一頭的清懿，自然也明白這一點。自從被領進小花廳，她便安穩地坐著喝茶，不多問一個字。碧兒靜靜侍奉在側，主僕二人也不曾有一句交談，自有默契流轉在眼神之間。

早在數月前，她便打發碧兒私下聯絡了阮家商鋪裡的老掌櫃。

之所以有這一手，皆因清懿知道許久前的一樁底細。

阮妗秋雖信任曲雁華，卻到底出身商戶，耳濡目染之下，天然有幾分保底的成算。當初雖說是將嫁妝裡的商鋪、田地贈予曲雁華，卻並非是將地契一併給了，而是另有一張借與使用的單子。

時下律法並未如此精細，只略有個典故章程好教人依照舊例而行。故而阮姈秋這張單子，乃是開天闢地頭一個借與使用的條款。

倘或清懿不清楚其中底細，如上輩子一般蒙在鼓裡，那這塊肥肉她連邊都沾不上。現下她不僅找到了原有的紙契，還尋到了原先商鋪的老夥計。

這些掌櫃們都是潯陽人士，祖輩、父輩都跟過阮家老爺子，十分忠心。一聽是阮家舊主來信，沒有不從的，紛紛回應了罷工，只聽清懿的一聲號令，他們便如臂指使，甘為驅遣。

不多時，一群丫鬟簇擁著一個盛裝女人出現在遊廊上，她蓮步輕移，不急不緩踏進門，才彎著眼笑道：「讓懿兒久等了，還望莫要見怪。」

清懿放下手中的茶盞，垂眸掩蓋著眼底的沈思，微笑道：「姑母貴人事忙，想必有旁的麻煩要處置呢，沒工夫來招呼我也在理。」

這話說得意有所指，曲雁華笑意頓了頓。自阮姈秋將這些商鋪交予她後，便再沒過問，一直到如今，因是借用契約，曲雁華沒有換掌櫃的權力，故而潯陽那批管事，被沿用至今。

原本一直相安無事，直到前些日子，不知從哪家開始鬧妖，一個個都扯起大旗要罷工，典當行、米店、銀樓……連綿數十家，接連出亂子，甚至有幾家主要進項的鋪子，直接停擺了幾個月，分文未進。

曲雁華修養極好，仍不緊不慢地喝茶，淡淡道：「懿兒的話，總教我聽不明白。我那鋪子裡確實遇到不少麻煩呢，難道……」她挑眉，看向清懿。「是妳的手筆？」

「何必裝模作樣，姑母也怪累的。」清懿不承認也不否認，只微勾唇角道：「上回我借了紅、銀雙藤的典故來敲打妳，妳又怎會不知我此番前來的用意呢？那日，妳說銀藤之命已是定數，該朝前看。我今日卻是來告訴姑母，忘恩負義之輩貪圖的東西，遲早要原封不動地還回來。」

良久，室內無人說話。

丫鬟們有眼力地退下，餘留她二人共處一室。

點漆梅花鏤金香爐裡飄出陣陣紫煙，淡香撲鼻而來。

曲雁華狀似惋惜般嘆了一口氣。「懿兒何至於這般誤解我，我怎會不念阮家姊姊的恩情？正是因念情，我才為殊兒張羅上學的事，又想聘妳來我家做兒媳，即便我再不好，也不能拿奕哥兒的終身大事開玩笑吧？」

清懿諷笑一聲，冷道：「姑母慣會巧言令色，卻不必拿這些來哄我。殊兒上學本就不費什麼心思，為了釣我這條魚，妳有什麼不肯的？再者，妳口口聲聲說為了表哥終身才聘我，可在知道我帶了阮家的錢財之前，妳可曾有過這心思？

「表哥的心思乾淨，妳這做母親的卻未必。」清懿冷冷道：「他可知妳利用他的真情來哄我上鈎？他可知妳這所謂一心為他想的母親實則貪圖未來兒媳的錢財？他可知妳前半生汲汲營營，踩著他人上位，一朝飛上枝頭，便忘卻來路，再找不回本心？」

這一連串的質問，直接砸得曲雁華臉上的笑容掛不住，索性也就不裝了。

曲雁華眼底閃過不加掩飾的嘲諷，笑道：「不必說了，這樣的話我聽得多了，無非是想讓我找回點良心。」

這樣的話，還有誰說過呢？

記憶原本蒙塵，此刻卻似撥雲見月。在她出嫁的前夜，有人拖著病體執著地等她一句答覆，最後等來一塊碎成兩半的玉玨。

當初寒微時的誓言猶在耳畔，此刻卻如這枚斷玉，煙消雲散。

她太知道自己想要什麼。

家道中落時，她想攀上鄰居哥哥，就能每日讀書習字。後來哥哥娶了嫂子，見到阮妗秋那一刻，她就知道，這是一個可以利用的女子，於是竭力做一個好妹妹。

再後來，見識了皇城巍峨，世家滔天富貴，才知寒門弱小。即便阮家家財萬貫，即便曲元德才華橫溢，即便她品貌絕佳，卻都抵不過一個家族數百年的底蘊與根基。

那是一堵望不見頂點的牆，橫隔在她攀援而上的路途中。旁人的起點，是他們這些人，一生也未必能夠到達的終點。

就此認命？十七歲的她在認識平國公府次子後，那股想要立於山頂的慾望，如野草般肆意生長。刻意安排的偶遇，再見時的傾心，連微笑的弧度都恰到好處，風拂過的裙襬，都是精心算計的撩人心弦。

在得願以償收到婚書的那一日，她想，這輩子都不會認命。

所謂良心？何為良心？當斷不斷的假仁義？還是可笑又可悲的廉價真情？

在她一步一步拾級而上的歲月裡，那個鄰居哥哥的面目早已模糊，只依稀記得是副斯文俊雅的模樣。於是，在他趕來京城想求她見一面時，她竟一時想不起是誰，直到看見那枚玉玨。

質感廉價又醜陋，水色模糊，是如今的她絕不會看一眼的存在。可就在恍惚的某一瞬裡，那枚玉玨又是那樣珍貴而美麗，足以讓一個少年攢上一年的銀錢，只為討心愛的姑娘歡喜。

她又好像記得，收到那枚玉玨時的欣喜。可那錯覺，也只有一瞬。

過了今夜，她便是國公府嫡子正妻，一個寒門出身的女子，所締造的奇跡。走過獨木橋才站上的峭壁，容不得半點閃失。

於是那人收到一塊碎掉的玉玨，一併送上的還有一句話。「我與裴郎，當如此玨，再無瓜葛。」

那人沈默許久，沒有說話。緊閉的朱門外，他拖著病體，一路咳嗽殘喘，卻抱著碎玉，珍之重之。

那年的冬至，冷得格外徹骨。他的死訊，便是在這樣的冬日裡傳來。

送信的人，是他的嫂嫂。那女子哭喊著要與她拚命，哀哀戚戚，斷斷續續說了好多話，曲雁華卻恍若未聞，只聽得一、兩句含糊的字音。

「裴蘊……死了。」然後是寒風呼嘯，心中蒼涼似荒蕪的平原。

「也好。」她嗓音沙啞。「盼他來世，別再遇見我。」

聽得這句話，那女子的罵聲更厲害。「曲雁華……妳沒有良心！」

「良心？」

酷暑夏日，飛逝的歲月濃縮成她現在眼底涼薄的笑。珠釵滿頭，妝容精緻的華衣女子好像永遠都是這副體面的模樣，沒有人見過她的狼狽。

「懿兒，姑母今日教妳一個道理。」她笑著說：「做人只講勝負，不講良心。」

清懿的臉色徹底冷了下去，她挑眉道：「所以，妳是不想歸還我娘的嫁妝了？」

曲雁華掏出一條絲絹，隨意拿來一只盞子，細細擦拭，一面漫不經心地道：「是又如何？」

清懿倏地站起身，直直望向她，聲音夾帶著森然的寒意。「妳所有的掌櫃都已經是我的人了，妳拿什麼來和我鬥？」

「啊？這樣嗎？」曲雁華一挑眉，好似被提醒了才發現似的驚訝。

故作拙劣的演技，落在清懿眼底，卻無端讓她心中生起不詳的預感。

曲雁華不閃不避，卻露出一抹笑，聲音極輕，連氣息都吐露在清懿耳畔。「忘了告訴懿兒，那些掌櫃，我早就想換了，如今他們主動走，我可求之不得呢。」

清懿臉色一變，一貫沈穩的心跳亂了半拍。短短一瞬她便明白過來，卻又帶著不可思議的神情。「地契在我手裡，妳只有借用權，怎能換掌櫃？」

曲雁華好心情地勾了勾唇角，甚至還輕柔地為清懿理了理髮絲，才意味深長道：「這是為妳上的第二課，世上沒有公道，只有隻手遮天的權勢，能將黑的說成白的。

「譬如……」曲雁華緩緩拿出一疊眼熟的紙張，赫然與她存放在家中的地契如出一轍。「我說我有地契，除非妳娘起死回生，否則誰也分辨不了孰對孰錯。」

清懿咬緊牙關，臉色蒼白，眼神陰鷙地盯著她。

「懿兒聰慧，卻嫩了些。」曲雁華卻不受半分影響，反倒似一個真正的長輩，語氣愛憐地扔下一句話，又似方才一般，步伐優雅地離去。

趙嬤嬤小心翼翼地攙著自家主子，又回頭瞧了一眼屋裡頹喪的小姑娘，忍不住悄聲道：

「二奶奶就這麼放過她？難保她日後不作妖。」

曲雁華忽而冷冷地瞥她一眼，直將她看得不敢再言語，才冷淡道：「落井下石，是最沒品的小人才做的。更何況，我從不在沒有價值的對手上花費功夫。」

回想自家主子這整個過程，如閒庭信步的姿態，便知她不曾將那小姑娘放在眼裡。又途經那叢紫藤，曲雁華想著小姑娘的豪言壯語，不覺有些好笑。可是，不知怎的，剛解決完小麻煩後舒暢的心情，好似戛然而止，內心準確無數次的第六感，適時地撥動著她的神經，暗示著她去發覺某處異樣。

曲雁華緩緩前行，腦中卻在快速思慮。

順利地解決一個小姑娘製造的麻煩，卻未免太順利。這等順利，與紫藤下那姑娘給自己的壓迫感，全然不同。

這種感覺轉瞬即逝，她一時無法捕捉，是否是自己多心了。

一路維持著頹喪的模樣出程府，直到上馬車後，清懿的神色才恢復平靜。

碧兒小心地掀開簾子四下望了望，低聲道：「沒人跟來。」

清懿這才長長舒了一口氣，良久，才揉著太陽穴道：「和千年狐狸精鬥法，頗費精力。」

「不掉一塊肉，怎麼誘得狐狸出洞？」碧兒替她揉肩膀。「總歸，計劃第一環是成了。」

馬車緩緩行駛，清懿睜開眼，目光悠遠。「好戲才開場，今後每一步都是險棋。」

回府後碧兒呈上新近的帳簿和事務明細，臉上頗有些憂慮，說道：「姑娘，李管事上回呈請了三次，都說想再招一批小管事，好安排瑣碎的事務。我想著茲事體大，並未輕易應下，現下他正在外頭等著呢，可要見？」

清懿頷首。「讓他進來。」

不多時，翠煙便領著李管事進了院子，讓他在屋外回話。

「問姑娘安。」李管事行了一禮，便說起正事來。「先前的呈報都遞給碧兒姑娘了，招募人手一事確實迫在眉睫。

「原本按照舊例，各支線上的人手是充足的。只是……」李管事斟酌用詞，小心翼翼道：「姑娘上回大刀闊斧地趕走一批混飯吃的蛀蟲，再加上前些日子您簽發的密令，要壓價搶市，這二者一碰上，可不就人手短缺了。」

清懿看著他呈請的書信，沈吟片刻，沒有說話，目光帶著思索。

李管事偷覷了她一眼，又低下頭去。

清懿知道，因上回的敲打，他有了害怕，倒不敢再欺瞞她，且他所陳之事，也是她早先有料定的。只是……鹽鐵商道並非是一般生意，招募人手也並不像尋常那般貼個告示便可，還須得看人是否牢靠得力，且最重要的一點是，他們必須忠心於主家，嘴嚴牢靠。

現下商道的人手大多是曲元德留下的心腹，或通過安頓家人，或通過金錢利用，人心收買，總之都是牢牢綁在一條繩上的螞蚱。另一部分是潯陽的人，外祖帶出來的好手，絕非尋常人能比，端看幾十年如一日的效忠便可窺一二。

清懿的沈思落在李管事眼裡，以為是猶豫。到底年紀小，又是女流，遇事還是不夠果決。他心下暗暗想著，又適時勸了一番，末了才道：「姑娘倘或信得過我，不如讓我去替姑娘招募人來，保管得力又忠心。」

清懿似笑非笑地看了他一眼，緩緩道：「容後再議吧，現下仍用舊人，多加幾倍工錢，暫且熬過這段時日。」

李管事還待說話，翠煙便笑著送客了。李管事臉上青一陣、白一陣，還是出去了。

碧兒的思緒一向能跟得上清懿，她嘆了口氣道：「姑娘是不放心李管事？」

第三十一章

見人走了，清懿才卸下防備，揉了揉額角道：「倒沒什麼信不信的，只是他安逸了許多年，跟在老爺身邊養平了性子，只能守成，卻沒了遠見卓識。」

清懿淡淡道：「先前的掌舵人行事自有章程，李管事只曉得他靠什麼手段籠絡人心，便自以為有了規章，想讓我也照舊行事，如此短視，是不能做我心腹了。」

碧兒不知想到什麼，眸光明亮道：「財帛利誘，手段威逼，固然有一時之用，卻非長久之計。」

清懿眼底閃過一絲讚賞，笑道：「正是如此，上乘之計，乃是攻心。只有上下願景一致，齊心協力，才真正擰成一股繩。而我如今要的，就是這樣的人。倘或沒有，我寧願空懸著等。」

翠煙默默聽了半晌，適時道：「姑娘言之有理，只是……倘或咱們不與姑太太鬥法，延緩些也無妨，可如今，咱們已然行了壓價搶市這步棋，來逼她露馬腳了。要是因人手有缺壞了事，怕要滿盤皆輸了。」

這話也在理，三人一時無言，沈默著想對策。

清懿閉目養神，緩緩道：「放餌釣魚，如今魚已快上鈎，咱們卻拖不動這竿，倒真是個麻煩事。」

她們放出的魚餌，其一便是阮家的商鋪。上回她佯裝敗陣，無非是想將存在感降到最低，把自己塑造成一個不經世事，有些小聰明卻並無城府的小姑娘的形象，好叫曲雁華放鬆警惕。

明面上的商鋪生意之於清懿而言，只是擺在鹽鐵商道前的幌子。這個幌子之於曲雁華，恐怕也是同等意義。

原本，清懿還並未揣測到這一點。可巧李管事上回來報，說是底下人買賣時發現多了一條新商道，恐要與他們爭生意。

碧兒留了心，將這事呈報給了清懿。

商道是暗地裡的買賣，誰也不可能擺在明面上。就如黑暗裡狹路相逢的對手，彼此心知肚明有競爭者，卻看不清是誰。照如今的情形看，對方是新興的商道，或許並沒有完全意識到他們還有競爭者的存在，因此是敵明我暗的情形。

商道與曲雁華，原本是兩件不相干的事，清懿也並沒有把兩者聯繫到一處。

可上回袁兆的提點，卻把她的思緒推到一個從前未曾設想的境遇裡。他必然是知道程家觸犯了一道足以讓名聲顯赫的國公府都萬劫不復的罪名。

既然是程府，便與曲雁華脫不了關係。

旁人或許會信曲雁華一個寒門女，在國公府如履薄冰地活著，可同為曲家女的清懿卻一百個不信。兢兢業業數十年，一個有野心的女人，不惜賠上大把嫁妝踏進那戶高門，不可能做虧本買賣。

表面上被大房壓了一頭，實則賺得盆滿缽滿，才是曲雁華的行事之道。

聯繫這一件事，清懿不免有了猜想，程家或許也把手伸向了鹽鐵商道。

而他們背後是誰呢？

清懿目光帶著思索。上一世，在她纏綿於病榻的那段時日裡，她隱約知道朝中發生了動盪。太子突發疾病暴斃，皇太孫被刺客下毒刺殺，生死不明。王朝兩位欽定的繼承人同時遭難，不可謂不蹊蹺。

袁兆在那段時日很少回家。每每見他，臉色都十分凝重。

按照禮制，現下最為合理的繼承人應當是淮安王。那時朝堂流言四起，都說是淮安王設計害死親兄長和親姪兒，整個淮安王府都陷入罵聲中。

淮安王人還在北地守邊關，一路風雨兼程，披星戴月地趕，也需花費十來天。淮安王府也足足閉門十來天，只等主君歸來。

可是，人沒等到，只等來一封染血的信，和一塊碎掉的護心鏡。

八百里加急趕回來的士兵，鮮血浸透了全身，拚著最後一口氣，衝進淮安王府。他誰也信不過，只有見到王妃和世子殿下時，才肯將真相吐露。

「雁門關遇伏……屬下無能，沒護住王爺……」

鐵骨錚錚的漢子嗓音嘶啞，字字泣血。

王妃愣在原地半晌，一貫柔弱的女人，此刻卻一滴淚也沒流。在鐘鼎高門長大的人，再不諳世事，耳濡目染之下，也見識過陰謀詭計。

半月之期，武朝的掌權者一連失去了兩個兒子，親孫子也生死不明。三位繼承人都接連遇難，這簡直是擺在明面上的陰謀。能將事情做絕，也證明幕後之人已經掌控全局，才敢圖窮匕見。

全京城的人都眼見那浴血的士兵進了淮安王府，上下都在觀望王府的反應。可自那日起，淮安王府除了掛白，便再無動靜。

眾人都以為一向愛哭的王妃現下必定柔弱無靠，哭倒在榻上。可沒有人知道，身為太傅么女的淮安王妃許南綺，此刻已經變了一個人，也沒有人知道，世子晏徽雲，為避開耳目，單槍匹馬遠赴雁門關。

每一次的天色乍變，都伴隨著預兆。平頭百姓不知預兆，只知雷雨已至，閃電交加。皇帝急火攻心病倒，皇后獨木難支。朝野內外，不知何時已被腐蝕一空。有識之士早已醒悟，病灶深入王朝肺腑，並非數年之功。

太子次子晏徽霖便是這個時候，在一眾臣子的擁護下，成了武朝的繼承人。可之後究竟是怎樣一個結局，清懿卻不知道了。

按已知的條件可推算，晏徽霖能做成這樣一個局，必然是籌謀良久的。想要謀反也必須具備兩個條件，錢和兵。

清懿不知兵從何來，卻能略微推算出他的錢從何而來。作為一個沒有實權的皇子，他依仗的無非是根基深厚的母家外戚，以及擁護他的臣子。

按照袁兆的立場及說法，程家想必在這場陰謀裡已經站在晏徽霖的陣營，他如果想要快速積累財富，唯有通過這條途徑——鹽鐵商道。

晏徽霖作為皇室，不便出面經營，於是乎，程家變成了他的錢袋子。

正如曲家之於皇帝，也是一個道理。

只是對方的商道尚且處於萌芽階段，且針對的是販往北疆的線路，兩家實則是井水不犯河水的狀態。可如今雖是兩不相干，卻難料日後的情形。

晏徽霖可是有奪嫡之心的人，試問臥榻之側豈容他人鼾睡？

既然不容……倒不如趁著敵明我暗，先下手為強。

清懿的手指輕扣桌面，發出有規律的聲響。

她不介意，吞掉對方。第一步，便是從曲雁華入手。

碧兒深知清懿的籌謀，正色道：「咱們壓價搶市，已有成效，只等著後續的進展了。不知招人一事，姑娘可有成算？」

「還須暫緩。」清懿淡淡地道：「如今每一步棋，都須慎之又慎。咱們胃口大，可對方也不是蠢人，不能在這個節骨眼上出事。」

屋外隱隱有雷聲轟鳴，是要下雨的跡象。

雨天持續了許久，起初是綿綿細雨，涼爽宜人，熱惱了的京城百姓只說是菩薩顯靈，這才降下甘霖澆滅暑氣。

連日來，京郊亭離寺的門檻都要被冒雨趕來的虔誠信徒們踏破，可眾人淋雨慶賀的景象並未維持多久。漸漸的，雨勢越發可怖，不知從何時起，街道上的積水已能淹沒小腿肚，百姓才驚覺，這是鬧水災了。

高門皆有餘糧，便是關門閉戶數月也不打緊。對於養尊處優的夫人、小姐而言，這水災不過是斷了她們各類名目的賞花踏青宴，悶上幾日罷了。

因暴雨成災，坊市關閉，各行都歇了業。為了安全著想，學堂也停了課，只教學生們在家裡溫書。

早先也有類似情形，譬如出現天狗食月的異象，又或是有歹人竄逃入城，都有京兆尹頒布閉戶居家的告示。因此，眾人並不十分慌亂，依然吃好喝好。

直到一個驚雷般的消息傳來，敏銳的官宦權貴們才察覺不對勁——聖人罷朝了。

十七歲登基的崇明帝，在位五十餘年，除年節喪制之外從不曾有一日輟朝，其間更是經歷過大災大難，現下這樣的小雨災，真是不夠看的。所以，罷朝之事不可謂不蹊蹺。

耳邊聽著同僚們的低聲議論，曲元德不發一言，順著人流出了宮門。

時任翰林院編修的曲思行卻頗有些憂慮，低聲對父親道：「聖人此番罷朝，不是身體有恙這麼簡單吧？早先聽欽天監的史大人說，他接了一張批語……」

「慎言！」話未說完便被打斷，曲元德淡淡地道：「這不是我們該管的事。

「雨才下幾天，便有君主無德，引來天罰的謠言甚囂塵上，而聖人又恰好在此時罷朝……天底下沒有這樣的巧合。」曲元德撩開眼皮，瞥了他一眼。「可這又與咱們何干？」

二人並肩而行，端看外表，確實是父子的形容。年長的穿著緋紅官服，一派儒雅斯文；年輕的一身青綠官服，鶴骨松姿，俊逸出塵，卻有看不見的暗流在他們之間湧動。

「食君之祿，忠君之事。」曲思行皺著眉頭，硬邦邦地丟下這句話。「我只知道為人臣子，應擔君之憂。」

曲元德漠然一笑。「是，所以你何必管哪個是君？」

曲思行一愣，旋即眼底閃過一絲失望至極的暗色。

自那日爭端開始，他便發覺自家父親實則是個冷情冷性之人，最擅明哲保身之道，可他自己卻是一柄寧折不彎的劍。父子二人連日來因政見不同，產生諸多齟齬。

這回，更是觸及曲思行的底線。

「道不同，不相為謀。」他冷冷地拋下這句話，頭也不回地走進雨裡。

青綠色身影漸行漸遠，天邊時有雷聲轟鳴，將壓抑的咳嗽聲掩蓋。風急雨驟，加劇了曲元德的病勢，他佝僂著身子，在原地緩了好一陣子，才重新挺直了脊梁往前走去。不動聲色地將染血的帕子藏於袖中，再抬頭，他的眼神是一如既往的平靜。

回到曲府，曲元德竟破天荒地往流風院走去。

昔日的小廝李貴，因懂事能幹又頗有眼力，十分看得清形勢，現下得了高升，領了個小管事的差使。他雖是李管事的姪兒，卻一心跟著流風院的新主子，見老爺來，生怕姐兒們吃虧，忙不迭地跑去報信。

清懿雖有些意外，卻並不將這樁事放在眼裡，如今她早已實權在握，自然不必忌憚曲元德這個空架子。

「請他進來吧。」

曲元德作為一家之主，竟被攔在院外等通報才能進。這事無論落在哪個男人頭上都免不得動怒，可他卻臉色如常，直到見了清懿的面，也不曾有異色。

「勞動曲大人駕臨，不知有何要事？」清懿淡淡地道。

曲元德不賣關子，也沒有鋪墊，直截了當道：「形勢有變，別將攤子鋪得太開，一旦變了天，今日的富貴便是明日的死局。」

清懿端茶的手一頓。「你知道什麼？」

曲元德站不住，隨意尋了一張椅子便坐了，咳嗽兩聲才道：「聖人一向剛強，想是早就支撐不住，才挑了這個時機，找個由頭罷朝。當今太子溫和有餘，魄力不足，加上娘胎裡帶來的弱症，想也知道他不是個壽數長的。皇太孫倒是文武雙全，有明君之相，可太子妃卻出身不顯，被貴妾壓了一頭。子憑母貴，倒平白讓他庶弟有了與他相爭的心思。」

曲元德目光淡淡。「原先有聖人保駕護航，太孫倒也無礙。可現下聖人有恙……最後的贏家是誰，倒說不準了。」

清懿抿了一口茶，垂眸道：「你的意思是，只等著看鹿死誰手，再去找新贏家做靠山？」

曲元德不置可否。「將來的事，妳自己作主，只是現下需要明哲保身。否則，一旦新主上位，必不會放過妳。」

清懿撇開茶沫，良久才笑道：「曲大人真是上年紀了，也成了個鼠目寸光之人。錢袋子到了哪裡都是錢袋子，不過是讓人隨意拿捏的東西，只因裡頭裝了金銀，旁人便要高看你一眼嗎？」她臉上的笑意漸漸消失，聲音也冷了下來。「明哲保身這話我贊同，可卻不是現下要用的法子。

「如今正是風起雲湧之時，我不僅不會收起攤子，我還要將商道鋪得更廣。」少女的臉上沒什麼表情，卻無端地讓人讀出了野心。「做一個錢袋子，是重用還是拋棄，都是上位者說了算。」

她直直地望向曲元德。「而我，絕不甘心於此。」

父女二人的眼神相遇，又是一場無聲的對峙。

終於，曲元德長嘆一口氣，臉上隱隱透露著疲憊。

「罷了，由妳去。」他自詡老謀深算，從不喜異想天開。一條不容於律法的商道，被他經營得背靠皇帝做靠山，已然是登峰造極，可這個小小女子，卻還有更極致的野心，她竟然妄圖反制強權。自家長女這番豪言，簡直是天方夜譚！

然而，就是這樣的驚人之語，配合她那副雲淡風輕的神情，和胸有成竹的氣勢，曲元德竟有一瞬間的動搖，和一絲說不清、道不明的期待。他有些想看看，這個繼承曲家人的冷漠智慧和阮家人憐憫仁義的姑娘，是否真的能實現宏願。

送走曲元德，清懿略微整理了思緒，便投身於公事。

這次雨災波及了方方面面，包括商道的買賣。因洪澇與天氣的影響，作為運輸主力的水路被阻，預期到達的貨物要延期，交貨日延期，緊隨而來的便是投入的資金無法及時回流，若有底子不扎實的生意人，此番便要被活生生拖垮。

所幸，在此之前清懿便搶了市，早早賣了先前的一批貨，現下手裡十分寬裕。該頭疼的，或許是國公府那位了。

清懿這頭還是一貫忙正事，那頭的清殊因學堂停課，這幾日都沒去上學。現下，她正托腮看著窗外七零八落的花圃發呆，眼底還有幾分憂愁。

前些時日，碧兒給了她幾個北地才有的花種子，叫做穗花牡荊。說是紅菱正好寄帳簿來，順手帶些京裡沒有的野物來給姑娘們玩。清殊起了興頭，立時便扛了鋤頭，將它栽在窗外的小花圃裡。

等了好些天，那花才將將冒出些芽，便被連日的雨水淋得奄奄一息，只剩半條命，怎教她不憂愁？

「做些綠豆糕來，叫茉白鬧鬧她。」隔著一道半開的簾子，清懿將小姑娘的模樣盡收眼底，不由得從公事裡分出一絲關注來。「再把那養得好的幾盆花擺到她房裡去，省得這花匠唉聲嘆氣。」

翠煙含笑著領命去了，門檻還沒踏出去，便聽那頭的清姝道：「姊姊別忙活了，我並不全是因為花而不高興。」

清懿從書裡抬頭，笑道：「那是為了什麼？」

清姝趿拉著軟底鞋，蹭到姊姊身邊挨著她坐下，摟著她的腰，嘆了一口氣。「妳說，這雨下得這樣可怕，連咱家精心養著的花都被糟蹋成這樣，那別人地裡的田可怎麼辦？」

第三十二章

聽見十指不沾陽春水的四姑娘說這話，翠煙有幾分納罕，不由得問道：「姐兒怎麼想起問這事？」

「我們學堂裡有幾個姊姊家是莊子上的，平日放旬假，還需要時時回去幫襯家人照看田地呢。」清殊眉頭微蹙。「雨下得這麼凶，不牢靠的屋頂怕都要塌了。田裡的莊稼壞了，他們還怎麼過日子啊？」

她這話卻是思忖到實處了。莊稼人靠天吃飯，遇上這樣的災禍，哪有翻身的餘地。一時間，翠煙倒不好拿假話搪塞安慰她。

這會兒，碧兒正捧著底下人的呈報走進來，她臉上也難得有幾分憂心忡忡。

「稟姑娘，昨夜引發山洪，沖毀大片良田，咱家的幾個莊子離得遠，但也有幾個佃戶漢子不知所蹤。他們冒雨尋了大半夜，仍沒個消息，怕是凶多吉少了。」

田莊名冊上一筆劃去的名字，不知是哪家的丈夫、父親、兒子。

清懿面色凝重，又細細問了各處的傷亡情況，才道：「若有缺衣少食的，妳自去支銀子採買了，打發人送去。再者，留心哪家是沒了男人的孤兒寡母，問他們願不願意另謀出路。

現下災難在前，待這災難過去，莊上難免有與他們為難的。」

碧兒連連點頭。「姑娘思慮得極是。」

她家當年便是遭了災，只剩無依無靠的娘兒倆，被莊頭惡霸欺凌，不得已才逃了出去，成了沒戶籍的流民。眼下見了同樣的情形，免不得生出幾分憐憫。

見清懿這樣妥帖，碧兒心裡酸澀難言。

「姊姊。」乖了好一會兒的清殊忽然仰頭叫道。

「怎麼？」

「妳上回不是說人手不夠嗎？我想著，城外遭災的莊子不在少數，與妳說的那般沒倚靠的孤兒寡母想必更多。」清殊思索道：「妳何不招了他們來？」

眾人一愣，她們還從未往這個方向想。

碧兒猶豫道：「倘或是普通村婦，怕是沒有這膽子來。」

她知道清殊並不瞭解商道內情，因此並未說透。

清殊卻摸了摸下巴道：「有什麼比吃不飽飯還可怕嗎？他們已經身處絕境，泥人尚有三分性子，循規蹈矩地死，倒不如冒險活一次。」

這話乍一聽刺耳，細想卻是個道理。

碧兒陷入沈思，沒有說話。她是能夠感同身受的，想到當年餓極了的時候，只要給一口吃的，區區掉腦袋的生意有什麼可怕的。

「善心人賜粥賜飯固然好，但是解決不了長久的問題呀！填飽一時的肚子還不夠，需要讓他們端著一個長久的飯碗，有一技傍身才好呢。」清殊搖頭晃腦，笑道：「咱們這就叫，以工代賑。」

以工代賑？清懿挑眉，眼底流露著思索。

清殊繼續道：「咱們也發物資去賑災，但是要以他們的勞動換。譬如修繕幾處房屋領多少吃食或工錢，制定出一個章程，這樣一來，就相當於僱傭他們幹活了。乍一看雖不如人家布施粥飯的，等到日子久了，他們就會發覺咱們這才是長久的法子。無論是修房種地，還是做旁的活計，我們可以源源不斷地提供機會，他們也能靠這機會養活自己，可不比一時的飽腹強？」

「嗯，有幾分道理，但是還有不妥當之處。」清懿細細解釋道：「咱們只能對逃難的流民或村裡的人使這法子。倘或其他莊子裡的佃農也來，他們主人家可要惱了。」

清殊撓了撓頭，她還真沒想到這個細節。佃農和田地一樣，並非自由身，都歸地主管。以工代賑這個法子，前人或許有這樣那樣的顧慮，並未有人施行過。

不過，這也沒關係。

清殊一派赤誠，坦坦蕩蕩地道：「那咱們只對自家莊子這麼做唄，倘或無法顧及所有人，做到力所能及就好了。」
碧兒思忖了很久，真正體會了這個辦法的好處。在處處都是壓迫的時代，能有一個主家願以僱傭關係供他們生活，這真是難以想像的事情。
「用這法子，哪裡還怕他們離心。只是……」碧兒問道：「不怕旁人學去？」
清殊哈哈笑，不以為意道：「學就學吧，這是好事啊。咱們只能關照一隅的百姓，可是滿武朝那麼多受苦受難的人，還巴不得催他們快些學去。」
碧兒一時語塞，旋即，眼底神色更柔和了。「四姑娘真是……赤子之心。」
眾人都笑了，彼此對視，眼底流露出欣慰。
除了清殊，在座的人加起來有八百個心眼。唯有她的心裡沒有算計，看花是花，看霧是霧。
一時間，碧兒又想起那驚濤駭浪的四個字：生而平等。彼時，四姑娘的語氣那樣輕描淡寫，好像這是一個與生俱來的道理。佃戶本是附屬品，現下卻成為了與主家有平等僱傭關係的人。如此匪夷所思，又是如此順理成章。
言到此處，眾人都等著主事人出聲。
「這個主意……」清懿眼底有淡淡的笑意，她沈吟良久才摸了摸清殊的頭道：「可行。」

第一次在這樣重要的事情上得到認可，清殊瞪圓了眼睛，雀躍道：「真的嗎？姊姊？」
清懿彈她腦袋，笑道：「真的。」
翠煙不知何時拿筆記了滿張紙，現下正遞給清懿看。「請姑娘過目，這是我擬的章程。」
「我也看看。」清殊湊過來，只見上面條分縷析地紀錄了以工代賑之法，並添了幾筆細節，更有可行性。「哇，論筆桿，我看衙門最厲害的師爺都不如翠煙姊姊！」
翠煙笑道：「姑娘抬舉了。」
清懿一面改了幾筆，一面點頭道：「翠煙的本事，去大戶當幕僚都不成問題。」
碧兒也笑道：「如今不也是幕僚？唯姑娘這位主公馬首是瞻呢！」
眾人都笑了。
說話間，彩袖在外頭傳膳，有茉白和玫玫的笑鬧聲傳來，鼻間又聞到綠嬈一手好菜的香味。小小的院落裡，姑娘們圍坐在一處，熱熱鬧鬧地用飯。
外頭大雨傾盆，屋內一室暖融，漫山遍野都停留在今天。
暴雨損毀的村莊田地比預計的還要多，距離京師不遠的景州城治理不善，堤壩被沖毀，大水蔓延之下，死傷不計其數，致使一大批流民湧入京城。

暴雨初停的那日，高門大戶為顯仁義，在城外沿路設了粥棚。因是老慣例了，各家都照著不成文的規矩，按家世高低依次排列，自淮安王府打頭，後是永平王府以及公侯伯子男，再是以項丞相為首的各官府邸，一路綿延數里。

曲家的粥棚設在不起眼的地界，圈著一處不大不小的地方。李貴領著一眾小廝在前頭馬不停蹄地忙活，彩袖領著丫鬟在後頭現做吃食。

原本不必大丫鬟親自來，可是清殊非央著姊姊說要親來粥棚看著。城外流民眾多，魚龍混雜，彩袖怕出岔子，這才跟來。

現下，那個子將將高出案桌一個頭的小姑娘正認真地盯著小廝舀粥，倘或看到有老弱的，還會叮囑一、兩句。「多盛些，再多拿兩個饅頭。」

彩袖忙中抽空，擦了擦額角的汗道：「祖宗您寬寬心吧，我都敲打過李貴了，倘或有昧下吃食發財的，一併趕出府，他們必不敢滑頭。」

清殊隨意的應著，目光卻還停留在面黃肌瘦的人群上。

一連施粥兩日，人生百態好似在她眼前上演。

有賣妻賣子為求進城的男人；有橫行霸道的惡漢指派沒了家人的小孩替他領粥；有趁亂挑揀姑娘的人牙子；有貪便宜的小人佯裝流民，捧著碗挨家討吃食，被發現了不過是揪出去打一頓，換個遠一點的棚子照舊涎皮賴臉；又有瘦成皮包骨的母親省下自己的口糧給孩子，也有撐著病體為妻子討藥的老頭……

男女老少，千百張麻木無神的臉，背後承載著千百個故事。大多數人好像對生活已然沒有了期待，吃一口便捱一日，捱過一日便多活一日，幾時死了便也就死了。

「我並非要操空頭心，我只是想，倘或咱們多發一個饅頭，能讓某個人多一分活下去的信心，那也是好的。」

眼前的情景，將清殊的記憶帶回了久遠以前，她做賑災志願者的時候。地震後的滿目瘡痍、廢墟底下埋藏的生命、流離失所的人群，那哀慟而沈重的氣氛，幾乎壓得她喘不過氣。

穿來武朝後，在姊姊的庇護下，她在富貴鄉裡生活了太久太久，久到忘記睜眼看看這真實的世道。她幸運地成為了金字塔頂尖的那一小部分人，而不是眼前苦難的大多數。

前兒她提出以工代賑的法子時，只是單純地想幫一幫姊姊。而此時此刻，當她目睹了真切發生在眼前的災禍，這近處的哭聲，好像喚醒了她內心深處的另一種情緒。

清殊想，她好像不該做個旁觀者。

好像感知了她的情緒，彩袖深深地看了她一眼，嘆了一口氣，拉她進裡間低聲道：「您自己也曉得，幾口吃的哪裡就能拉他們出苦海，反倒是您的提議才有效。大姑娘說了，咱們這幾日先隨大流設粥棚，之後她自會想法子施行。

「您瞧。」她伸手指向綿延一整排的棚子。「咱們只是排在尾端的小角色，斷不能做那個出頭的鳥。」

「嗯，我曉得。」清殊點點頭，轉瞬便明白了意思。

天色灰濛濛，帶著雨後青色，因為沒再下雨，來各處排隊的流民更多了。分粥皆有章程，一日兩次，一次最多半個時辰，分完即止。各家幾乎都在同一時段開飯，絕了滑頭們四處蹭吃的心思，也有利於腳程慢的老弱婦孺有口吃的。

這方法是好的，卻有手底下的人辦事不仔細，教那貪食的壞胚子一連排數次隊討吃的。他們倒好，直撐得走不動道，卻可憐那些老弱們餓著肚子，望著見底的粥桶一臉絕望。

這廂，清殊瞧見一個賊眉鼠眼的男人做這勾當，他吃完了一碗，嘴一抹又往長隊裡一站，只見他凶神惡煞地往周圍掃視一圈，被看到的人紛紛低頭，敢怒不敢言。看這架勢，是個熟練的老賊。

負責盛粥的是一個胖廚子，原先是給府中掌勺大廚打下手的，因性子憊懶，一向不得重用。李貴當管事後，胖廚子雖不服氣，卻也不敢得罪，即便被打發來幹這撈不到油水的苦差，他也只能認了。只是，那滿腹怨言到底無法消解。

先前有李貴在側，又有個小主子守著，他倒裝出幾分盡心的模樣；可等人一走，他便不願再多管半分事。

現下正是如此。他雖瞧著那老賊面孔熟悉，卻懶得開口，只佯作不知，照例盛了滿滿一碗給他。

有善良些的提點道：「那人好像來過，怕是個賴子。」

胖大廚卻冷哼一聲，沒好氣地道：「我管他何人，餓得又不是你，早分完早點回去賭錢才是正經。」

那老賊聞得一星半點兒，更是暗自竊喜，心裡已將此處當作冤大頭的棚子，準備狠狠吃上幾天。

「多謝胖爺爺！」

老賊識相地抬舉了一句，直將那胖廚子捧得身心舒暢，他傲慢地抬頭道：「算你懂事。」

在眾人各色目光裡，老賊喜孜孜地捧著堆成小山似的粥碗，連連道謝，正欲掉頭走人，卻聽見一道清脆的嗓音。

「慢著。」

老賊納罕回頭，只見一個粉裝玉琢的小姑娘從帳子裡出來，她穿著普通丫鬟的衣裳，通身的氣度與面貌卻非凡，好像一顆明珠掉在泥沼裡，教人挪不開眼。他眼神有些發直，乖乖，人牙子在他手裡買貨，出手價最高的那個丫頭都比不上這小孩的十分之一。

他心裡的邪念尚未冒芽，就被那小姑娘的清脆冷喝鎮住。

「李貴，帶人把他打出去，認準這張臉，不許他再到咱家討一份吃的。」旋即她目光一轉，停在胖廚子身上。「還有他，只管立時趕出府，為他作保進府的人也一併不留。」

李貴也不囉嗦，聽得前頭的召喚，立時便領了一幫家丁圍了上來。

胖廚子臉色一白，他沒想到小主子這麼晚了還沒回去，連忙磕頭。「小的知錯了，求姑娘開恩，饒過我這回吧！我也是一時心軟，憐他這苦命人一回。」

「苦命人？」清殊冷笑一聲，不客氣道：「你以為我是第一回見你糊弄行事？敲打你多回，你只當我年紀小沒脾氣，就別怪我今兒發作你！你給這潑皮一人的吃食，足以填飽後頭一群老弱婦孺了。他是哪門子苦命人？你看看那些忍饑挨餓的，哪個不比他苦命？」

胖廚子哪知道這小姑娘竟有那般的心眼，一時啞口無言。

聽了這話，老賊也自知騙不過去，兀自掙扎，心一橫開始潑髒水。「貴人饒命！小的冤枉啊！貴人家既不肯施飯，又何苦裝闊設粥棚，假仁假義豈不招人笑話！」

他故意高聲叫嚷，果然吸引了一眾目光。

清殊卻不管旁人的指指點點，仍喝道：「堵了他的嘴，再不老實，就報到護城司去！」

一聽見「護城司」，老賊脖子一縮，憋紅了臉不敢說話了。

那護城司是臨時設立的一處衙門，尋常突發疫病、水災等急難，上頭便會從各處抽調精英組成護城衛隊協防統管，一應奏報，直接上達天聽。

流民們本就占著貧弱的理，富貴人家也不好與某些潑皮計較，免得壞了聲名。有如現下這般胡鬧的，大多丟出去打發了。故而，這些滑頭們嚐到甜頭，自然賴皮。

可他們卻不敢惹護城司，那群鐵面無私的軍士們才不稀罕仁善的聲名，有敢鬧事的，先來一通亂棍，再餓上幾頓往牢裡一扔，不死也去半條命。

老賊心裡懼怕，卻又憋著一股窩囊氣。

這老賊姓田，原是十里八鄉有名的無賴，良家百姓沒有一個不怕他的，此番若是在一個小姑娘手下墮了威名，豈不是讓他田老五再抬不起頭做人？

這般想著，語氣也就蠻橫起來。「護城司來了又如何？貴人無禮欺我在先，便是說到金鑾殿上去，我田老五也沒個怕字！」

團團圍上去的小廝們到底不是練家子，在田老五狠命掙扎下，竟教他脫了身。

李貴喝道：「還不拿住他！莫教他近身來，沒得衝撞了姑娘！」

那田老五靈活地往人群裡一鑽，頓時如泥牛入海，不見了蹤影，只聽他小人得志的笑罵。「下輩子策馬追你田爺爺！」

這田老五左衝右突，無人敢擋，正得意著，卻有一道鞭影直劈面門而來，帶著狠辣無比的力道。電光石火間，田老五哀號一聲，痛叫著倒地，他緊捂著臉，有股紅的血小溪似的蜿蜒而下。

眾人驚訝望去，只見一道皮開肉綻的傷口橫穿他整張臉，連帶著肩頸、腹部都有鮮血噴湧而出。

第三十三章

「老匹夫。」一道戾氣十足的冷峻嗓音傳來。

「你要是活膩了，我就幫你了結這條狗命。」俊美少年單手拉著韁繩，自上而下地俯視著，他另一隻手隨意地拎著馬鞭，有鮮血自尾端滴入泥土裡，消失不見。

眾人都沒回神，一時斂聲屏氣，連灰塵都靜止了。

有急急的馬蹄聲由遠及近，數十名騎士緊隨著飛奔而來。「籲——」不約而同的一個急剎，馬匹兩蹄朝天，嘶鳴不止，好歹是停在了原地。

打頭的氣都沒喘勻。「殿……殿下，您……看到什麼了？這……這麼急？我命……都快跑沒了……」

晏徽雲冷冷地掃了他一眼。「廢物。」

眾騎士被罵得一頭霧水，知道這位世子不好得罪，一貫跋扈的護衛隊小頭領嚥了嚥口水，硬著頭皮道：「殿下方才策馬急奔，您座下又是當世名駒，我插了翅膀也追不上您啊。」

晏徽雲懶得廢話，睨了眼還躺在地上大聲叫痛的田老五，不耐煩地道：「拖下去。」

護衛隊頭領趕緊道：「殿下，手下留情。手下留情。這老賊雖可惡，卻也不能就地打殺了，還是讓我帶下去好生審問，再依例發落吧！」

生怕晏徽雲要親自動手，小隊長連忙使眼色，打發了幾個手下將田老五押走。他倒不是特意要留這老賊的性命，只是凡事須遵律法，即便護城司屬於臨時設立的機構，有先斬後奏之權，也要按例行事才好。否則，發號施令的小爺不怕，沒得苦了他們這些小人物，為個潑皮落人口實。

好在晏徽雲並不計較那老賊的死活，只見他翻身下馬，徑直往那小粥棚走去。

眾人自覺地讓開一條路讓他經過，諸多目光追隨他而去，一併停留在他視線所及處——案桌後頭那個不起眼的小姑娘。

「妳家是沒人了？要妳一個小丫頭來監工？」

晏徽雲一開口就十分破壞氣氛，他也不等人回話，隨意將那沾血的鞭子往案桌上一扔，用冷漠且凶的眼神往周邊一掃，只將李貴等人嚇得一哆嗦。

彩袖雖聽姐兒們提過這位凶名在外的爺，卻也是第一回見。她一貫剛強，這會兒也被他那氣勢震住了。

「回貴人，我們府上派了人保護姑娘，一應事務都仔細著呢。」彩袖雖怕，卻仍將清殊往身後推了推，自己硬著頭皮回話。「我們家姑娘心善，體恤苦命人，這才親自前來施粥，況且，她換了丫鬟的衣裳，也不算起眼，勞貴人費心了。」

晏徽雲恍若未聞，只似笑非笑地瞥了露出半個頭的清殊。「換衣服便能矇騙人不成？這餿主意怕是妳自己想的吧。」

好半晌，清殊掙扎地從彩袖身後探出頭，睜大眼睛，笑呵呵道：「正是正是，要不是我來，哪裡能抓到那個老賊。當然，也要感謝殿下您及時出手，逮住那廝，否則他又要竄去別處了。」

見她得意洋洋，晏徽雲面色卻一黑，冷聲道：「幾碗粥值幾個錢，我看妳真是不知輕重。妳換件衣裳、帶幾個廢物就以為妥當了？拐子可不管妳是小姐還是丫鬟，一晃眼給妳套個麻袋，往馬車上一扔帶出城去，天涯海角也找不回妳。」

這話說得很嚴重，往深裡想也有幾分道理，可究竟並未親眼瞧見，清殊反駁道：「他們不都是遭了難才成流民的嗎？」

晏徽雲嘲道：「妳瞧他們可憐，哪裡知道裡頭的芯子是黑是白？前些時候，景州城就有好幾戶富人家的姑娘被流竄的匪寇擄去，至今未尋到蹤跡。一路追查下來，還有餘黨跟著流民來了京城，焉知領了妳家粥的那些人裡有沒有匪寇？」

清殊會意，皺眉道：「那姓田的老頭就是拐子嗎？」

「嗯，景州城報信來京裡時，護城司就盯上了田老五，只是這老賊滑不嘰溜，專往不起眼的地方鑽，一直沒能抓到。」晏徽雲又瞥了清殊一眼，慢悠悠地道：「妳當他只貪妳家粥喝？實則早就盯上妳了，只等妳身邊沒人，便吆喝同夥來套妳麻袋。」

清殊張口想說話，彩袖臉色卻變了，急道：「不能再待了，今兒就回家去。您要是被拐了，我拿什麼臉回家見大姑娘？賠了我的命也不夠！我叫李貴送您回去。」

「彩袖姊姊，妳別真嚇到了，哪有這麼嚴重，妳不是寸步不離地跟著我嘛！」清殊小聲咕噥，她的手被彩袖扣著，只能順著她的力道往粥棚外的馬車走去。

李貴猶猶豫豫，也不知聽誰的指令，領著眾小廝在原地左右張望。

晏徽雲瞥了他一眼，見他們那副弱雞模樣，連廢物都懶得罵了。

「憑他們幾個蠢材護送這麼些天，妳能安安穩穩也是命大。」晏徽雲語氣裡的嘲弄十分明顯，他想了想，才不大自然地道：「我正好也要回城裡，捎帶妳一程也不是難事。」

彩袖暗暗瞧了眼晏徽雲身後高大威武的兵士，又對比自家小廝們豆芽菜似的身板，心裡有了主意，語氣也不由得鬆動了。「倘或貴人順路那再好不過。」

晏徽雲沒再廢話，拎起鞭子翻身上馬，只拿眼看著清殊，抬了抬下巴，示意她出發。

清殊在三言兩語間就被安排好遣送回家，心裡真是又無奈、又好笑。

在她看來，有拐子是真，但卻並沒有他說的那麼凶險。這裡可是天子腳下，城外這麼多達官貴族開設粥棚，哪家沒有三、五個護衛？拐子偷尋常人家的孩子還好，要是偷高門府邸的，怕是活膩了。

可彩袖是關心則亂，還真信了晏徽雲的危言聳聽。這麼一想，再瞧著那個煽風點火的罪魁禍首，清殊也生了捉弄的心思。

她往晏徽雲的馬下一站，小手一伸，仰著頭道：「殿下是讓我上馬嗎？」

晏徽雲抬下巴的動作，自然是叫她回車裡，卻被她故意曲解成上馬。清殊堂而皇之地張開雙臂，一副大爺的模樣，等著人來伺候。

眾將士一怔，彩袖和李貴也是一怔，連晏徽雲也幾不可察地挑了挑眉。

回過神來，彩袖正要開口讓清殊回馬車，卻見晏徽雲嘴角扯開一個笑。「妳膽子倒是大，逐風是全武朝數一數二的名駒，脾氣烈得很，妳敢坐？」

逐風好像聽懂人言，牠打了個響鼻，突然低頭湊到清殊面前，四蹄不住踢踏。牠又生得威武，一雙眼睛銅鈴似的大，個子比清殊還高，遮天蔽日地站在跟前，倒真有幾分壓迫感。

清殊沒被嚇到，反而學著晏徽雲的樣子抬了抬下巴道：「我自是敢坐，殿下也在馬背上，有本事將您一塊兒掀下去。」

晏徽雲眼底隱隱有笑意，一時又覺得不能笑，便冷下一張臉，俐落道：「別廢話了，上馬。」

「胡鬧，您人還沒馬高，從不曾騎過馬，萬一……」

彩袖追在後頭阻止，話還剩半截在嘴裡，就見晏徽雲隨手一撈，將早早張開手等著的小姑娘拉到馬背上，馬鞭隨之落下，逐風嘶鳴一聲，撒開四蹄往前奔去。

眾將士風馳雷掣，跟在逐風後頭，如來時那般急風驟雨似的離開，徒留彩袖在原地愣了片刻，轉頭急急催促李貴驅車追趕。

清殊不知彩袖的慌張，她暈頭轉向地被拉上馬，然後感受了前所未有的速度，夾雜著水氣的狂風撲面襲來，吹得她臉頰上的肉都在抖，想開口，冷不防地被灌了一嘴的風，又把話堵了回去。

沿途的綿延粥棚，人山人海，還有樹木花草快速地從眼前掠過，清殊久違地體驗了一把坐車的暢快，她忍不住興奮地招手，勉力從風裡擠出幾個字。「再、快、點！」

頭頂突然傳來冷哼，拉著轡繩的手一緊，逐風的速度不增反降。

清殊雙手揪著馬鬃不放，還在興奮蹬腿，見逐風慢了下來，頓時不滿。「幹麼?!」

「我是妳的馬伕？」冷淡的聲音頗為不爽，明顯是故意不遂她的意。

清殊往後一仰，腦袋磕在少年的胸前，抬頭看他，理直氣壯道：「那你方才還嚇我侍女呢，要不是你故意嚇她，我現在哪裡就要回去了？一報還一報，平了！」

「坐好！」他空出一隻手按回清殊的頭，哼了一聲才道：「不說重幾分，以妳花言巧語，想必又哄得妳家裡人由妳的意。田老五雖不是匪寇，卻也不是良善之輩，這樣的人哪裡就好分辨？早早打發妳回家去才是正經。」

清殊暗暗使力，左轉右轉，腦袋始終被一隻手制住，氣呼呼地道：「我做的都是正經事，憑什麼只有回家才是正經？即便殿下一手遮天，也沒有管到我家的道理！」

在她看不見的角度，晏徽雲一挑眉，語氣不善道：「那都是男人幹的事，妳一個小姑娘鬧騰什麼？我看是妳家裡人太放縱妳了。上回妳亂跑上街是一次，現下跑來城外也是一次，妳瞧旁人家的貴女有像妳這樣嗎？」

話趕話，清殊也有些生氣，反駁道：「天底下哪條規矩寫了男人該幹麼，女人該幹麼？我這樣的小姑娘怎麼了？我生來就是這個脾氣，礙了殿下的眼，真是我的罪過。」

「我哪句話貶妳脾氣了？」到底都是少年人，你來我往地吵嘴，晏徽雲也壓不住火，只覺得自己的好心被當成驢肝肺，又覺得自己莫名其妙生出這好心真是惱人，於是語氣越發壞了。「小小年紀卻生得鬼靈精，妳在園子裡鬧翻天，誰說了妳一句不是？可妳來外頭玩，哪個能不錯眼的護住妳？景州城的事我可不是誆妳的，拐子尚未抓著，倘或真來了京城，有妳哭的時候。」

清殊琢磨出幾分好意來，怒氣略消了些，緩了緩才道：「說到底，殿下還是覺得女兒家就該在家繡花才安全。」

「正是。」晏徽雲雖不是這麼想，卻非要故意這麼回她。

清殊翻了個白眼，冷哼道：「那我問殿下，你可知城外流民婦孺有多少，青壯多少？他們籍貫何處？原先家中田地幾畝？其中有沒有手工匠人、醫者可以為我們所用？我在城外這幾日可不是玩的。

「我猜殿下要說護城司過兩日會統計是吧？」不等他答，清殊又道：「等老弱婦孺餓死了再統籌可真是好法子，每逢天災，最先送命的不都是他們嗎？各高門大戶擺出施粥的攤子，哪裡真憐惜他們？大多都是胖廚子那樣的人，借著仁義的名頭，實則要收攏流民，物色青壯。等熬死了老弱，還省了安置的銀錢，自然不必將他們統計在內。他們何其無辜？倘或我們女子都在家繡花，有朝一日大難臨頭，豈不是也要像魚肉任人宰割，討口飯都要排在男人後面，活該最先餓死！」

清殊連珠炮似的，語氣頗有些忿忿。晏徽雲凝神細聽了一會兒，難得沒有發火的意思，這論調雖新奇，卻也有幾分道理，很像他那冤家姊姊晏樂綾時常掛在嘴邊的話。

晏徽雲向來是我行我素的人，從不拘泥聖賢書，他只聽他認為對的話。方才也是脾氣上來，嗆了一句，本意是為了小孩的安全著想，並不是真心叫她在家繡花，如今聽了清殊這番有理有據的話，他倒生出幾分認同感。

可是，他剛剛還站在對立面，現下立刻就倒戈，可不是他的作風。少年人自尊心作祟，冷著臉好一會兒，一句話也沒說，只將鞭子一揚，驅著逐風撒開四蹄往前奔去。

獵獵的風撲在清殊臉上，吹得她睜不開眼，小臉上卻露出一個笑。她又往後一仰，這會沒有人制住腦袋，於是成功磕在晏徽雲的胸前。

她仰著頭，笑咪咪道：「多謝殿下當我的馬伕。」

這個視線望去，她正好能看見晏徽雲的下巴和鼻孔，是十分死亡的角度，可清殊卻並未瞧見想像中的醜態，反倒將他眼底一閃而過的笑意看得更清晰了。

只不過那笑容轉瞬即逝，晏徽雲又擺出冷漠的表情，不耐煩道：「囉嗦。」

又見馬鞭一甩，逐風全力飛奔，連鬃毛都在疾風中飛揚，像是跑出離弦之箭般的速度。

「啊！」清殊猝不及防驚叫一聲，旋即回味過來，意識到這是方才的請求被滿足了。

她雙手緊抓著鬃毛，小臉蛋上盈滿了興奮和雀躍。

水氣夾雜在狂風裡，帶著自由而清爽的味道。結束了酷暑悶熱和綿延暴雨，天空泛著雨過天青色，城外群山環繞，林木花草相映成趣。

空氣不知是哪處飄來熱粥的香氣，逐風路過無數風景，沿途留下小姑娘清脆的笑聲。

快馬成縱隊飛馳而過，途中路過水窪，不溫柔地濺起一灘泥水，引得路邊的姑娘們驚叫連連。小頭領慌忙丟下一句抱歉，風還未將聲音送達，座下戰馬已經跑出幾里地。

最前頭的逐風一騎絕塵，不多時就快抵達粥棚盡頭，還能遙遙望見高大的城門。途經占地最廣的那處，只見半空飄著一面旗幟，上書「淮安王府」。

逐風速度卻絲毫未減，清殊迎著狂風，瞥見這幾個字，艱難回頭道：「都路過自家的棚了，你不停下來看看？」

頭頂傳來似笑非笑的冷哼聲。「有什麼好看的？跟妳似的守著他們分粥？」

「哼，跩什麼跩。」清殊背對著晏徽雲，暗暗翻了個白眼，小聲嘟囔。

他像有讀心術似的，立時一挑眉，二人的鬥嘴尚未開始，卻被前面倏然而至的一條長鞭阻攔了去路，迎來驚魂一刻。電光石火間，那鞭影速度極快，清殊正面迎著它，沒來得及有反應，瞳孔裡倒映著一道殘影帶著破空聲凌厲甩來。

同一瞬間，晏徽雲猛地一勒韁繩，生生用蠻力制住疾奔之勢。

逐風仰天嘶鳴，馬蹄踐踏起半人高的水花，卻好歹調轉了方向，避開那道鞭影。可濺起的泥水卻向著清殊兜頭撲來，她立刻閉眼捂臉，準備接受洗禮，等了片刻，卻沒等到預想中的冰涼。透過指縫望去，只見少年不知何時將外袍抖開，往空中一揚，將那泥水悉數擋住。

從清殊的視角望去，她看不清少年的臉，只能看見擋在身前的玄色衣衫，那上面還繡著旭日東升的花樣。除此之外，她的視線被擋得嚴嚴實實。

一時間，清殊的小腦瓜子裡閃過無數劇情。

來人是刺客？仇家？都怪晏徽雲太跩，這臭脾氣怕不是把全京城都得罪了，冤主想來是氣狠了，光天化日也要來報仇雪恨。

清姝心疼自己出門沒看黃曆，竟然遭受這等無妄之災，她正想拉開那件袍子，好一睹冤主真容，卻聽頭頂傳來晏徽雲的聲音。

他語氣裡帶著風雨欲來的氣勢，他一字一頓道：「晏、樂、綾！」

清姝耳朵一動，剛覺得這名字耳熟，還沒細想，颯爽的笑聲就從不遠處傳來。

「臭小子，還敢直呼我的大名，我看你是太久沒被我教訓了！過來，和姊姊我比劃兩招，瞧瞧你功夫可有進益？」

「這麼閒，去考個武狀元吧。」晏徽雲翻了個白眼，不想理會。

可對面的人卻以迅雷不及掩耳之勢欺身而上，長鞭一甩，氣勢凌人。

「嘖，晏樂綾，妳是吃太飽了吧？」

第三十四章

晏徽雲雖不想接招，可攻勢已近，深刻在骨子裡的招式下意識便使了出來。短短數息間，二人你來我往過了十餘招，一拳一掌眼花繚亂，卻自成章法，分明是積累了十數年的默契。

「晏徽雲，沒吃飯嗎！」晏樂綾毫不客氣地嘲笑，又送來極其凌厲的一鞭。

晏徽雲側過身俐落避開，他一手牽著轠繩穩住逐風，單手迎戰，看似緊迫卻頗有章法。

晏樂綾不滿，又使出了幾分力氣，長鞭耍得虎虎生風。「怎麼？翅膀硬了，敢單手與我過招？」

晏徽雲雖有餘力，卻也不敢小看自家姊姊，他一面快速拆招，一面冷聲道：「有完沒完？」

清殊趴在馬背上，小小一隻又被外袍兜頭蓋住，分辨不出外頭戰況，只聽得出很激烈。來人姓晏，聽他們的對話，不難猜出這就是淮安王府的樂綾郡主。

乖乖，這就是豪門姊弟嗎？相愛相殺的日常。

正想著，不知是哪個人的掌風擦過，「嗖」的一聲，布料順滑的外袍被掀開，順帶帶起清殊額前的碎髮，露出一雙無辜又茫然的大眼睛。

打鬥聲戛然而止，短暫的沈默後，晏樂綾怒喝。「晏徽雲，你拐帶了哪家的小孩？」

被拐帶的小孩清殊，直到現在才看清這位女鬥士的真容——十七、八歲的少女束著男子式樣的高馬尾，一身束袖深藍長裙，五官與晏徽雲如出一轍的深邃分明。然而她天然微翹的嘴角，恰到好處地撫平了驚人的美貌所帶來的凌厲感，即便此刻她怒氣衝衝，卻也無法讓人心生懼意，反倒被她英氣勃勃的模樣吸引了目光。

「姊姊好。」驚訝片刻後，清殊咧嘴一笑，乖巧道：「我是曲家的四姑娘，今兒要回城，正巧遇上世子殿下，他是發善心護送我，並不是拐帶我。」

「發善心？」晏樂綾像聽到什麼好笑的事情，匪夷所思地看向晏徽雲，問：「你有這玩意兒嗎？」

晏徽雲翻了個白眼，懶得回答廢話，俐落地跳下馬。他回頭伸手，正準備將清殊抱下來，卻被晏樂綾一掌拍開。

「姑娘再小也是個姑娘，哪輪得到你抱？讓我來！」晏樂綾理直氣壯地教訓弟弟，轉頭換上慈和的語氣朝清殊笑道：「妹妹伸手，我抱妳下來。」

清殊樂壞了，哪有不依的，高興張手，穩穩當當地落了地。

晏樂綾將清殊抱下來，又順勢牽著她的手一路往前走，晏徽雲在後頭跟著。

「方才真是抱歉，我竟不知妳也在馬上，我和他是打慣了的，料想那一鞭也沒什麼，現下想來要是把妳傷著可就罪過了。」雖然是面對一個小姑娘，晏樂綾卻坦蕩地認了錯。說完，她又壓低聲音，挑眉道：「來，妳和我說實話，那小子沒欺負妳吧？只管悄悄在我耳邊說，不必怕他！」

清殊一樂，知道自己有了靠山，小嘴正要告狀，一轉頭，瞧見後頭的晏徽雲面色不善，立刻收斂笑容，乾咳兩聲道：「殿下甚好，甚好。」

「嘖，還要走哪兒去？」晏徽雲早沒了耐心。「我都陪妳過幾招了，還想如何？天色不早了，我還要把她送回城，別耽誤時辰了。」

晏樂綾回頭瞪他。「狗脾氣，真當我吃太撐攔你？我原也不得閒，今兒是姑母和嬸母出城祈福，正巧來粥棚探視，我才作陪。你倒好，打馬飛奔從門前經過不停，偏又叫柳風那眼尖的認出來了。姑母問起，總不能讓你這樣失禮，我只好拎著鞭子來逮你。」

只是聽得幾個字眼，晏徽雲就煩躁地揉著太陽穴。「見我做什麼，添堵嗎？況且我還帶著個小姑娘，妳讓她上哪兒去？」

「嘖，管好你的嘴！小姑娘跟著咱們去唄，這有什麼難？」晏樂綾警告地看他一眼，想了想，又安撫道：「又不是什麼正經會面，姑母病了這些天，今兒身體好些才出門。母親不在，自然是咱們招待，你多少要體貼長輩，只略微見個禮，難道會少你一塊肉？再者，兆哥和容兒都在，輪不到你綵衣娛親。」

一番連敲帶打，總算把刺兒頭的毛撫平了。

清姝多少品出幾分意思，腦中大概捋清了關係——晏徽雲的姑母是端陽長公主，嬸母是永平王妃，現下這兩位貴婦一起出門祈福，在這邊落腳，身旁還跟著各自的兒子，袁兆和晏徽容。

淮安王府的排場很大，即便是個臨時的粥棚，也比一般人家的要華貴。因為貴人駕到，下人們臨時隔出了一處空間，四周用帷幔和屏風遮擋，裡頭布置了一應桌椅、軟榻和瓜果吃食，又點上特別的熏香驅蟲。這般奢靡的排場，與外頭排隊領粥的人群互相映襯，竟生出一股荒謬感。

長公主的儀仗停靠在側，下人們安靜地侍立在外頭，透著一股肅穆的氣氛。

晏樂綾上前與一個太監說了什麼，清姝不自覺地放慢了腳步，轉而退到晏徽雲身邊。

「怎麼？」晏徽雲挑眉，似笑非笑道：「怕了？」

清姝小聲道：「我不曉得怎麼行禮，也不知怎麼稱呼，豈不叫人笑話？」

晏徽雲淡淡道：「妳跟著我來的，誰敢笑？」

清姝越想越覺得這事莫名其妙，忿忿道：「都怪殿下！要不是你帶我回城，我怎麼會像個拖油瓶一樣跟著你來，還要見一些八竿子打不著的人！」

「那妳怎麼不怪我多管閒事，逮了那田老五？」晏徽雲匪夷所思地看了她一眼，慢悠悠道：「妳也是個人才，旁人要是能見到我家長輩，不知樂成什麼樣，偏妳還惱了。」

清殊納罕道：「我巴結她們做什麼？」

晏徽雲看了她一眼，沒答話，一副很無語的神情。

很快，清殊就知道他說的「旁人」是誰了。

房舍裡，長公主與永平王妃分坐上首兩側，左下首躺著閉目養神的是袁兆，右下首是一個十歲左右的小公子，正在乖巧吃糕，應該是晏徽容；除此之外，還有一個身形曼妙的少女隨侍在長公主身旁，正是許久不見的項大姑娘項連伊。

晏樂綾率先上前見禮，緊接著是晏徽雲，清殊小小一個很不起眼，又是丫鬟打扮，混在一堆下人裡，很容易就被忽略。

長公主沒瞧見清殊，一直溫婉笑著的永平王妃卻突然開口問道：「那是誰家的孩子？上前來，讓我看看。」

一時間，眾人的目光都齊齊匯聚在清殊身上。

晏徽雲下意識地側身擋了擋，沒教清殊開口，自己便搶過話頭。「她是曲侍郎家的四姑娘，我受她兄長託付順路帶她回城，嬸母就不必問了。」

這話回得乾脆，只聽表面一層，旁人就當他是一貫的沒耐性。

長公主晏寧往這處瞥了一眼，雖瞧著那小姑娘長相頗為可愛，聽聞她家世不顯，心頭泛起的少許波瀾到底歇了，只聽她淡淡道：「讓柳風護送這孩子回去就是了，何須勞雲哥兒你親自來。」

晏徽雲一挑眉，剛想回話，永平王妃盧文君便笑道：「你們瞧，這孩子長得真是讓人憐愛。前兒聽了幾句市井話，說是懷胎的時候就要多看看好模樣的孩子，如此一來，自己肚子裡的生出來也會是好的。」

她說著便招手讓清殊上前來，又是餵糕、又是餵水，眼裡、心裡都有了十二分的喜愛。清殊乖巧地被盧文君摟著，這才發覺王妃寬敞的外衣下面遮蓋著略微顯懷的肚子，看情形已經是五、六個月的身孕。

頂著眾人各異的目光，清殊叫苦不迭，連連向晏徽雲投去求救的眼神。可饒是晏徽雲再霸王，也不能和孕婦搶人，此刻只能乾瞪眼。

長公主晏寧冷淡地瞧了幾眼，到底沒甚興趣，轉頭與項連伊和顏悅色地說著話。項連伊一面溫聲應答，心思卻分成幾縷，一邊不時打量著袁兆的神色，一邊關注著清殊那頭。

項連伊眼底雖帶著笑意，心下卻有頗多計較。她為了討好長公主，可謂是費了不少心思，又是揣摩喜好，又是揣摩性情，硬生生將自己變成乖巧可人的樣子，這才略得了幾分歡心。

即便她得了長公主的注意，可在永平王妃、淮安王妃這幾個妯娌親戚面前卻沒有多麼體面，她們仍將她看做外人，有禮周到卻冷淡。如今瞧著那曲清殊不過是一個七歲的小姑娘，這才第一回在永平王妃面前露臉，就得了她實打實的歡喜，怎叫項連伊心裡好受？

袁兆不知何時投來一道冷淡的目光。頂著他的眼神，項連伊原本想擠出一個笑容，可那冰冷的目光毫無感情地劃過她，像是看穿了什麼，也並不在意她會有什麼樣的回應。

「前兒妳為我尋的那老參確實是好物，連胡太醫都說它極為滋補。我沒好好謝妳也罷了，今兒還煩妳陪我出城來，也虧妳大度知禮，要是旁人，早在背後怨我了。」長公主沒有察覺項連伊的心思，依舊親親熱熱的和她聊著。

「公主哪裡的話，有陪伴您左右的機會，這是誰都求不來的好運道，我不珍惜這厚福，反倒生怨，回頭連我娘都要怪我不知好歹了。」項連伊溫和笑道。

「果然好出身的孩子就有好規矩，好派頭。妳的模樣、才情，都是一等一的拔尖，那些小門戶出來的哪裡及得上妳一星半點兒？」晏寧越發和藹。「倘或有妳時時陪著我，我這身子都好得快些呢。」

晏寧滿意她的得體，瞥見渾然置身事外的袁兆，內心又有了盤算，她拉過項連伊的手，故作惋惜道：「唉，好孩子，可惜我沒有這個福分，生了不貼心的兒子，要是有個妳這樣的女兒，我心裡不知多熨貼呢。」

這話落在眾人耳朵裡，都意會了她的後半句。時下的人都含蓄，想讓人當女兒，與看中了討來當兒媳婦沒甚兩樣。總之，這是要撮合的意思了。男女雙方都是適合成婚的年紀，家世匹配，原先也都熟識，倒是再好不過的姻緣。

永平王妃心裡了然，怪道長公主特意今日出門祈福，原是為了將這二人湊到一處。

項連伊目光微動，心裡雖歡喜，卻也知道矜持，只是偷偷往袁兆那兒看了一眼，面龐泛紅，低頭不語。

在一旁吃瓜的清殊也琢磨出了意思，敢情她這是誤入了家庭相親現場呢。

她大眼睛滴溜溜地轉了一圈，心裡暗暗道，想不到袁兆這濃眉大眼的，腦子卻不好使，居然被項家女溫柔的外表矇騙。虧得他還進入過自己的姊夫候選名單，罷了罷了，劃掉！

袁兆好像背後長了眼睛，他突然一回頭，似笑非笑地看了清殊一眼。

清殊沒來得及收起搖頭嘆息的神情，就被逮個正著，於是趕緊塞了一塊餅，堵住嘴。

袁兆終於收回目光，好像才意識到眾人都在等他開口。只見他好整以暇地抿了一口茶，淡淡道：「母親年紀也不大，倘或想要個女兒，抓緊時間還能再生一個，我也不介意添個妹妹，何苦惦記旁人家的。」

清殊正在喝水嚥餅，一聽差點噴出來。

晏徽雲直接不客氣地笑出聲，被晏樂綾猛拍了一巴掌。

永平王妃下意識想笑，趕緊用帕子捂住嘴，嗔道：「兆哥兒胡鬧！」

長公主可笑不出來，她哪裡不知道，這是親兒子故意氣她呢！

「我這把年紀都要抱孫子了，你不說娶個媳婦好讓我享清福，還拿話堵我！」

袁兆挑眉道：「您芳華正盛，現下要想抱個女兒正好，還能和舅母肚子裡的做伴。有個貼心的孩子自小陪著您，必不會養成我這樣討人厭的性子，還能打發時間，何樂而不為？」

長公主眉頭一挑，喝道：「袁兆！你要氣死我才甘心?!」

「自然不敢。」袁兆淡然回視，緩緩道：「好了母親，到此為止。我既然願意陪同您出來，便是為了您的身體著想，既然惹惱了您，兒子也不久待了。」

晏寧接收到兒子冷淡的眼神，心下一凜，方才的怨氣頓時一掃而空。

母子倆語言的交鋒，自然有深意。

袁兆一向是個不服管教的，和父母關係冷淡。她最操心袁兆這淡然的性子，一陣風似的誰也抓不住，料想要是有了意中人，興許人也會踏實點。

出發點雖好，晏寧的手段卻不光明。

袁兆成日不著家，晏寧只能謊稱身子不好騙他回來，然後又說想去城外寺裡祈福，多走動走動，散散心。這麼一誆，就把人誆進了相親局裡。

「你……你這個逆子！」晏寧雖不占理，火氣卻實打實的旺，她身子一向羸弱，此刻急火攻心，連連咳嗽，臉龐泛著病態的潮紅。

袁兆也不辯駁。「是，我一向是個逆子，從不能讓母親開心，要是有個乖巧的妹妹，倒是一件喜事。」

這話一出，眾人面色古怪。

晏寧堵在胸前的氣頓時一窒，上下不得。

袁兆一向是個我行我素的性子，哪曾說過這等軟話？即便是親生母親，晏寧也從未見識過這一面，怎叫她不驚訝。

一時間，語氣也軟化了，只是餘留幾分怒氣。「罷了！你是忤逆慣了的，我也不急著今日就成事，只將我的話放在心裡好好琢磨就是了。還有，不許再提什麼妹妹的，要添也是添個孫子。」

袁兆一挑眉，又想說什麼，卻被長公主劇烈的咳嗽聲打斷。

項連伊趕忙上前幫她拍背順氣。「公主，慢些說，別惱了。袁郎的脾氣您還不知道嗎？你們都是刀子嘴、豆腐心，千萬別因為我生了嫌隙。」

因為高門之間互有往來，這一世的項連伊與皇家這些兄弟也算一塊兒長大，如今年歲漸長，長輩們不免生出了幾分旁的心思。既然已經有了湊對的心思，就不急於一時了。

項連伊心裡有成算，長公主的歡心易得，袁兆的真心難求，萬萬不能因小失大。

「好孩子，妳是最懂事的，今日委屈妳了。」果然，長公主面帶憐惜，又拉過她的手輕輕拍著。

像今日這樣似巧非巧的見面，都是經過盤算的。譬如今日，長公主心裡是想讓袁兆和項連伊好好相處。原本有他們自家幾個人倒也沒什麼，偏又闖進來一個清殊。不過小姑娘倒也不打緊，可是正主袁兆明明已經被騙過來了，卻又不配合，真是氣煞了公主。

第三十五章

清殊縮在永平王妃懷裡看了好一齣大戲，興致勃勃得很，心裡還盤算著回去要講給姊姊聽。正在暗暗捋清人物關係，就瞥見長公主背過身拭淚，臉上卻滋潤非常，哪有病態？可她再回過頭去時，又是咳嗽連連。

清殊撓了撓頭。啊，好傢伙，裝病呢。

很快，發現這件事的不只她一個。

袁兆打量了母親片刻，想是見慣了這把戲，確定她沒事，略拱了拱手就告辭了。他走時，正好與晏徽雲擦肩而過，短短一瞬間，兄弟二人進行了一番眼神交流。

他一走，長公主和項連伊留著也沒甚意思。

「我身子不適，先去帳子裡休息一會兒，不陪各位了。雲哥兒、容哥兒和綾姐兒也多來我那兒坐坐，雖然沒新鮮玩意兒招待，到底是你們姑母我的心意。」臨走前，晏寧朝著小輩們笑道。

「皇姊客氣了，妳只管休息去，一會兒要啟程，我再遣人叫妳。」永平王妃立刻起身相送，又是一番客套，才將晏寧與陪同的項連伊送走。

見場子散了一半，晏徽雲立刻道：「天色不早了，不好耽擱時辰，我把小姑娘送回城才是正經。」

「哪裡就這樣急？」王妃摟著清殊不願撒手，一面柔聲道：「雲哥兒也體諒嬸母吧，我又不像嫂子那樣好福氣，生了你們一兒一女兩個，我也盼著有個樂綾這般好模樣的閨女呢！現在好不容易來了個麵團似的小姑娘，還不讓我多抱抱、看看？」

晏樂綾在一旁嗑瓜子，打趣道：「嬸母稀罕人家小姑娘，你著急什麼勁？要是你親妹妹，倒好出個價錢買來，可人家姓晏嗎？與你什麼關係？」

晏徽雲不順著她的話說，不耐煩地道：「妳是拐子嗎？還出個價錢，有本事去和她姊姊談，能買了她來，算妳好本事。」

「喲。」晏樂綾笑得前俯後仰。「那我正好有個王八蛋弟弟，要是人家不嫌棄，我便倒貼幾兩銀子換了這個乖妹妹來。」

晏徽雲匪夷所思。「她？乖妹妹？」

「總比你小時候好出大半截。」

姊弟倆又開始吵嘴。

「你們這對冤家姊弟。」王妃摟著清殊看樂子，清殊維持著「乖妹妹」人設，捂嘴偷笑。這時，袖子忽然被輕輕扯動，一回頭，映入眼簾的是一位唇紅齒白的小少年。

「妹妹，我叫晏徽容，妳可認得我？」

永平王世子晏徽容，今年將滿十歲，一貫是個閒不住的主兒。先前有晏徽雲這尊神鎮著，倒也老實了片刻，可他對新來的小姑娘實在好奇，又見自家娘親愛不釋手的模樣，於是越發坐不住了。正巧那姊弟倆在鬥嘴，他便找著了機會。

「我和程鈺相熟，他是妳表兄吧？」晏徽容倒也聰明，知道從這方面套近乎。只是，他雖故作老成，但到底只是個十歲的小少年，睜大的雙眼暴露了好奇的心思。

清殊憋著笑，也故作斯文道：「正是呢，上回去我表兄府邸，本該與世子有見面的緣分，只是……到底不巧。」

見到你哥，沒見到你。

晏徽容追問道：「只是什麼？那妳怎的沒來見我？妳說的上回可是老夫人壽宴那回？我在府裡玩了一圈，也不曾見過妳。他家二奶奶還找了好些玩伴和我玩呢，要是其中有妳這樣的妹妹，我還理旁人做什麼？」

他年紀小，說著不像樣的話，卻又頗為赤誠可愛。

王妃笑罵道：「羞也不羞，從小到大只要見著模樣齊整的姊姊、妹妹，你便走不動道，不能再教你出門現眼去！」她一面又對清殊道：「好孩子，別理他，只管和我說話。」

清殊這會兒也放鬆了，朝晏徽容笑道：「沒見著你這樁事，不必問我，你問他去。」她說著便向晏徽雲的方向抬了抬下巴。

晏徽容順著他的目光回頭，正對上自家兄長居高臨下的視線。他嚥了嚥口水，小聲抱怨道：「雲哥你既然認識曲家妹妹，怎的不帶來與我見見？」

晏徽雲翻了一個白眼，不屑道：「有你什麼事？死乞白賴地跟著我去國公府，進了人家園子就恨不得撒開八條腿玩，你還想認識誰？你就跟那園子裡你自己捏的泥人作伴吧。」

這是嘲諷晏徽容還是個玩泥巴的年紀呢。

因上回耍賴的事，晏徽容可把自家兄長得罪狠了，現下他也不敢撒野，只委委屈屈的縮成一團不說話。

一物降一物。

只見晏樂綾一巴掌拍在晏徽雲肩上，罵道：「容哥兒幾歲，你幾歲？嘴上偏就不饒人。」

晏徽雲道：「他就是欠教訓。」

晏樂綾冷哼一聲。「我看你也欠教訓。」

姊弟倆剛消停一會兒，又你來我往地開始過招。

「手裡都有分寸些，別真傷到了。」王妃一向寬容，只含笑著任由他們打鬧。

這廂，晏徽容悄悄靠近清殊，小臉通紅，頗有些羞怯地道：「哎，那個，妳的手串真好看，是哪家匠人做的新式樣？之前從不曾見過。」

他說話聲音雖小，卻也被一旁的王妃聽見了。知道兒子的老毛病又犯了，王妃揪著兒子的耳朵，叱道：「還躲著說？好好一個小男兒家，偏愛琢磨釵環，丟不丟人？」

面對母親，晏徽容哪有一絲害怕？他覥著臉笑道：「母親別惱，等我將來學成了，定要做一副全京城最好看的頭面孝敬您。」

「貧嘴！」王妃瞪他。

清殊有些意外晏徽容這奇特的關注點，笑道：「我的手串是自己設計的，我姊姊另找了匠人照著圖稿打了兩串，全武朝再找不出一樣的了。」

見晏徽容一臉好奇，清殊大方地摘下桃紅碧璽珠串，正是初來京城時，被曲清芷惦記的那一串。

晏徽容小心的將它捧在手裡，仔細地瞧了瞧。「材質雖不是最頂級的，但勝在款式新，設計巧妙。倘或拿到京裡的展銀樓賣，定會教夫人、小姐們搶破了頭。」

清殊頗有些訝異，聽他這番評論還真有幾分道理，並不像個門外漢。自從穿來武朝，她極少發揮自己的專業優勢，也難遇知音。

一則，士農工商，商為最末流，如今從事「珠寶設計」的大多為底層的匠人。雖有才華，到底身分微賤，權當餬口的營生，而且大部分人並不只是專門從事設計這一途。二則，清姝年紀小，難與成年人有交集；即便有同樣的愛好，也不會想和她一個小孩子來往。

可現下，晏徽容既是一個懂行的人，年歲又與她相仿，竟是將兩個條件都滿足了！

一時間，清姝的話也多了起來。

「我先前並不想用碧璽，可是它勝在顏色稀罕，雖不多貴重，卻恰恰迎合我設計的初衷，占了清新雅致的優點。」

「如此一來，倒也說得通了。」晏徽容讚賞點頭，又道：「說起稀罕石頭，我那兒有產自北地的紫牙烏和瑪瑙，還有黑曜石、黃晶……各色石頭都是年節裡皇爺爺賞的。他知道我一貫愛，便都給了我，可我雖有幾分眼光，到底沒有手藝，妳若用得上，只管開口。」

「倒確實有幾種用得上。」清姝也不再客氣，一提起設計，她有幾分技癢，要是有現成的材料供她揮霍，那真是再好不過。

二人你一言、我一語，越聊越火熱。經由這一席話，清姝打開了一個前所未有的思路。或許，她從前的技藝並非一無是處，說不定也能在武朝開闢一番天地呢。

清姝思緒開始天馬行空，而外面的日頭也逐漸西沈。

晏徽容意猶未盡，他拉著清姝還要再說，卻被晏徽雲一個冷漠的眼神堵了回去。

後者不知何時停止了姊弟互毆，默默在一旁聽他們的交談。

「好了，可以閉嘴了，你今天的廢話時間已經夠了。」晏徽雲不耐煩地瞪了堂弟一眼，又轉頭向王妃請辭。「天色不早了，不好再耽擱了，我先帶她回去。」

「是呢，今天多謝各位貴人的款待，我要回去了。」

清殊瞧了瞧外頭的天色，想著姊姊還在家裡等自己，也不由得有些著急。

「好孩子，以後時常來我府上玩，我真喜歡妳。」王妃雖不捨，到底有分寸，沒再留人。

「多謝娘娘厚愛，也祝娘娘添一個伶俐可愛的小女兒。」清殊甜甜笑道。

「雲哥！我也和你一塊兒回去，你多帶我一個唄！」晏徽容被王妃拉著後頸脖子，不住地撲騰，兀自叫嚷著。「清殊妹妹，放假就來找我玩啊！一定記得！」

晏徽雲充耳不聞，掉頭就走，清殊還在捂嘴偷笑，轉眼間就天旋地轉。

來時是被晏徽雲拎上馬，這會兒也是一樣。

清殊抓著馬鬃毛，好不容易坐穩。晏徽雲一鞭子下去，逐風撒開四蹄便跑。

晏樂綾的聲音遠遠傳來。「臭小子，慢點騎！別摔著人家！」

「知道了！」夜風裹挾少年的聲音跑遠。

天空放晴的第二天，各府的粥棚陸陸續續撤了。平國公的攤子卻不減反增，還在一旁增設了棚子，多供一頓餐食。也不知是誰傳出的消息，說這是程家二房奶奶曲雁華的主意。一時間，二奶奶活菩薩的美名傳遍城郊。

這日，一頂軟轎自山道盡頭而來，一眾丫鬟、婆子和護衛隨侍在側。

眾人定睛一看，正瞧見一個美貌婦人掀簾而出。

侍奉在一旁的趙嬤嬤上前道：「諸位辛苦了，我家二奶奶心慈，打今兒起，咱們棚子裡除施粥外，一頓再加兩個饅頭。家裡有老弱孩童的，可加領一份。」

此話一出，道謝聲此起彼伏，難民們跪成一片，一迭連聲地叫菩薩。

美貌婦人緩緩開口，嗓音如三月春風般溫暖。「不必拜我，上天有好生之德，我們凡夫俗子，倘或有餘力，略微匡扶貧弱也是應該的。」

眾人瞧著她神仙妃子似的容貌，更是熱淚盈眶，啼哭不止。「夫人是菩薩、仙女托生！」

綿延的感激之聲傳出很遠，美貌婦人笑容溫婉地看著眼前一切，轉身離開之際，眼底的笑意被漫不經心替代。

待到軟轎離去得遠了，趙嬤嬤才湊近簾邊，低聲道：「二奶奶，都打點好了，可以去了。」

轎內，曲雁華美目微垂，手裡緩緩撥弄著佛珠。她大張旗鼓地出城，自然不全是為了揚名，更重要的是掩人耳目，去做旁的事。

「二奶奶，您囑咐我瞞著大爺他們，我可是一個字也不曾透露啊。我也不知他們如何知曉的，現下逼得咱們還要親來見那群泥腿子。要是老奴能替代二奶奶，也不必二奶奶遭這罪，您金尊玉貴的，繡鞋哪裡沾過泥啊?!」

轎子停在一座偏僻莊園外，丫鬟和侍從停在原地，只有趙嬤嬤陪在曲雁華身側。一路上，趙嬤嬤偷瞧著她的神色，生怕她怪罪，事先就絮叨了一堆，將罪責攬在自己身上。

曲雁華哪會看不出她的小把戲，只是懶得理會。

見她不說話，趙嬤嬤越發慌了，急切道：「二奶奶要是怪罪我，狠狠罰我就是，千萬別氣壞了貴體！」

眼看她又要囉嗦個沒完，曲雁華冷淡道：「嬤嬤只管住嘴，跟著我就是。我不是什麼貴體，這雙腳既沾過泥，也下過田，苦活、累活都幹過。」

趙嬤嬤訕訕閉嘴，不敢多言。

總算安靜下來，半盞茶的工夫，管事所在的大廳近在眼前。早有候在此處的一大批管事交上一大本帳簿，鄉野粗人只草草行個禮便請曲雁華上座。

曲雁華細細翻看了帳本，又問了管事幾句話，就將情形知道得差不多。又有人帶她們去庫房察看，這一環，曲雁華足足耗費了半個時辰。她一路邊走邊看，自始至終卻什麼也沒說，只有眼底閃爍的光昭示著她沒有一刻不在思考。

直到離開莊子，趙嬤嬤按耐不住，再三詢問，曲雁華才淡淡地道：「一月之內賣完，絕無可能。」

趙嬤嬤苦著臉。「可是……可是大爺給咱們的期限就是這麼久……」

曲雁華臉上流露諷刺的笑。「程善均不過是個酒囊飯袋，以為上下嘴皮子一碰，銀錢就會落在他的肚子裡，可笑。」

趙嬤嬤嘆道：「說到底，咱們卻也是借他的名頭做事，他如今聽信小人讒言，以為二奶奶要獨吞這筆錢，這才著急。他也不想想，您跟他是一條繩上的螞蚱，能怎麼獨吞？」

「獨吞？」曲雁華細細咀嚼這兩個字，眼底閃過意味不明的笑。

倘或是從前，她順勢押著貨在手裡，確實會有獨吞的心思；可是就現下情形看，這批貨恐怕真成了拖垮她的累贅。

趙嬤嬤問道：「二奶奶瞧出什麼名堂？」

「一則，因為暴雨，好幾條運貨的航路都斷了；二則，咱們的鹽莊，製鹽的人比販鹽的要少許多；再者……」曲雁華頓了頓。「妳瞧最後送咱們出門，跟咱們搭話的那幾個人，並不是專做販鹽生意的自己人，而是程善均不知從哪處招募來的販子。一層一層剝削下來，咱們的鹽價不知高出旁人多少倍去。

「我先前吩咐的訂價，想必他們陽奉陰違，私自抬高不少。於他們而言，慢慢地販賣，總能獲利，於是便做了假帳簿來糊弄我，可做帳目的人水準不到家，騙不過我。」曲雁華的聲音越發的冷。「倘或沒有暴雨成災，還有程善均這頭蠢驢，我未必回不了本，如今看來，倒真是難上加難了。」

趙嬤嬤一面心驚，一面又佩服。「二奶奶真是女中諸葛，我竟都不曉得裡頭的門道，都是書上學的？」

提起這個，曲雁華眼神一頓，有些愣怔。

「是，我的老師是一位出身寒門，心懷天下的才子。」那人有經世之才，本該是舉世無雙的實幹能臣。她心裡想，卻只說了這麼一句，便不肯再開口。

軟轎復又前行，一方昏暗狹小的空間裡，美貌的婦人閉目養神，手裡的檀香木珠串不斷發出有規律的撥弄聲，好像一顆泛起波瀾的心。

沒有人生來就是所謂的女中諸葛。曾幾何時，她也曾趴在某人的桌前，聽他唸「廣道德之端，抑末利而開仁義」。

簡陋的院落裡，只有一、兩株芭蕉平添了幾分碧色。

初春的日頭並不十分暖和，間或吹來幾許涼風。少女冷得打了個寒戰，也頑固地不願關窗，被訓斥了只是笑道：「江南無所有，聊贈一枝春。這是你與我的第一個春天，我當然不願關窗。」

一番話說得理直氣壯，叫人辯駁不得。

那人執著書卷輕敲她額頭，語氣一貫的老成持重。「那就去加衣服。」

片刻後，少女穿著長出一截的寬大袍子，故意晃到他眼前，笑容勝似春光無限。「裴先生，鹽鐵論我沒聽明白，你再和我講一遍吧。」

那少年冷淡地看她一眼，便極快地移開目光。「既如此，便好生聽著。」

塵封許久的記憶如開閘的洪水，關於鹽鐵論的一字一句，關於書裡的詩詞歌賦，還有……少年那故作鎮定，卻暴露了情思的通紅耳垂，恍如昨日般清晰。

第三十六章

「二奶奶，到府了。」

趙嬤嬤的聲音將曲雁華的思緒拉了回來。

簾外，國公府的牌匾如巍峨高山，如這世間最讓人貪戀的權勢，教人心折，教人迷失，又教人厭惡。

曲雁華緩緩睜開眼，在眾丫鬟、婆子的侍奉下，一步一步走上臺階。

那個願得一枝春的少女，永遠留在潯陽城水源村裴家私塾的那方小小院落裡。而眼角攀上細紋，美豔逼人如熟透的牡丹一般的國公府二奶奶，卻只能順著那條通天的臺階，一步一步往上走，絕不能回頭。

掐著日子數到現在，曲雁華在心裡默默推演了千百遍，自己有可能犯下的疏漏。她漫無目的地在園子裡走著，不知何時，停在一處月亮門前。

天色正值傍晚，殘陽如血，那面牆上掛著兩條纏繞而生的紫藤，桃色為紅玉紫藤，銀白為白花紫藤。一株花朵累垂，一株將要凋零。

這一幕，好似與不久前的某一刻情景重疊，讓曲雁華生出一陣熟悉感，又有莫名的第六感在提醒她什麼。

此時，不遠處傳來一道少女的聲音。

「姑母，多日不見，別來無恙。」

曲雁華聞聲回頭，只見少女笑意盈盈，正立在月亮門外瞧著她。

短暫的一瞬間，兩人的視線在空中交會。

曲雁華眼底夾雜著探究，而潛意識裡隱藏的某種思緒，彷彿在此刻得到呼應，隱隱要跳出一個答案。距離上回見面好像過去了許久，因為阮氏的財產交割問題，她們不歡而散。小丫頭初現爪牙，卻稍顯稚嫩，被老謀深算的姑母擊敗。

過往的一幕幕快速從曲雁華腦中掠過。

紫藤、底細、算計……以及今時今日，她出現在這裡的目的。難道是巧合？

曲雁華眸光微動。

她從不信天底下有巧合。排除巧合，又結合兩件看似不可能聯繫在一起的事情，她有了一個不可思議卻又合情合理的猜想。幕後之人，或許是曲清懿，是眼前這個尚未及笄，如含苞待放的花朵一般的稚嫩少女。

「懿兒有何貴幹？」

曲雁華一貫謀定而後動，從不將目的暴露於前。儘管她心中有所猜想，卻不肯輕易暴露意圖，而是等對方先開口。
傍晚的微風已然帶著初秋的涼意，它飛掠過二人的裙襬，又吹落紅玉藤上零星的花朵。
清懿並不立即答話，只是笑著上前，與曲雁華並肩而行。
「我是來看姑母園子裡這兩株紫藤的。」她笑道：「不知姑母還記不記得，那株蠻橫霸道的紅玉藤占據銀白藤的主人之勢，活得滋潤？彼時，姑母說銀藤之命已是定數，想是知道它被汲取養分，不成氣候了。」
曲雁華不動聲色道：「自然記得，懿兒是借紫藤敲打姑母忘恩負義，不念舊情呢。」
清懿笑道：「姑母好記性。我這人呢，最愛落井下石，今日是特來看紅玉藤的笑話。」
「哦？」曲雁華挑眉。「懿兒這般坦誠，倒教我佩服。只是，我做買賣賠了本錢，將妳娘的鋪子也虧了，這雖於我不是好事，卻也難教妳得什麼好處吧？倘或妳的心氣低，只為看我兩日的笑話，我倒也願意由得妳看，只要妳高興就好了。」
她仍然含糊著試探，輕描淡寫地將她的困境囫圇過去。
清懿輕笑一聲，緩緩道：「僅僅只是虧錢這麼簡單嗎？」
曲雁華眼底淡然漸漸消失，良久，她笑道：「妳還知道什麼？」
二人並肩而行，周圍景色靜謐雅致，不時有微風拂面，端的一派祥和之景。唯有彼此知道，空氣中的暗流湧動，劍拔弩張。

「妳想讓我知道，不想讓我知道的，我都知道。譬如，妳急著用錢，賤賣了許多產業，仍然填補不了空缺；又譬如，今日是程善均為妳定下一月之期的最後一日。上頭急著用錢，一層一層威逼下來，所有的壓力都彙集在妳的身上。」

曲雁華眸光微斂。「不錯。」

「再譬如，程善均此人甚為草包，妳打心底不信任他的眼光，且看出了程家不過是出頭的鳥，早晚成為棄子。可他畢竟姓程，國公府出事，必然帶累你們。於是，妳想借此機會代替他成為掌事人，即便押注失敗，妳也能全身而退。」

說到這，曲雁華才真正抬頭看向她，沈默片刻才道：「倒確實是個聰明的丫頭。

「鹽道這等買賣，我既然敢做，便準備好了退路。」曲雁華語氣平淡。「倘或有一日東窗事發，任誰也想不到是我一個女子在幕後操縱。」

「哦？」清懿意味不明地笑道：「姑母是早就做好了滅口的打算？」

曲雁華輕笑一聲，漫不經心道：「怎麼好叫滅口呢？平國公府百年榮耀，到底有幾分體面。如今出了兩個草包誤入歧途，以死謝罪也就夠了。留下我們一府的老弱婦孺，屆時，我只是個不起眼的二房遺孀罷了。」

「嗯，果然無論何種境地，姑母總能全身而退。」清懿面朝花圃，語氣淡淡地道。她忽然想起前世一樁未解的謎團，此刻也有了答案。

平國公如日中天，烈火烹油時，突然被查出通敵罪證，一夕傾塌。因那罪證是程善均與邊疆外族通商的鐵證，辯駁不得，即便程家託了關係四處奔走，到底無法轉圜。最終，主犯被判斬立決，其餘家眷念在平國公昔日榮光，不予追究。當然，這個不予追究，究竟是砸了多少銀子換來的，已然不可考。

按理說，程家押了晏徽霖，應當能保上許久的榮華，可偏偏在最太平的時節出了事，如今想來，竟是被曲雁華一手端了的。她此舉，看似自掘墳墓，實則是剜掉腐肉。

自古以來，家族運道全都仰賴當家男人的抉擇，打一開始，曲雁華就不想參與結黨，如果想要擺脫被操控著走向死路的命運，那麼她只能爬上掌舵人的位置，再用替罪羊的鮮血開路，徹底推翻重來。

「妳既然清楚我的一切，那麼……妳就是幕後算計我的人，對嗎？」曲雁華的眼底快速閃過審視的光芒，那姑娘眼底自始至終情緒淡淡，像是執棋之人預料一切。

「是。」她毫無掩飾，直接承認。

短短一瞬間，曲雁華眼底的光歸於沈寂。她的心不斷往下沈，可又像終於等到了另一只落地的靴子，不必再費心想誰才是幕後之人。

良久，曲雁華微勾唇角，笑道：「竟然真的是妳。」

曲雁華道：「我從不曾輕視妳，可我拿出的尊重，卻遠遠低於了妳的能耐。在今日看到妳之前，甚至於在妳說出這句話之前，我仍然抱著懷疑的心思。因為我自信於我的判斷，在這之前，我所有人生的豪賭，都贏得精彩。」

她背棄裴蘊，不顧一切來了京城；她背棄阮妗秋，自私自利積累財富；她現在又籌劃著背棄國公府，倘或沒有現下這道坎，那她就能取代程善均，進入權力的中心。

清懿眸光淡淡，忽然想起前世的曲雁華，確實如她自己所預料的，走上一條坦途。

「可惜，過了今日，妳將風光不再。」

聞言，曲雁華完美無瑕的面具彷彿裂開一條縫隙，顯露出一絲隱忍的情緒。

「所以呢？懿兒果然是來看我笑話不成？」她還是笑著，眼底卻炙熱。「我原想著，即便是絕路，只要幕後之人露面，我也能有轉圜的餘地，可偏偏這人是妳。掌握了能與我抗衡的商道，並非一日之功。冒著觸犯律法的風險做這等買賣，不僅要有膽氣，還須有頭腦，除此之外，堅實的背景靠山與得力的人手缺一不可，這一切所須的要素，居然在妳這個小丫頭身上集齊了，怎教我不驚心？

「懿兒，我知道妳恨我對妳母親涼薄，對妳又存了算計的心思。」曲雁華聲音有些顫抖。「可人生在世就是如此，若不為己圖謀，誰知哪一日就摔得粉身碎骨？

「我自己種的因，得什麼樣的果，我都認。我一人做事一人當，欠妳的東西無論如何我都會還妳。只是，奕哥兒是無辜的，我所做的一切，他都不知情。他愛慕妳之心，也是真的。」曲雁華仰著頭，驕傲得不願讓人看到她眼眶泛紅。

傍晚，湖邊，伴著日落西山的最後一抹暖光，她好像將最後的真心流露。

良久，清懿靜靜地看著她好一會兒，然後緩緩道：「這一招，對我沒用。」

一瞬間，為方才的氛圍添磚加瓦的夕陽好似失去了暖色。

曲雁華臉上恰到好處的哀戚緩緩收斂，她高昂的頭慢慢低下，偽裝到極點的溫情徹底散去，露出冷漠的底色。

「妳母親卻每次都被我這一招騙倒呢。」

最精妙的變臉也比不上眼前這一幕轉換。如清懿所料，在見到她的那一刻，曲雁華的腦子裡不停地推演盤算，威逼利誘留後手，種種陰謀、陽謀過腦，終於定下最擅長的攻心計。

「所以，妳大費周章算計我，只為了懲罰我這個忘恩負義的白眼狼？」假面被拆穿，她懶得再裝。「懿兒，按學堂裡的德行教條來說，滴水之恩當湧泉相報。倘或妳信奉這一條，那我無話可說，妳只管恨我就是。我這輩子，只信奉人不為己，天誅地滅。能否讓旁人為我不求回報地付出是一種本事，至於我還不還，端看值不值。」

曲雁華笑看著遠處的垂柳，說出的話全然不復端莊，她好像徹底揭開外殼，透露出原始的惡劣本質，好似破罐子破摔一般坦蕩。

聽了這話，清懿卻不惱，反而定定瞧了她一眼，笑道：「妳的真心話？」

「自然是。」

「有些人裝著裝著，便將自己也騙了過去。」清懿沈默一會兒，眼底閃過嘲弄，不再看她，轉而望向遠處。「倘或有一日，妳親近之人遭難，妳會不會救？」

曲雁華一愣，很快反應過來道：「什麼難？為了救他我要犧牲什麼，又會得到什麼？」

清懿搖了搖頭道：「付出很多，然而什麼也得不到。」

「那我不會救。」曲雁華冷漠道：「我只會做力所能及，又能將利益最大化的交易。」

「確是如此。」清懿突然道：「我認同妳所言，倘或換做是我，也要考慮很多取捨，這是人性的本質。

「起初，妳和我母親或許有真情，但是歸根究底，這也是交易一場。她給妳傍身的錢財，換妳照拂我們。可是這就如同做買賣有盈虧，對方不講誠信，導致血本無歸，所以這是沒有擦亮雙眼的代價。」清懿冷靜地剖析道：「只是相對的，一個人喪失了仁義誠信與道德，勢必也要承受相應的代價。妳曾有無數真心，也許是將妳當妹妹的嫂子，也許……是把妳當妻子的愛人，可妳從未珍惜。」

天色漸暗，晚霞的朦朧柔光籠罩著湖面，秋水共長天一色。

美貌婦人與豆蔻少女並肩而立，與美景相得益彰。

少女娓娓道來，一時竟消減了針鋒相對的尖銳。

「而我之所以布下這個局，無非是以其人之道還治其人之身。妳凡事都以交易論，那我便以妳的方式，徹底讓妳嚐到苦果。哦，忘了說，妳典賣的那些店鋪，都是我暗中收購的。」清懿淡淡一笑。「我母親所有的財產，一分不剩地全被我拿回了，故而，這樁恩怨，到此為止。」

到此為止這四個字，落在曲雁華耳中，並沒有如釋重負。

「往事何必再提，我……」曲雁華沈默許久，緩緩道：「我已然是這副模樣了。」

曲雁華扯出一抹笑。「我對不起的人那樣多，只是他們不像妳，有對付我的本事。若僅僅是了結舊怨，妳不會來多費口舌。說吧，妳還有什麼目的？」

清懿看了她一眼，眺望著遠方，漫不經心道：「有些是沒對付妳的本事，有些……是捨不得罷了。」

曲雁華眸光微動，最終什麼也沒說。

「至於我的目的……」清懿停頓很久。

短短一瞬間，曲雁華心裡閃過無數念頭。她漫無邊際地想，一個城府這樣深的姑娘，不知是多恨毒了她，才能設計這樣的圈套。

曲雁華做好了最壞的打算，卻不料，聽見她說道：「我是來幫妳的。」

曲雁華一愣，琢磨了一會兒，又嘲弄道：「將我推到這步田地的是妳，如今說幫我的也是妳。都是曲家人，不必玩這套把戲。咱家人天性涼薄，無利不起早，不做虧本的買賣。妳父親不是個好人，我也不是好人，至於妳，別說妳是善心大發，怪可笑的。」

「嗯，妳這句批語極對，妳不是什麼好人。」清懿順勢點頭道：「妳唯利是圖，工於心計，為人虛偽狠毒……」

她一連說了許多貶低之語，最後卻道：「即便如此，那也與我無關。我要的僅僅是一個頭腦清醒，手段高明的下屬，只要妳能做好我交與妳的事，於我而言，妳便是個得力之人。」

「下屬？」曲雁華沈默了好一會兒，甚至難以置信地笑出聲。她自詡聰明一世，即便遇上地位崇高的貴人，她也難有打心裡臣服的。如今，竟被自家小姪女隨口一指，命她做個聽話的下屬。饒是她定力再好，此刻也難掩驚訝。

曲雁華嗤笑一聲道：「小丫頭，妳知道自己在說什麼嗎？妳想讓我在程善均的眼皮子底下為妳做事，妳可知這有多凶險？」

清懿看了她一眼，淡淡道：「難道妳以為我在和妳商量？」

曲雁華一愣，將要說出口的話吞回了肚子裡。

「我有大把的工夫與妳耗，可妳的時間不多了。」清懿露出一個笑。「失去妳這個幫手後，程善均會找到新的管理者，這個人恰好是我埋下的棋子。無論妳答不答應，我要做成的事，總會做成，屆時，只有妳一無所有。倘或妳應下我，明日自會有足額的銀子填補妳的空缺，囤積的貨物也有去路，妳所遇見的一切難題，迎刃而解。」

空氣中瀰漫著難言的沈默。

第三十七章

短短片刻，曲雁華在心裡盤算著利弊。她以為小姑娘會使什麼懷柔之策，沒承想，清懿竟是個不按常理出牌的主兒，直接拿勢壓人。最關鍵的是，這番話確實戳到了她的痛處。

思及此，曲雁華不動聲色地道：「倘或我拚死也要拖妳下水呢？」

「妳會嗎？」清懿迅速反問道：「兩敗俱傷與共贏，妳選什麼？」

曲雁華沈默了，她心中有股微妙的憋悶感，這種感覺前所未有，如同二人對弈，她的每一步棋，都在對方預料之中。

原來，她一向是算計人心的那一個，可是現下她的每一個念頭都被對方拿捏，而且，這個小丫頭儼然是一副要領導她的模樣；最可氣的是，她找不到一絲理由來拒絕清懿拋出的選擇。拋開個人情緒，為她做事，是目前的最優解。而小丫頭兜兜轉轉地設計這一切，竟然是為了算計她。

良久，曲雁華諷笑道：「懿兒，我不是個大度的人，向來有仇就報，妳不怕有朝一日被我反噬？」

清懿淡淡道：「怕。」她側頭看向曲雁華。「馴服一條毒蛇，要麼被她吞噬，要麼……

比她更毒。姑母不妨猜猜我是哪一種。」

曲雁華挑眉。「馴服毒蛇？」

拿她比作毒蛇，倒是恰當。外表豔麗迷人，實則冷血冷心，稍有不慎，就會弒主。

天色徹底暗了下去，最後一道餘暉消失在天際，二人並肩而行，原路返回。

路上，清懿好似陳述，又好似發問。

「妳對程家人起的殺心裡，也許不全是為了利益吧？」

曲雁華腳步一頓，落後了一段路。「不知道妳在說什麼。」

清懿也不回頭等她，自顧自地往前走，丟下一句重複的話。

「裝著裝著，便將自己也騙過去了。」

曲雁華閉了閉眼，沈默很久。

夜色默然無聲，容納著難言的情緒肆意流淌。空中冷月高懸，故人不再，月影依舊。

一月之期的最後一日，就此落幕。待日頭升起，又將迎來嶄新的一天。

自那日以後，姑姪二人的身分發生了天翻地覆的轉變。在明處看，卻靜謐無聲，教人瞧不出苗頭。

幸而有當晚的湖邊垂柳，天邊冷月做見證，還有一枚玉製的權杖信物，否則，曲雁華也不免懷疑這是一場荒謬的夢。

很快，不真實的夢境由一隻停靠在窗邊、渾身雪白的鴿子打破。曲雁華不動聲色地屏退旁人，卸下信鴿爪子上捆綁的紙條。

曲雁華一目十行地掃過紙上的內容，若有所思地喃喃道：「收攏婦孺，以工代賑……」

「姑娘，妳籌謀許久尚未施行的大事，竟是要交與姑太太辦？」碧兒放下清懿遞給她的文書，躊躇道：「以工代賑是四姑娘提出來的主意，她雖有氣度，只說願意廣而告之，可這到底是個誰占了先機，誰得的好處就最大的法子。」

清懿才聽得半句，便曉得她的未盡之言。

恰逢翠煙端了茶進來，清懿抿了口茶，笑道：「妳不放心曲雁華。」

碧兒猶豫片刻，點頭道：「是，我不信她，也覺得姑娘拉攏她甚為凶險。」見清懿抬了抬下巴，示意她繼續說，碧兒便再沒什麼保留，直言不諱道：「倘或姑太太與咱們一條心也就罷了，可她到底是當慣主子的，雖說現下因情勢所迫，不得不低頭，可她心裡哪有服氣的？」

翠煙一向是個穩重的，沒有把握的事從不開口指點，可現下她凝神細聽了片刻，也開口道：「碧兒的話有幾分道理，她的顧慮亦是我的顧慮。姑娘大度固然好，用人不疑，疑人不用。可人心隔肚皮，她得了這樣的法子，到底有沒有二心，我們也不得而知。」

「再者……」她頓了頓，接著道：「照前例看，她可不是守信的主。陳氏先前與她交好，如今一朝失勢，她可曾問過一句？這會兒瞧著姑娘勢頭好，便起了說親的心思。被擺了一道，尋常人怕是要恨上半輩子，她卻能轉頭就接過咱們的橄欖枝，順勢就投靠了。」

翠煙越說越心驚。「這樣深的城府，便是我在生意場上見了這許多人，也少有越過她去的。少不得我要多嘴一句，姑娘可要當心她。」

難得碧兒與翠煙一同反駁清懿，原先只要是姑娘拿的主意，她們一貫都是照辦，沒有不從的。照著她二人謹慎的性子，能大著膽子說這話，已然是不易。

翠煙這個從小跟著的也罷。碧兒這個半路入夥的到底有顧慮，現下還憂心清懿不痛快。可是，她跟著清懿這許久，潛移默化間，她隱約覺得，自家主子和旁人是不同的，她不需要別人捧著供著，有話直說比什麼都好。正如現下她心中有疑慮，也就這般說了。

一抬頭，只見清懿臉上帶著笑意，沒有不悅之色。「妳們思慮得甚是，早在我拿主意前，也想過這些，是我的不好，沒有將我的想法一併告知妳們，倒勞得妳們替我操心了這許多。」

翠煙神情一鬆。「姑娘快別說這話了，您發發好心，指點我們幾個笨腦子就是了。」

清懿笑道：「我也不賣關子，只把能讓妳們安心的話說在前頭，我將這活計交與姑母，是我思慮再三的結果。

「我先前按著椒椒許久，不許她輕舉妄動，便是因為這法子不能由咱們起頭，曲府一個區區侍郎府，在京裡排不上號。由咱們家開這先河，無論成敗得失，都要惹人注目。不說咱們的生意不能在明處，便是旁人追究這法子的出處，難不成還要供出椒椒這個小娃娃？」

碧兒遲疑道：「所以，姑娘的意思是，由國公府出面領了這個風頭？」

「正是。」清懿道：「姑母如今美名遠揚，兼有國公府二奶奶的身分，無論是地位還是名聲都比曲府高出太多。倘或由她來開這個先河，既順理成章，又能事半功倍。」

順著這個話頭想，翠煙一點就通，笑道：「也就是說，咱們不必做那出頭的鳥，無論這法子有何功過，旁人仿效了又有何得失，追究下來，也是國公府起的頭。」

清懿搖了搖頭，笑道：「是，但也不是。並不是要國公府替咱們擋災，老國公平素德高望重，加上首開女學，本就是個敢為人先的前輩。如今，他後人提出個以工代賑的法子，又有什麼難？旁人只道是家學淵源罷了，再不疑有他，自然也想不到咱們頭上去。」

碧兒思慮片刻，點頭道：「是這個理，不過，又怎能保證姑太太沒有二心呢？」

清懿抿了口茶，緩緩道：「沒法子。」

「沒法子？」碧兒和翠煙齊聲訝異道。

「一個有野心、有手腕的人，無時無刻都壓抑不住野心。」清懿淡淡道：「妳們的擔憂不無道理，我實則也沒有全然的把握，斷定她不會背叛我。

「就像高端的賭徒彼此對峙，誰都想贏過對方，於是按兵不動，互相揣摩彼此的底牌。如今，我已經在牌面上贏過她，於是她輸得傾家蕩產，可這並不代表著她打心底臣服我。所以，這是妳們與她，之於我的不同。」清懿看著二人道：「妳們各有各的性情，卻到底有著不容改變的本心，只要我和妳們一道向前的心不變，以誠相待，妳們自然全心全意信服我，以誠相報；而我，自然也能放心將後背交於妳們。

「可是，曲雁華卻永遠不會成為我的心腹。」清懿走向窗邊，伸手折下一枝海棠，放在鼻尖清嗅。「她是一把稱手的刀刃，是千金難求的謀士，也是難得的女中諸葛。無論以何種方式，只要她為我所用，於我而言都是益處，於商道，於未來而言，也是。」

彼時，碧兒與翠煙還未參透她說的這番話。直到許久後的某時某刻，她們才真切地領悟到，眼前的少女究竟運籌帷幄到何種地步。她為了所有人一齊展望的那個未來，又是怎樣的殫精竭慮、步步為營。

現下，少女的聲音淡如清泉。

「和一個利益至上的人，無須談真心，無須談誠意，更無須擔心她是否背叛。因為於她而言，只有永恆的利益，沒有所謂的信任。而我，只需要做到徹底地壓制她，這就夠了。」

「壓制？」翠煙若有所思，喃喃重複。

碧兒面色略顯沈重。「與她鬥法，頗費精力。」

「自然。」清懿神色淡淡道：「馴服一條毒蛇，我須得瞭解這條毒蛇的習性、好惡以及弱點，方能掌控她。如今，形勢比人強，倘或她還想東山再起，現下勢必就要以我為首。無論她是虛與委蛇，還是真心誠服，總之，我只要她做實事，這就夠了。」

這番話落地，碧兒與翠煙再沒有疑慮，眼底的信服更多了幾分。

「姑娘的主意一向正，只要是您說的，我們都信。」翠煙笑道。

清懿順勢將兩朵海棠，分別插在她二人的髮間，笑道：「這便是妳們直言不諱的賞。」

碧兒與翠煙一愣，兩人相視一笑。

曲雁華自拿到那封秘信後，便獨自沈思許久。

起初，她只覺得這種被指揮的感覺極其陌生，心裡的異樣感十分強烈。明明只是一個小丫頭，卻偏偏多智近妖，甚至將她算計進去，如今還搬出這等氣勢，將她壓迫住；要說連分惱怒都沒有，那自然是假的。

可這半分的惱怒，在得知銀子的空缺被補齊，貨物有了新買家的消息傳來，又消失殆盡，唯餘深深的忌憚。

趙嬤嬤一臉喜色來報。「二奶奶！老天爺保佑，咱們這下真是否極泰來，我看是菩薩捨不得二奶奶受罪！」

聞言，曲雁華眼底閃過自嘲的笑，面上卻分毫不露，只是淡淡說道：「天底下總有這樣的巧合，改日煩勞嬤嬤去廟裡還願吧。」

趙嬤嬤如今正迷信神佛得緊，哪有不從的，連連點頭，笑道：「正是這個理，哪有煩勞不煩勞的，我自行挑個日子去就是了。」

又應付了幾句，曲雁華才打發她下去。

與清懿合作之事牽連甚廣，即便親近如趙嬤嬤，她也是不肯相信的。

「還願？」曲雁華嘴角扯開一抹笑。她如今倒真要去還願，不過，不是去廟裡拜菩薩，而是要替那位活的小菩薩做跑腿活。

前往城郊的路上，曲雁華坐在輕微搖晃的軟轎子裡靜靜沈思。

以工代賑……仔細琢磨這個法子，倒真是妙不可言。既省去高昂的施捨成本，還能將那群流民的心牢牢籠絡住。最重要的是，以極小的代價獲取了大量的丁口。

越想越覺得有益，曲雁華眼底卻突然閃過一絲了然。能想出這樣正本清源的法子，可見這個小丫頭的野心之巨。

軟轎搖搖晃晃地行在山道上，路邊有野花相映成趣，空氣裡瀰漫著初秋的清涼。

遠處流民萬頭攢動，有眼尖的瞧見國公府的轎子，喜上眉梢，不時有歡呼聲傳來。

「二奶奶菩薩來了！」

聞見這聲呼喚，曲雁華迅速收斂起冷漠的神色，換上一張慈和的笑臉。

「二奶奶來了。」

簾子一掀，眾人只見那位熟悉的善心夫人依然穿著一身素衣，面容溫婉。有流民跪地道謝，連綿的感激聲又響成一片。

喧鬧間，只見貴夫人擺了擺手，緩緩道：「諸位，我今日來此處是有要事相告。」

正午的日頭並不十分耀眼，帶來些許薄熱，又被初秋的涼風吹散。女人溫柔又得體的嗓音在山道間響起，娓娓道來的口吻，讓早已對她信服的流民們，自然地願意聽從。

涼風吹過一重又一重的山巒，她頒布的新指令，也如同微風四散，傳遍了整個難民群體。

「以工代賑？這是什麼勞什子？」

「我自老張頭那兒聽來的，說是國公府那個菩薩二奶奶想出的新法子。自今兒起，國公府的粥棚不再施粥，轉而貼告示招工，不論是種地、砌牆、耕田，凡是咱們能做的活計，上頭都有名目。」

有人奚落道：「什麼以工代賑？堂堂國公府連粥錢都掏不出，還要我們這些苦難人賣力氣才能討口吃的，既沒有那大度量，又何苦打腫臉充胖子？」

「話可不能這麼說，二奶奶原先給的好處你都忘了不成？今兒少了你一口粥喝，你就要嚼舌根，真是施恩施成仇了。」

「我又不只喝她一家粥，旁人都捨得，她家怎麼就捨不得？你倒說說看，這狗屁倒灶的以工代賑，不是賣苦力是做什麼？」

幾個人吵成一團，各有各的道理，他們的聲音，也代表著大多數人的心聲。

有略識字的冷靜道：「諸位聽我一言，這法子可是長久的打算。」

「怎麼說？」

「試問各位經此劫難，可還有旁的去處？咱們都是遭了難的人，如今家園盡毀，等朝廷重建村子都不知是何年何月。一日沒有去處，咱們就一日是流民，我們一輩子做苦命人也就罷了，難不成讓孩子也跟著咱們受沒有戶籍、四處乞討的苦嗎？」

成了家的人紛紛沈默了。

他又道：「如今二奶奶提出的以工代賑，實在是個好法子，那些眼皮子淺的，只曉得這粥要用力氣換，殊不知這力氣，才是咱們傍身的本錢。如今這段時日，我們借著劫難的理，尚且能白吃白喝，倘或就此磨了骨頭，再立不起來，他日這些貴人們的粥棚一撤，屆時咱們要怎麼活？」

有人動了心思，小聲問道：「那個工什麼的法子，是個怎樣的章程？」

「是啊，是啊，老周，你識字，快給大夥說說。」

眾人紛紛問道。

「我正要說這法子的好處呢。」老周摸了摸鬍鬚，暗暗享受眾人的目光。「二奶奶貼的告示裡說了，舉凡在她家上工的人都能領工錢。做一日，便領一日。倘或不要銀錢，也可以換做飯食。」

聽到此處，眾人驚嘆連連。

老周又道：「且慢，更好的還在後頭呢。這招工並不限定時日，無論多久，咱們都能做這活計。回到我方才說的，咱們如今一介流民，最要緊的是找個落腳處，現下還有比這更好的法子嗎？有錢、有吃食不說，又不至於賣身給世家大族，做一輩子佃戶，子孫還能保留民籍，倘或哪日燒了高香，讀書讀出名堂，咱們可不就翻了身？」

「說得好！我這就去報名！」

「帶我一個！」

眾人的情緒已經被煽動起來，不少腦子清醒的趕緊搶占先機，往國公府招工棚走去。

畢竟，人家只說不限制時間，又沒說不限制數量，去晚了沒空缺就糟了！

一時間，招工告示前圍滿了人，人聲鼎沸。負責登記的小廝筆桿翻飛，上頭登記了各式名樣的工人：鐵匠、農人、屠夫……不一會兒，報名人數已然破了五百之數。

第三十八章

國公府的招工棚熱鬧非常，其餘高門聽聞這個訊息，反應不一。

有同樣出身公爵的府邸冷眼嘲笑，在他們看來，國公府就是缺錢了。

高門施粥以表仁義是自古有之的美談，便是沒落的貴族府邸，勒緊褲腰帶變賣家產也沒有捨不得幾個粥錢的事，裡子事小，面子事大。現下，國公府這一齣是把面子丟盡了。

敏銳些的府邸卻將事情想得深了些。以工代賑的法子雖新奇，若細想，卻並非難以理解，只是沒有人往這處思考過罷了。

有聰明的正在暗中觀望國公府的行事，從它的各項章程，與流民們的表現來看，此舉大有深意。比之簡單的施粥，以工代賑是個絕佳的收攏人心的法子。

以工代賑意味著流民們要想活命，須得靠自身的努力。主家承諾的自由身與按勞分配的工錢，都在無形中提升了凝聚力。

至於主家在其中只是處於奉獻者的位置嗎？並不是。於世家大族而言，充足的人丁就是最大的財富。只是，相比於之前的附庸與被附庸的關係，這個法子裡的流民與主家，成為了僱傭與被僱傭的關係。

主家獲得了勞動力，流民獲得了安身立命的本錢，還保留了自由之身。比之投身大戶做附庸，但凡有遠見，誰都知道應當選擇什麼。因此，有識之士窺見先機，紛紛暗中仿效起來。

雖是照葫蘆畫瓢，可他們的聲勢到底沒有國公府大，且又是首開先河，那些條件上佳的壯丁早已被國公府納入門下。

以工代賑之法開展得如火如荼，曲雁華早在各處安排了如老周這般的喉舌，特意為此造勢，現下這樣的成果，也在她預料之中。

第二天，清懿傳來新的指令，信上寫著：收攏婦孺，建紡織院。

一瞬間，曲雁華本能地琢磨出她的多種用意，但又一一推翻。

照她利益優先的準則來說，難民裡的婦女和兒童是最沒有價值的群體，比不上壯丁的力氣不說，又要格外耗費物資照料。正如以工代賑，大多來報名的都是男子，招募的也是男子，幾乎不見婦孺蹤跡。

如今，曲清懿突然另闢蹊徑，要專門招募婦孺，並且建立紡織院，這完全是可以預見的賠本買賣。

曲雁華心中暗暗嘲諷，可一面又有一個聲音在說：照她說的做，看看這個小姑娘能做成什麼樣的局面。

這樣的指令自然不是動動嘴皮子的事，秘信只是提前告知，真正落到實處，還須多次籌謀。挑了個沒下雨的日子，適逢有處新宅子落成，曲雁華順勢下了帖子邀清懿上門。

雖然曲雁華是明面上作東的，然而落到實處，清懿儼然是個主家的做派。這處新宅子正是以工代賑的第一樣成品，耗時兩個月，按照清懿給的圖紙，一樣不差地建造完工。

「我這個督工，還算稱職吧？」曲雁華淡笑道。

二人正由臨時管事帶領著遊覽宅邸各處，清懿不時留神細看各處構造，漫不經心道：「倘或是姑母自己的宅子，想必會更用心。」

曲雁華挑了挑眉，懶懶道：「東家可別為難我了，我又何嘗不是在以工代賑呢。」

「姑母在我這做工賺的銀子，不知可買多少宅子。」清懿淡淡道：「所以，收攏婦孺的事情辦得如何了？」

「回東家的話，婦孺人數少，總共登記在冊的也才數百人，遠不及男子之數。」曲雁華故意刺她。「小東家這是心軟了，想要賠本救人不成？」

清懿瞥了她一眼，淡淡道：「妳為何篤定是賠本生意？」

二人並肩而行，曲雁華的聲音壓得低，卻恰好能讓清懿聽見。

「妳已經有了鹽道生意，足夠妳賺幾輩子都花不完的錢，如今卻突兀地建造紡織院，須知紡織是要技術，也要根基的。」曲雁華眼底閃過淡淡的嘲諷。「妳收攏的這幫婦孺，大多出身貧寒，怕是連織錦都不曾見過，讓她們紡織些粗布麻衣出來賣給誰？」

清懿沒有立刻答話，只是提了提裙襬，挪開步子，避免踩死過路的蟲子。她漫不經心道：「姑母忘了潯陽阮氏是做什麼的？」

曲雁華愣了愣，半晌才反應過來。

「妳開什麼玩笑？」曲雁華正色道：「便是心軟如妳母親，也從未有過將阮家潯錦秘術外傳之心。」

清懿詫異地看了她一眼。「我幾時說要把法子外傳了？

「我要教她們的，本就是如何做好粗布麻衣。」清懿淡淡道：「我的紡織院裡，不賣綾羅綢緞，只賣粗布麻衣，尋常人家幹活穿什麼，我就賣什麼。」

曲雁華皺眉道：「這法子不成，尋常婦人自己便能織布製衣，何須買妳的？

「倘或日後的婦人們各司其職，做著各行各業的活計，沒有人再待在家裡織布、生孩子，屆時可會有人來買粗布麻衣？」曲雁華頓住腳步，深深地看了她一眼。

「清懿，妳到底想幹麼？」

清懿如上回那般逕自往前走，頭也不回地道：「想讓她們活命。」

堂堂正正地活命，僅此而已。

短暫的愣怔後，曲雁華發出短促的一聲冷笑，語氣裡帶著幾分涼薄。「眾人都說我是菩薩，殊不知我是個假菩薩，真蛇蠍。剖開心腸瞧一瞧，妳倒是那個合該教他們塑金身的真菩薩。」

清懿對她的暗諷恍若未聞，冷淡地瞥了她一眼，回敬道：「哦？是嗎？那姑母收留那些寒門姑娘，供她們吃穿，白白養這麼大又是為了什麼？」

曲雁華眸光一冷。原來清懿早就知道，她在國公府女學裡專門收留了一批窮苦人家的姑娘，以裴萱卓為首，都是她為將來的事業留下的種子。

曲雁華別過臉，避開她的視線，下巴高高抬起。「自然是為了利用罷了。」

「嗯，既是如此……」清懿點點頭，滿意地笑道：「就請姑母挑幾個得力的來幫襯一二，想來也不是什麼難的了。」

曲雁華一愣，沈著臉不語。

清懿又笑道：「我瞧著裴姐兒就不錯，不知姑母可願割愛？」

裴萱卓，現如今的女學第一人。清殊放學回家時常提及這個女子，清懿打發人查探才得知她的身世——她是裴蘊的姪女。

曲雁華臉色微變，知道上了這個小狐狸的當。心思急轉間，知道瞞不過去，便直截了當道：「懿兒不必打她們的主意，現下還不是時候，便是萱丫頭也不曉得我經手的生意。我勸妳，商道這樣的要事，還是捂嚴實的好。」

清懿發出一聲意味不明的笑。「裴姐兒當真不知情？有這樣好的人才在身邊卻不好生使喚，不像妳的做派啊。」

曲雁華看向清懿，目光裡夾雜著審視。短暫的視線相接後，她突然品出了後者的用意。清懿哪裡是真心發問，不過是試探她罷了。

「懿丫頭，我如今雖屈於妳之下，卻到底算長輩，妳有話不妨直說，不必拿腔拿調套我的底細。我確實試圖拉攏過萱丫頭，可她怎麼也不願。所以，便是妳有這心思，也未必能如意。」曲雁華突然頓了頓，又道：「再者，我須得將醜話說在前頭。」

清懿抬了抬下巴。「妳說。」

曲雁華直視她道：「我既然敢用她，便是因為我有把握能護住她。我到底經營許久，即便有朝一日東窗事發，跟著我的人也能全身而退，可妳不同。」

曲雁華語氣難得鄭重。「妳一個小丫頭敢插手這樣的大事，還設下圈套引我入局，妳心思深是其一，更要命的是妳的膽子。憑妳這樣豪賭的性子，不知哪日妳手底下的人就要替妳捨命。」

清懿淡淡道：「怎麼，姑母怕我連累妳？」

「連累我？倘或妳遭了難，連累的何止是我？」曲雁華輕笑道：「碧兒、翠煙和彩袖，妳的父親、兄長，甚至妳的妹妹，妳可有萬全的把握能護住他們？」她不等清懿答話，又道：「妳若連妳的至親、摯友都護不住，又談何護住旁人？妳想要萱丫頭，我決計不肯。」

說完這一席話，曲雁華等著清懿回答，等了許久卻只聽她淡淡道：「倒是第一回見姑母在意旁人的死活呢。」

曲雁華臉色微怔，良久才自嘲笑道：「不必替我戴高帽子，我可不是什麼真菩薩。」

清懿莞爾一笑，不再答話，也不再揭穿她冷漠假面下潛藏的一絲柔軟。

曲雁華不想繼續這個話題，生硬地引開話題道：「妳交代的事，我自然會替妳辦妥當。只是奉勸妳一句，倘或只是辦紡織院，倒也罷了，若是妳還有旁的意圖，煩請妳多想想手底下的人。」

清懿垂著頭，輕笑一聲，抬起眼皮道：「姑母辦事，我放心。」

曲雁華不再說話。

二人沈默著望向院子裡錯落有致的建築，遠處白雲底下，群山環繞間，隱隱能瞧見亭離寺高聳的屋頂，不時有悠遠的鐘聲傳來，平添幾分寧靜。

曲雁華也不是說大話，她到底有幾分真本事。憑她的能耐，略使上幾分力氣，便能將院子弄得有模有樣。待到牌匾做好，一座樣樣俱全的院子就建成了。

第一批流民到來，已然是深秋的時節。

幾十個衣衫襤褸的婦人被一個五、六十歲的婆子領進這座小院裡。

進門前，眾人畏縮著連頭都不敢抬，只有一個三十來歲的婦人大著膽子往門邊上看去。她略識得幾個字，認出上頭那三個龍飛鳳舞的大字——織錦堂。

「日後這便是大夥兒們做活計的地方，妳們的一應吃住都在這座小院裡。」領頭的婆子慈眉善目，這是李貴的親娘崔氏，正是清懿安排來帶領這群婦人的。

此舉也有一番深意。她們都是難民出身，一路不知經歷了多少的坎坷才僥倖撿了條命，活到現在。經歷使然，她們對陌生的一切都抱有警惕。

如今，雖有個貴人說是能給她們一個好去處，可究竟沒有眼見為實，不敢盡信。現下有個這樣和藹的婆婆領著她們，倒能打消她們心頭的不少疑慮。

崔氏在旁細細為她們介紹各處院落的功用，好些婦人鬆懈了不少。

「妳們也不必怕，咱們東家是個極其心軟的，最憐貧惜弱。自今兒起開始上工，便是從今兒起管飽妳們的肚子。」崔氏笑道。

有人好奇地問：「可是外頭傳的那個活菩薩，國公府二夫人？」

崔氏只是笑了笑，不肯多說，略應一句道：「日後妳便知道了。」

正說著，碧兒領著一眾小丫鬟過來了，各自手裡都捧著新衣裳。

「諸位，日後我就是妳們的管事了，織錦堂的一應事務都交與我打理。凡是吃住上有不便利的，上工有疑難的，都可來尋我；再者……」碧兒頓了頓，朝幾個年長的笑道：「妳們大都有孩子，既然是招了妳們來，自然管著妳們家裡的事。白日裡在院裡做工，想是照應不了孩子。」

這話說到了眾人的心裡。

「正是呢，我來這裡做工，旁的倒罷了，就是憂心我的孩子沒人照料。我們又是逃難的，在京裡沒個落腳處，全靠著僥倖才活到現在，哪裡敢離了她。便是今日，就這一小會兒，心頭就七上八下的。」

此話一出，許多婦人連連稱是。

碧兒笑道：「我們東家也有打算，早早料到了今日。正是因妳們方才所說的種種顧慮，咱們織錦堂還另闢了一處院子供孩子們住。妳們中間有誰帶孩子的都來和我說。日後，我會安排人統一照料著院裡所有人的孩子，工錢按例發放，不會少一分。」

聽了這話，先前那個照料孩子心切的積極舉手道：「姑娘！我……我原先是大戶人家的奶娘，最會照料孩子的。」

碧兒道：「那就妳了，日後育幼院的活計就由妳來。」她又對其餘人道：「不僅是照料孩子，妳們倘或還有人會旁的技藝都可以和我說，不拘是紡織。年輕力壯的也好，年老體弱的也罷，只要妳能做點什麼，只管和我提。凡是付出了勞動的，都按妳的功勞分配報酬。」

乍一聽這個說法，說是石破天驚也不為過。即便是在逃難之前，她們有一個完整的家庭，也不曾有過這樣的待遇。婦女的勞動，如生兒育女、洗衣做飯、侍奉老人，都像是天經地義，並不會叫人放在心上，如今竟特意給她們報酬，甚至被冠以功勞之名。

在來之前，她們中的許多人都只是想著，能來討口吃的就不錯了，活一日、算一日。可是，她們聽了這番話，心裡也有了計較。

「敢問這位姑娘。」人群裡，有個瘦削的婦人昂著頭，是先前那個識字的女人，她望向碧兒道：「咱們東家，為何要收留我們這群沒用的女人？」

她身形清瘦，面色蠟黃，是個極其脆弱的模樣，可她那雙眼睛卻意外的明亮，在與碧兒對視時，裡頭清醒的目光不閃不避，像是在追求一個真正的答案。

碧兒面帶笑容，不答反問道：「妳叫什麼？」

那女人只愣怔了一瞬，便俐落道：「趙鴛。」她連名帶姓說得乾脆。時下的已婚婦人，幾乎不會自稱名姓，只會在前頭綴上夫姓，說是某某氏。

於是碧兒問道：「妳沒有成家嗎？」

那女子平靜道：「成過，後來又和離了。」

她語氣極其平淡，可這輕巧的話一出，眾人驚疑不定，許多道目光膠著在她身上，可是這女子卻恍若未聞，任由旁人打量。

倘或這消息是落在外邊人的耳朵裡，怕是要引起軒然大波，傳遍街頭巷尾，成為人們口中的談資。可是，落在這群連飯都吃不上的難民耳中，她們只是略驚詫了一番，最終卻如石子投入湖面，掀起一陣波瀾，復又歸於平靜。

逃難的人裡，各有各的苦難。看這女子伶仃的身形，想來也是經歷了不為人知的難處。她們又何嘗不是各有各的苦呢？

同是天涯淪落人，相逢何必曾相識。今日有緣相聚在織錦堂，又何必去深究旁人的苦。

碧兒知情知趣，並未多問，只是笑著回答她的問題。

「趙鴛，妳這樣問，可是覺得女子真心無用？」

趙鴛沈默了一會兒，緩緩道：「並非我認為無用，是世人皆如此認為。」

第三十九章

深秋，微冷的寒風拂過眾人的身軀，帶來一陣涼意，趙鴛的話語聲也如秋風一般清冷。

「生不出孩子是無用，侍奉不好公婆是無用，惹怒丈夫是無用。女子生來就不能作為與男子同等的人一般存在。突發大難，家裡的餘糧不夠吃，最先餓死的也是無用的女人。國公府二奶奶頒布的以工代賑，那樣如火如荼，卻沒有女人的半分餘地。這還不足以說明女子無用嗎？」她說這話時，緊咬著牙關，手指緊握成拳，是個極其倔強的姿態。

不知怎的，明明趙鴛比自己大上許多，碧兒卻想起了多年前的自己。彼時，她掙扎在苦難裡，自我懷疑，自我否定，可心裡卻偏偏有一團火焰熊熊燃燒著，叫囂著衝出內心的桎梏，急於宣洩著某種情緒，直到一雙溫暖的手將她從泥濘中拖了出來。

「趙鴛，」碧兒平靜道：「女子有用或無用，並非由旁人來定義。」她又揮揮手打發身旁的小丫鬟，給她們一一分發新的衣裳。

「女子活在這個世界上，要爭一口氣。可是，這口氣並非是為了給別人看。」碧兒親手將趙鴛的那份交到她手裡。「妳有用或無用，也並非要向旁人來證明。

「會帶孩子的是一種本事，會紡織的是一種本事，會梳頭、會納鞋底都是一種本事。妳靠著自己能堂堂正正的活在這世界上，就是妳的本事。」碧兒看向眾人，緩緩道：「從前，妳們身懷那樣多的本事，卻從沒有一個人認可妳們的付出。可是，織錦堂是不同的。妳們流的每一滴汗，貢獻出的每一份力量，我都會看在眼裡，東家也會看在眼裡。妳們憑著自己的能耐換取到相應的報酬，妳們不靠丈夫和兒子，不靠任何人，只靠自己的本事堂堂正正地活著。

「我想再問問妳。」碧兒突然看向趙鴛。「趙鴛，女子有用嗎？」

不知怎的，趙鴛突然覺得鼻尖一酸。耳邊聽著那番話，對上碧兒柔和的眼神，她覺得熱淚彷彿要簌簌落下，於是慌忙垂下頭，將淚水憋了回去。

「有用。」含糊而哽咽的聲音響起。

這句話好似有一種魔力，身旁的婦人們紛紛垂下頭，眼裡含著熱淚。有年長的心思敏感些的，已然在偷偷用袖子拭淚了。她們之中，有逆來順受了一輩子的人。在苦難中長大，又逐漸適應了這種苦難，漸漸被女人生來就如此的觀念說服了。如果從沒有看過另一片天空，她們以為眼前的苟且就是她合該經歷的人生。

趙鴛忍了許久，攥著新衣服的手死死不肯鬆開，眼淚終究簌簌落下，起初是低聲的抽泣，後來是哀哀痛哭，像是要將半輩子的委屈都借由哭聲宣洩。

直到暮色四合，眾人散盡，碧兒單獨留下趙鴛一個人，替她斟了一杯茶，才緩緩道：

「有什麼想說的，今日我便做一回姊姊的聽眾。」

彼時天邊爬上一輪明月，清冷的月光灑在院子裡，留下一地細碎的寂寥。

趙鴛望著月亮沈默許久，才緩緩道：「在說我的故事之前，我想再問姑娘一句話。」

「妳說。」

趙鴛的聲音有些沙啞，卻又帶著幾分自嘲的笑。

「姑娘的告示上寫著，無論年齡幾何，無論原先是做什麼的，只要是無處落腳的女子，織錦堂都願意收留。」趙鴛頓了頓，才道：「可是，如果我曾經是娼妓呢？一點朱唇萬人嚐，一雙玉臂千人枕的娼妓。」

碧兒一愣，眼底的錯愕來不及收斂。

趙鴛像是被她眼底的目光刺痛，緩緩收回視線，不再看她。她望著月亮，低聲道：「碧兒姑娘，不是所有的女子都值得被好好對待。」

有一滴淚水自她的下頷線掉落，滑入衣領，不見蹤影。

「值得。」碧兒的聲音夾雜著不易察覺的焦灼。「妳值得。」

趙鴛嘴角扯開一抹笑，眼底的悲傷卻如有實質。

「碧兒姑娘如果不嫌棄，我願意說說我的故事。」

天邊皓月相伴，遠處晚風捲過樹梢發出簌簌聲響，將她的話語沈澱出回憶的厚重。

生而為女子，這輩子究竟要經歷多少苦難才算修成正果？趙鴛尋不到答案。

曾幾何時，她也是書香門第長大的姑娘，自小飽讀詩書，又生得嫻雅動人。

十歲那邊，家中突逢巨變，趙府上下十幾口人一夕喪命，其餘的人統統貶作賤籍，唯有她靠著父親舊交相助逃過一劫。原以為舊交是仁義君子才有這樣舉動，年幼的她緊緊抓住這根救命稻草，視這位伯父為唯一的親人。

直到十五歲那年，趙鴛才知道，它不是救贖，而是她一生的噩夢。

她永遠也忘不了那個雨夜。原來慈善的外表是假象，裡頭是骯髒噁心的齷齪惡鬼。

當他撕開偽裝的那一刻，趙鴛哭過，求饒過，掙扎過，甚至想過自盡。外頭的雷聲、雨聲與耳邊惡鬼的喘息聲，共同編織了一場布滿陰霾的噩夢。她在絕望的荒野裡，看不到日光。

「對於男人而言，美麗而脆弱的女人不過是玩物罷了。」趙鴛的語氣極其平靜，像在訴說著一段與她無關的事實。

碧兒的手指攥緊，眼底有難言的沈痛。「後來呢？」

「後來？」趙鴛突兀地笑了。「後來，我殺了他。」

玩弄一個手無縛雞之力、寄人籬下的孤女，對高居上位的男人而言，如晨間露水一般轉瞬即逝。只要一時起意，盡了興也就罷了。待露水消散，他便像撣盡灰塵一般將這段記憶拋在腦後，徒留一朵嬌嫩的花在極致的黑暗裡受傷、腐爛，最終消亡。

就此消亡嗎？絕不。一朵零落成泥的花，也有孤注一擲的勇氣。

趙鴛想，也許那個老畜生永遠也不會明白，一個女子會狠到什麼地步。

那把刀深深插進男人的胸膛，鮮血流了滿床。老畜生的表情停在歡愉與難以置信的猙獰之間，他雙眼圓睜，不肯瞑目。似乎在想，他怎麼可能會死在一個女人手裡？

一個女人，一個殺了人卻若無其事，冷靜俐落地將一切都收拾乾淨，改頭換面奔赴遠方的女人。十六歲的趙鴛，以為自己嚐過了最深的苦難。

「我們身為女子，自小就讀著列女傳長大，貞潔二字，就像一把枷鎖牢牢將我按在煉獄裡不得解脫。」趙鴛長長地舒了一口氣。「我不明白，直到今時今日也不明白，做錯事的不是我，為何是我來受這樣的煎熬。」

碧兒咬緊牙關道：「不是妳的錯。」

趙鴛倉皇閉上眼睛，淚水卻來不及攔在眼眶裡，爭先恐後地順著臉頰流下。

「曾經也有人這樣對我說過，他說，不是我的錯。」

趙鴛在一座名為景州城的陌生城池落腳，輾轉了數年，才積攢下微薄的積蓄，開了一家小小的裁縫鋪子，替人縫補製衣為生。

原以為日子會一直平淡的過下去，直到遇到一個窮郎中。

那個窮郎中花盡心思討好她，即便遭她拒絕無數次仍然百折不撓。有時是一束新鮮的花，有時是一包熱騰騰的糕點。東西雖小，心意卻實在，尤其聽到那句話——「這不是妳的錯」，趙鴛便覺得，這個人是柳暗花明又一村的希望。

婚後的一年裡，郎中待她很好。不想她勞累，便叫她關了鋪子，只要在家裡讓他養著就好。

是什麼時候開始變的呢？好像是在他被幾個潑皮拉去賭場之後。

那日夜裡，窮郎中帶回來一大把銀子，臉上似哭似笑。

「月娘，我一定會待妳好。旁人有什麼，我必不叫妳缺什麼。妳等著，我不會再讓妳過苦日子，妳等我！」

趙鴛沒來得及拉住他，只能看著他的背影漸行漸遠。她連真名都不曾告知他，他卻捧出了一顆赤誠的心。

看著他留下的一堆銀子，趙鴛心裡的不安越發明顯。可她沒有門路打聽消息，直到窮郎中被打斷了一條腿扔在家門口，她才知道原來他被人設下圈套，欠下巨額債務。

「月娘，月娘，妳別管我了。」他的眼淚順著髒污的臉流下。「妳走，妳走。是我鬼迷心竅，相信天上會掉餡餅。」他聲音嘶啞沈痛。「我太想讓妳過好日子了……

「那天，妳經過首飾鋪，拿起那支蝴蝶簪子又放下，我就發誓……今後一定要讓妳過上什麼都有的好日子。」他聲音似哭似笑，氣息卻微弱。「我們成婚時，我連一件像樣的衣裳都買不起，可我的娘子那樣美……我怎麼能……」他哽咽著，再也說不出後面的話。

「傻子。」趙鴛輕輕撫過他的臉。「你就是個傻子。」她想要的從來不是身外之物。

「後來，妳是怎麼……」碧兒頓了頓，沒再說下去。

趙鴛眼神悠遠，淡淡道：「後來，我才知道原來是那群潑皮為了我，才設這個圈套引他入局。」沒有權勢傍身的美貌，就是不幸的根源。

看著她如今蒼老憔悴許多的面容，依稀能瞧見曾經的容顏。

「他欠了太多債，又拖著一條斷腿，他不想活，可我不想他死。」趙鴛平靜道：「我四處籌錢，能想的法子都試過了，可是，都無法在短時間內湊夠足以治好他的銀子。」

這一次，她沈默了很久。

「所以，我將我自己賣了。」她說：「十兩銀子，是我的價錢。」

是一個陷入絕境，求生無門的女子，乾淨人生的價錢。

「可我還是沒有留住他，我騙他說我找到了一個遠房親戚，願意借錢給我；可是，我還是沒能留住他，他像是看穿我的謊言，又像是沒看出來。我不知道他是怎麼將我留給他生活的銀子攢了下來，交到我手裡。」趙鴛的心好像被一隻手狠狠捏住，喘不過氣來。「這個傻子對我說，讓我好好活著，為自己活著。」

可她要怎麼好好活著？那個問題始終圍繞著她的人生打轉。一個女人，究竟要經歷多少苦難才能修成正果？

世道如洶湧波濤，一個弱女子只是其中的帆船，一不小心，就會被巨浪掀翻，沈入海底。她要拚盡全力才能做到最簡單的兩個字——活著。

在那以後，她寫了一份和離書，又仿了他的字跡，交給鄉老。自此，她這個娼妓與那個清白的小郎中再無瓜葛。他的墓碑之上、族譜之中，不會出現她的名字。

「那妳為自己贖身了嗎？」碧兒喉嚨有些沙啞，極力忍著悲傷的情緒。

趙鴛自嘲地笑了笑。「贖不起，也不願贖。

「世人用貞潔捆綁住女子，要她冰清玉潔，又要她風情萬種。他們想看她是什麼模樣，就用骯髒的筆作出淫詩豔曲描摹什麼模樣；可笑我們還趨之若鶩，爭相要當他們筆下的玉女。」趙鴛笑得比哭還難看。

「憑什麼呢？同樣是人，即便我是娼妓，我為何要照他們的意願活著。」趙鴛道：「我只按自己的心情接客，幾時想見我就見，無才無貌的不想見就不見。大不了，爛命一條，拿去就是，死了乾淨。」

碧兒沈默許久，才道：「有時，活著比死要難。」

這句話，讓趙鴛的笑突兀地凝在臉上。

「是啊。活著，比死要難。」她終於流露出真實的情感，眼底的情緒排山倒海般地湧來。「我原本以為會這樣苟活一世，了此殘生，可又偏偏看見了妳們的告示。」

景州城遭災，城內無論富戶、貧農都遭了災。

趙鴛在逃亡的路上想，就這樣死了也好，卻有不知是哪裡生出的不甘心，讓她咬著牙關，不願認命。看到那則告示，又進入織錦堂，所見所聞，都像一柄大錘砸開牢固罩在她頭頂的屏障，讓她久違地從麻木的人生裡清醒。

「我的小東家曾經告訴我一個道理，或許適用當下的妳。」碧兒突然道：「倘或一個人掙扎在苦難裡難以得到救贖，於是唯有麻痺自身才能活下去。妳又何嘗不是呢？

「如果妳不能麻痺自己，那與生俱來的羞恥心和悔恨不甘，會將妳壓垮。」她說：「趙鴛，妳足夠強大了，沒有什麼比活著重要。如今，妳到了織錦堂，妳見到了人生還有另一種可能，妳沒有辦法再麻痺自己，對嗎？」

碧兒看向她。趙鴛捂著臉，無聲地哭泣，淚水從指縫中滑下。

良久，她的哭聲再也忍耐不住。

「我……」她的哭聲帶著顫抖。「我好恨啊……」

她恨這個賊老天，為何偏偏賜給她這樣的人生，又恨為何沒有回頭路可走，為何不能讓她早一點遇到織錦堂，為何要讓她得到片刻的幸福又失去……

她有太多的怨恨和痛苦要宣洩，連月亮都不忍心聽著這道慘痛的哭聲。

自那日起，織錦堂算是立下了根基，隨著碧兒妥善周到的安排，紡織院也越發像模像樣。

這些時日裡，婦人們跟著潯陽來的老師傅學紡織技藝，一點一點地從最基本的開始學。其中數趙鴛最為聰穎，不消月餘就掌握了十成十的手藝，還做了小領事，繼續教旁人。見她這般上進，也有那爭先的婦人不甘落後，有樣學樣。一時間，織錦堂眾人都卯足了勁往上爬。

轉眼數月過去，第一件衣裳由她們親手製成時，已然是初冬時節。花樣款式沒甚出挑，只是肯用足好料子，厚厚的一件保暖衣裳拿在手裡，頗有些分量。

婦人們由趙鴛領頭，一齊去見碧兒。

「姑娘，這是我們做成的第一件衣裳。不怕您笑話，自上回您傳達東家的話，說要我們做些行動便利的衣裳，我便想著仿北方的蠻子，窄袖大襖，既能俐落行動，又能在戶外保暖。」趙鴛還有些猶豫。「只是，模樣算不得好看，顏色也不鮮亮，怕姑娘瞧不上。」

碧兒接過那件襖子，細細摸了摸面料，又往身上披著試了試，笑道：「哪兒的話，這是極好的主意！

「咱們不是大門不出、二門不邁的閨閣小姐，平日要幹許多粗活，寬袍大袖美則美矣，卻妨礙咱們幹活。再者，京裡的冬日向來寒冷，倘或沒有幾件厚實衣裳，在外頭待這樣久，可不要凍壞？」

趙鴛遲疑道：「姑娘……不覺得難看？」

端看衣裳顏色，暗沈樸素，上頭一無花朵點綴，二無雲紋修飾，實在沒有一點兒美感可言，連尋常店鋪賣的最慘澹的布都要賽過它半截。

「賣相是留給綢緞鋪子的，咱們的衣裳顏色暗一些，便是髒了也難瞧出來，正適宜幹活穿。就按這個樣式，先做出百來件，待我報了東家，給妳們各自分發賞錢。」碧兒笑道：「尤其是鴛姊姊這個出主意的，更要拔頭籌。」

眾人一愣，旋即面露喜色，一迭連聲道：「多謝姑娘，多謝東家。」

趙鴛跟著眾人一齊道謝，目光裡隱隱帶著感激。

其他的婦人裡，不乏有同為景州城逃難而來的，知道趙鴛的底細。

可是，即便是知道了，也沒有人嚼舌根。

第四十章

碧兒當管事的第一日，便傳達了清懿的規矩，同為女子，要互幫互助。艱難的世道裡，活著尚且艱難，她們更是親身經歷過的人，更是明白這個理。

於是，在眾人精誠團結下，紡織院越發有模有樣。

第一批冬衣趕製出來後，便被擺進了販售的鋪子裡。因為冬衣賣得好，織錦堂在京城算是有了小小的立足之地，打出了些許名聲。與高門大戶慣常光臨的綢緞鋪子不同，織錦堂面對的受眾都是平頭百姓，因此並未有多少阻力與競爭。

尋常人家會攢些錢買點厚實的衣裳過年，論起價錢來，還是織錦堂的襖子划算。故而，一來二去，街頭巷尾的婦人們都知道了這麼一家只賣粗布麻衣的鋪子；更稀奇的是，裡頭從掌櫃到夥計，一應都是女子，有熱絡的婆子見她們眼生，一打聽才知道都是國公府二奶奶前些日子僱傭的婦孺。她們不光能做工掙錢，還包吃住，孩子也有人幫著帶。

這消息經由婆子們的嘴一傳，有不少婦人的心思都活絡起來。

她們大半輩子都活在一方小院子裡，男人在外打拚，女人在內照顧一家老小，平日裡除了男人賺的那三瓜兩棗，就是幫人做些漿洗縫補的活計賺幾個小錢，給孩子添點零嘴還不夠呢。就是這樣辛苦操勞，遇上那沒良心的王八羔子，也是動輒打罵。

俗話說，嫁出去的女兒，潑出去的水。既然已為人婦，在夫家有再多的委屈也只能生受著。除此之外，女人的難處還來自於沒有立身的根本。

時下各類行當，無論是做買賣、開館子，還是當郎中、做裁縫，但凡拋頭露面掙錢的營生，就沒有女人當家作主的。沒有銀錢，就等於沒有養活自己的本事，沒有吃飽飯的本事，就沒有說話的底氣。

有那不服氣的婦人想通了根本，因此一心想謀些賺錢的門路，如今聽了織錦堂的名頭，哪有不動心的。瞧著那些逃難來的女人們搖身一變，活脫脫就是個土生土長的城裡人模樣，吃穿住行樣樣體面，讓她們越發動了心思。

這日，天剛矇矇亮。也不知是哪個起的頭，有人領著大夥兒堵在織錦堂門前。已然成了小掌櫃的趙鴛一開門便被這烏壓壓一大群人驚住了。

「諸位……這個架勢是要做啥？上一批冬衣已經售罄了，還請各位晚些再來。」

一貫潑辣的胖大嬸此刻卻臉色通紅，期期艾艾地道：「好姑娘，我們不是來買東西的，我們是想問，妳們這兒……招工嗎？」

「啊？」面對胖大嬸期待的神情，趙鴛難得愣住了。

消息傳到碧兒的耳朵裡，只聽她笑道：「這是好事，咱們織錦堂原本就是給女子的活命去處，如今既然有人主動來，自然是再好不過。我原先想著，起碼還須再經營一段時日才有這樣的光景呢。」

趙鴛沈默了一會兒才道：「我倒是能體會幾分她們的心境，人要是有了希望，一日也不願多等的。」

確實如她所想，那群婦人們在家裡等消息，一日急似一日，直到崔婆子上門傳話，笑著說：「諸位明日起，便來織錦堂上工吧。」

此話一出，眾人靜了片刻，旋即喜上眉梢，嘰嘰喳喳地樂成一團。

胖大嬸笑得見牙不見眼。「明兒就能上工？就是說，明兒開始領工錢？孩子們也能帶去織錦堂？」

崔嬤嬤笑道：「自然是。」

不怪她們有此一問。她們這群人大多拖兒帶女，家中也沒人能照料孩子，丈夫常年當甩手掌櫃不理家務，一應瑣事都要她們操心。賺銀錢雖是大事，可也無法在一時之間拋下孩子不管。

如今正是聽說織錦堂還有專門帶孩子的院子，才真是說服了她們。解決了這樁難事，婦人們哪有不情願的？紛紛嚷道一刻也等不得，今日就要去做活。

崔嬤嬤笑咪咪道：「諸位莫著急，一切聽主家的安排才是。來織錦堂做活，還會給妳們發統一的衣裳，簽統一的契，明兒一早來就是了。」

胖大嬸連忙道：「那就聽嬤嬤的。」

一時間，眾人熱絡的情緒都展現在臉上。

因為紡織院事忙，趁著回府的空檔，碧兒將此事稟報，清懿雖早有猜想，卻也沒料到進展會這樣快。

「聽到這事，我原先也和姑娘是一個反應。」碧兒道：「這些婦人到底算是在天子腳下生活的城裡人，按理說日子不會差，如今竟然也上趕著來咱們織錦堂。」

清懿略想了一會兒，才笑道：「全天下哪裡的女人不都一樣嗎？活在父親、丈夫、兒子的陰影下太久了，誰都想過一回自己的人生。」

二人就著紡織院的事閒聊了片刻，用過晚飯，碧兒預備告辭回織錦堂。因為這段時日那頭的事務繁多，碧兒已經許久不曾在府中住了。

這回，清懿特地送她出門。

一路上，二人並肩前行，碧兒又問了幾句商道的事，也不知怎的，話題又回到了紡織院。她問道：「姑娘既然料到有如今的局面，可能推斷後頭有什麼麻煩，我好早做應對。」

清懿莞爾道：「我又不是神算子，哪裡能事事都曉得？兵來將擋，水來土掩罷了，妳只管放心施為。

「再者，」她頓了頓，又道：「我讓妳棄了商道去管紡織院，並不是冷落妳。我只是覺得，以妳柔軟的心思，更能體貼那群受過苦難的女子，也更能替她們著想。」

碧兒忙道：「姑娘，我從未這樣想過。」

「我曉得。」清懿笑道：「女子的力量雖然微小，可是，倘或能擰成一股繩，也未必不能撼動參天大樹。」

碧兒讀懂她眼底的情緒，心裡溫暖一片。「所以，這就是姑娘建造紡織院的用意。」

清懿淡淡一笑，只說道：「好了，時候不早了，快些回去吧，路上小心，多帶幾個家丁。」

碧兒揮揮手，笑道：「姑娘也快回去吧。」

下了幾場秋雨，京裡的天氣不知不覺就冷了下來，早晚還須多加幾件厚衣禦寒才適宜。眼看有入冬的徵兆，織錦堂的生意越發的好。因撞上恰當的時候，又有眾人齊心經營，紡織生意竟有了盈利；又因它只招收女子這一特例，引得無數同行都在暗地裡關注。

翻看著這段時日的帳目，碧兒心中鬆快不少。雖然清懿並未對她施加什麼壓力，可她到底將主子的信任放在心上，能讓織錦堂自給自足，沈穩如碧兒也難免雀躍。

「原先還以為織錦堂要賠上幾年才能好，咱們賣尋常衣物的哪裡比得上綢緞鋪子利潤豐厚，這又是剛起步，前兒我還和姑娘說，入了冬就從公中撥一筆款子來，好歹確保上下幾十口的吃穿要緊。」碧兒挽著翠煙的手，一同說笑著走進裡屋去。「誰承想這生意竟還賺了幾兩銀子，倒也不必叫我向姑娘開這個口了，年節裡還能送些孝敬來。」

「哪裡就缺那些了？現下有銀子進帳，就是好兆頭。等新鮮勁過了，少不得又要有艱難日子。做生意哪有一帆風順的？妳只管將銀子留在手裡，使起來也方便，這也是咱們姑娘的意思。」翠煙這話可是半點也不藏私，一點兒沒有那虛偽的客套。

「再者，如今勢頭好，大多是依仗著這些苦命女子賣力幹活。她們將全副身家都託付給織錦堂，再沒有不盡心的。」翠煙又道：「這功勞她們得占一大半。將心比心，咱們更不能怠慢了她們才是。」

「是這個理。」

碧兒是用了午飯才來的，與翠煙閒話了半晌，臥房裡才傳來動靜，原來是歇午覺的清懿醒了。翠煙忙招了人上前梳洗，一番收拾後，清懿被打扮妥當。紗幔微垂，一隻白皙的手掀開了簾子。

「該早些叫我才是，白讓妳等這許久。」

「這有什麼？左右我還算清閒，來房裡坐坐也是好的。」碧兒笑著上前道：「前兒我手底下的小管事聽說我要回來，還託我帶了個小玩意兒給姑娘，雖不值什麼錢，卻也圖個有趣。」

清懿接過碧兒遞來的一個小包裹，拆開一看，只見裡頭是一只綿軟的小枕頭。仔細一聞，還散發著清香，裡頭不知是填充了什麼藥材，外頭用不甚名貴卻異常柔軟的棉布縫製，一針一線俱是用心，可見送禮之人的誠意。

清懿捧在手上細細瞧了瞧，笑問道：「妳和她們說了我不曾？明面上的管事人是姑母，這禮合該送姑母才是，怎的來了我手裡？」

「並未明說，也並未特意瞞著。」碧兒道：「我手底下那個叫做趙鴛的女子格外聰明，興許是看出了苗頭，又聽了我提了兩句，說您夜裡總是睡不好，這才給您做了這個枕頭。我想著，好歹也是一片心意，就給您帶來了。姑娘可喜歡？」

清懿埋頭聞了聞枕頭發出的清香，想了一會兒才道：「自然是喜歡的，那位趙姑娘既然這樣得妳信任，我也該見一見才是。」

聽了這話，碧兒有些遲疑，與同樣愣住的翠煙對視一眼，才道：「姑娘是改了主意嗎？先前您不是還說得緩一緩。」

原先清懿並不打算太早將自己暴露於人前，雖有曲雁華做擋箭牌，可是只要有心人探查一番，自然能發現裡頭的端倪。因此，在她原本的計劃裡，頭幾年還是得隱於幕後。

清懿沒有立刻答話，她只是凝神瞧了瞧窗外的天色，又收回視線，按了按太陽穴道：

「我總覺得一切都太順利了，心裡不踏實。」

自她進京以來走過的每一步路，都在她意料之中。事實上，一切結果也如她所願，即便中途有些坎坷需要她費上幾分心力，最終也是照著她的預設走。

可是，這一回沒來由的，清懿莫名覺得不安，反覆思慮幾日，也想不出自己究竟漏了什麼。倘若按照固有的想法走，命運就不會額外提示她，所以，清懿想要試探性地往計劃之外踏出一步，如果有收穫，那自然再好不過。

翠煙下去安排馬車，等一切準備好，已經是半個時辰之後的事。

時下女子出門頗不便宜，算起來這還是清懿第一回不借賞花踏青的名目出門。好在清殊還在學堂上學，沒了這個小魔星，清懿沒耽擱多久就出發了。

織錦堂位置偏遠，馬車慢慢悠悠地行駛了半個時辰，才行了一半的路程。

清懿掀開車簾望去，外頭的風景已經從熱鬧的街巷，變作青山綠水的郊外。

翠煙也掀起車簾，憂慮道：「姑娘，咱們還是太倉卒了些。李貴今日告假去看他老子，咱們也沒帶幾個得力的家丁。」

「不妨事。」

清懿難得出門一次，聽見外頭鳥雀鳴叫，不時有涼風拂面，只覺清新宜人。

這條路正是之前各府施粥的地方。

先前，道路兩旁各設了綿延不絕的粥棚，如今數月過去，大多流民已經被安置好了，粥棚也陸陸續續撤了，如今只剩下一條寬敞的道路供車輛穿行。

在這樣安逸的環境下，清懿的精神難得放鬆下來。她單手支著額角，閉目養神，思緒也逐漸飄遠，漫無邊際的捋著近日的大小事務。不遠處一陣嘈雜聲傳來，神思突然被驚擾，隨著馬車與聲源的距離越來越近，那頭的動靜也越來越大。

「前頭怎麼了？」

翠煙探身瞧了瞧，示意馬車停下來，又打發家丁去問了一回，片刻後才稟報道：「是一群懶漢正纏著路過的馬車乞食呢。」

清懿納罕道：「流民不都安頓好了，怎的還有乞討的？」

翠煙倒見怪不怪，解釋道：「姑娘想差了，流民哪就都是好人了？總有幾個是不肯賣力氣，想混吃混喝的。他們又嚐過了吃白食的好處，便想出這個歪門法子。」

正說著，前頭那輛大戶人家的車馬捱不過他們的歪纏，丟下一包吃食任他們哄搶，這才脫身離去。

「罷了，咱們也備上些東西，把他們打發了便是。」清懿搖了搖頭，吩咐道：「出門得急，沒帶吃的，丟一些禦寒的褥子和幾吊錢吧。」

翠煙點頭稱是，收拾好馬車裡的被褥，再吩咐家丁送上去。

不一會兒工夫，家丁空著手回來道：「回姑娘，那頭讓咱們過去呢。」

清懿挑了挑眉，道：「瞧，他們哪像乞丐，分明是收過路費的山大王。」

馬車往前行駛，翠煙重新合上車門，笑道：「占著流民的理，一面吃公家，一面吃大戶，他們的日子不知比尋常百姓強上多少倍。」

正閒聊著，外頭的流民讓出了一條道，供馬車穿行。將要通過時，變故陡生。

裡頭有個賊眉鼠眼的瘦猴模樣的男人，臉上還長了個大痦子，他正是慫恿著懶漢來討食的頭頭。這瘦猴瞧著清懿一行人帶的護衛不多，車裡坐著的是個姑娘，幾個家丁也不像練家子，心裡便生出旁的想頭。

他正不滿沒討到好的，索性臉色一沈，直衝上前攔著車，叫道：「貴人行行好！小的三天沒吃飯了，求貴人賞點吃食銀錢，好讓我祭祭五臟廟！」

他一帶頭，幾個油條慣了的嚐過好處，自然跟上，一起撲上前，嚷嚷道：「貴人行行好！」

沒辦法，馬車停了下來，家丁被這陣仗弄得手忙腳亂，喝道：「吵什麼？你們方才不還答應得好好的，領了錢和褥子，還要什麼？」

瘦猴看慣了高門大戶的威懾，根本不懼，甚至大膽地上前扒拉家丁腰間的錢袋子。

「大爺可憐小人吧！」

後頭一群懶漢有樣學樣，十幾個壯年男子一擁而上，團團圍著馬車，饒是家丁們奮力擋著，還是漏了一星半點兒的空隙教他們有可乘之機。

清懿聽著外頭鬧烘烘的動靜，像要將馬車都掀翻。

「這群不要臉的潑皮！」翠煙難得有脾氣，臉色黑沈。「沒法子，少不得再給些銀子作罷，咱們勢單力薄，不能和他們歪纏。」

清懿揉了揉額角，臉色也不好看。「不成，真要給了，他們見咱們財豐又力弱，怕要起貪念。」

外頭動靜越鬧越大，車身砰砰作響，甚至被推得搖晃。

突然，車簾從外頭被掀開，一個賊眉鼠眼的漢子往裡頭窺視，瞥見清懿的那一刻，他眼睛一直，還未有反應，便被翠煙劈頭打了一巴掌。

「好沒規矩的骯髒潑才！」翠煙頭一回勃然大怒，她狠狠給了一巴掌，就將車窗砰地關上，阻隔外頭令人作嘔的視線。

外頭聲響更大了。

「裡頭是個天仙似的小娘子！」
「當真？有多美？」
「你去瞧瞧就是了！」瘦猴油嘴滑舌地調笑。「天仙姑奶奶，發發慈悲賞幾兩銀子吧！」
家丁早就掏空了荷包，他們仍不放手，存了心思要掀開車簾看裡頭的主子。

第四十一章

翠煙生平第一次這樣惱火，她一聽見那群人嘴裡嚼蛆，恨不得撕了他們的嘴。

「張老五！一兩銀子也不許再給，由他們鬧去！」翠煙猛地打開車門，直挺挺地往外一站，喝道：「打發人快馬稟告護城司，說有人聚眾鬧事，勒索錢財，再將府裡的護衛通通叫來！哪個嘴上犯賤，逮回去狠狠痛打一頓！」

此話一出，場面頓時安靜。

有欺軟怕硬的瞧著這小女子孤身一人卻氣勢凌人，分明底氣十足，心裡不由得犯嘀咕。又有潑皮如瘦猴，不見棺材不落淚，仍鬧著推擠上前。

「姑娘話說岔了，我們就是可憐流民，便是護城司把我們逮了也不怕，你們就是宰相府也沒有濫用私刑的理！」

「就是、就是！」

氣氛眼看又要被他煽動起來，眾人越發仗勢鬧大。翠煙氣急，隨手抓了一把燒香爐的火鉗子，跳下車理論。

變故就在這時發生，不知是誰在混亂中驚了馬，只聽得一聲尖銳的嘶鳴聲，馬兒前蹄離地，如離弦之箭往前奔去，一同跑開的還有隨行家丁的馬匹。眾人還未反應過來，車廂已經被瘋馬拖行出很遠，車輪快速碾過地面，發出刺耳的聲響。

「快追！姑娘還在車上！」翠煙大驚失色，提著裙子追趕，卻根本來不及。

「快！你們幾個往回走！無論找著誰，只喊人來救命！」翠煙快速吩咐。「你們幾個跟我追！

「還有你們！」翠煙猛地回頭，眼底的怒意簡直要噴湧而出。「跟我們一同去救人！要是我們姑娘沒事便罷了，倘或出了什麼事，掘地三尺我也要找你們賠命！」

人的腳程根本比不過馬，瘋馬撒開四蹄全力往前跑，不一會兒就沒了蹤影，只留下一條長長的車轍。

車廂裡頭一片狼藉，高速飛馳的馬車穿過低矮灌木叢，又與高大的樹木擦身而過，幾乎要散架，遑論車裡顛簸的人。

清懿緊緊抓住車窗邊緣，極力支撐才勉強不被甩出去，她幾乎痛得沒了知覺。

「砰」的一聲，車廂猛地一沈。原來是馬車的兩個後輪承受不住高速的運轉，撞飛了出去，於是整個車廂後半截摔在地上，被拖行著往前。

清懿重重仰倒，後腦磕在車壁上，疼得她快昏厥過去。

短暫的疼痛到極點的麻痺後，清懿的理智快速回籠。

如果再不自救，恐怕凶多吉少！她勉力在顛簸中坐起，往車門爬去，才推開一點縫隙，只覺周身泛起冷意。馬兒拖著車廂走上一條極其險峻的山路，稍有不慎，車廂就會從邊緣掉落，砸向崖底，屆時車毀人亡。

不行！她不能冒這個險！她不能死在這裡！劇烈的顛簸中，清懿腦中快速運轉無數念頭，得找到最合適的時機才下車，否則一腳踏空就全完了。

可是，沒等她繼續思考，馬兒一個轉彎，拖著的車廂來不及轉向，一大半都懸在空中，重重地砸在地上，發出砰的一聲響，煙塵四起。車廂受不住重力，眼看著就要往崖底墜去。

清懿腦中有一瞬間的空白。

這是第二次，離死亡這樣近，又是這樣荒謬。老天讓她重回一次，難道是讓她殞命在這樣一次巧得不能再巧的事故中？

不知哪裡生出的一股堅韌，瘦弱纖細的少女拚命伸出手，推開車門。她看不見外頭的景象，頭也抬不起來，只能憑藉著無端生出的勇氣狠狠地抓住能夠觸碰到的一切救命稻草。

然後，她抓住馬匹與車廂連接的繩索，幾乎使出渾身的力氣，指甲摩擦冒出血珠，想要將自己拉出去。

可是這力道與狠辣的墜勢相比，如蚍蜉撼樹，不過抵擋片刻，仍要走向墜亡的命運。

她只抓住了片刻生機。

時間彷彿暫停，一瞬間被拉成永恆那麼長——

如神兵天降一般，有人抓住這片刻生機，飛奔而來，他猛地拖拽住即將墜向崖底的車廂，生生憑著蠻力將它拉回正軌。

清懿只覺得車廂一震，她像是落在地面。雖然仍在顛簸中殘喘，卻有了思考的餘地。透過縫隙，她看清了外頭的人是誰。

那是袁兆。

是誰都好，偏偏又像宿命開玩笑一般，是袁兆。

可是現下的情形容不得她想太多，狹窄的道路上，車廂面臨著隨時墜落的危險，她必須盡快選擇出來的時機。

「曲清懿，一會兒我數三個數，把手給我！」

有人替她做了選擇。

「我憑什麼信你？」

那人突然一拉轡繩，突兀地驅馬擠向外側的崖邊，簡直如走獨木橋一般凶險。

「袁兆，你瘋了嗎！回來！」清懿第一回這樣失態。

兩匹馬速度都很快，並肩而行誰在外側就意味著誰承擔著更大的風險。

這樣狹窄的路，或許同歸於盡的結局都大過一同生還的可能。

「放心伸手，妳死了有我墊背。」

透過車窗，她看見袁兆的臉色遠沒有他的語氣那樣雲淡風輕。一貫提筆執扇的錦衣公子今日卻縱馬馳騁，白衣袍角染上了灰塵。

感受到了她的目光，他卻沒有回視，只是淡淡道：「一會兒閉上眼睛。」

他這話說得毫無預兆，可是救命關頭每一刻都分外珍貴。

話音剛落，只見他突然欺身而上，馬鞭快速甩向那匹瘋馬，然後借力躍向馬背。

瘋馬意識到了危險，猛地發出嘶鳴，仰頭嘶叫，想要甩脫勒住自己脖子的罪魁禍首。

袁兆用了死力按住牠的脖頸，馬匹激烈掙扎，飛馳的速度更快，帶動著車廂不停震動。

狹窄的路上，馬背上的人彷彿在刀尖上跳舞，隨時面臨著死亡的危險。

「別管我了，袁兆。」顛簸中，清懿的聲音勉強鎮靜下來。「千金之子，坐不垂堂，沒有誰能讓你這樣的人以身犯險，去叫人救我。」

疾風掠過耳畔，混亂中，清懿好像聽到他低喘中夾雜著一聲輕笑。

「我這樣的人？我什麼樣的人？」

這句話輕得像錯覺，不等人回答，他周身突然暴起凜然的氣勢——

「眼睛閉上。」

說時遲、那時快，袁兆抓住片刻的空隙，從腰間抽出匕首，狠狠刺去。

馬沒來得及發出悲鳴，「砰」的一聲倒了下去……

血液噴湧而出，灑在泥土裡。濺了幾滴在他白色的衣襬上，帶著詭異的血腥美感。

時間凝滯了半晌，隨著瘋馬的死亡，車廂卻被慣性拖拽著往側邊甩去。清懿撞在車壁上，五臟六腑都痛得厲害，一時間失去了聲音。

等的就是這一刻！

「把手給我！」

清懿看著那隻伸向自己的骨節分明的手，不知怎的，突然想起夢中握著白玉的那雙手。她堅持了太久，快疼得神志不清，骨頭也不知撞斷了幾根，使出渾身解數才堪堪抬了抬手指。

她自嘲地想，也許他以為她寧可去死也不願信他。

哪有這樣的事？

恩恩怨怨，沒有大過性命的。她向來明白這個理，活著才是最重要的本錢。

一瞬間腦中塞滿無數思緒，也許就是昏厥的前兆。

她實在沒有半點力氣，眼睜睜看著那隻救命的手伸出又縮回，她閉了閉眼睛，心沈了下去，有些放任自己的意識渙散。

「袁兆……」她動了動嘴唇，聲音卻細如蚊蚋。

「砰！」

突然間，車門從外面被蠻力扯開，帶著孤注一擲的氣勢。

光線爭先恐後地擠進狹小的空間裡，讓清懿睜不開眼。

一隻手探過來，猛地將她拽了出去。

同一瞬間，空盪盪的車廂終於止不住墜勢，落進崖底，發出令人戰慄的碎裂聲響。

這混沌的時間裡，清懿感知到自己落入一個懷抱，鼻尖是濃重的血腥味。

袁兆單手抱著她，另一隻手垂在身側，任由它鮮血淋漓，一滴一滴地落入泥土裡。

白衣早就血跡斑斑，一貫清風朗月似的公子此刻卻顯得落拓不羈。

清懿疼得發不出聲音，模糊的視線裡，她看見袁兆臉上被濺到的鮮血，有點想問他是不是受傷了。

最後只重複了一句。「袁兆……」剩下的說不出來，全梗在了喉嚨裡。

他沒有看她，只是抱著人走遠。有聲音淡淡的，被風一吹就散。

「我在。」

出門時天色尚好，也是瞅準了天氣才決議有此一行，如今卻聽見隱隱雷鳴，烏黑濃墨似的層雲翻捲而來。

「怎會毫無蹤跡？那野馬畜牲便是插了翅膀也飛不出幾百里地去，不過這一條道，還能往哪處跑？」翠煙心裡急似火烤，顧不得平日裡的儀態，指著一干家丁喝罵道：「繼續往前找，周邊那一片林子都去搜，你們敢躲懶畏難耽擱事，害得姑娘有三長兩短，我絕不與你們干休！」

一干人戰戰兢兢地互相對視，又領命去了。

翠煙雖火冒三丈，心裡卻仍有成算，這件事從頭至尾都透露著古怪。

其一，大戶人家拉車的馬都是特意挑揀的溫馴上等品種，為求夫人、小姐坐得安穩，這些馬兒都是資歷深厚的馬伕馴服後才上路的，平日裡莫說是瘋跑，便是奔馳得略快些都是不能的。方才雖有幾個潑皮推推搡搡，卻也不至於讓馬兒發瘋，除非是哪個壞心眼的刻意弄鬼。

其二，這條道一路直通，幾條側路也並非偏僻所在，順著馬車痕跡一路追蹤，總有尋到根據的。再者，自那瘋馬跑遠到他們啟程追，了不起一炷香的工夫，怎麼這一干青壯大半個時辰也找不到人影？

翠煙料定這件事有貓膩，心裡不免更焦灼。她早早安排了人往城裡去，算算時辰也應當有回信了啊？

翠煙皺著眉頭張望，來時的道路上卻沒有熟悉的蹤影，只餘天邊濃黑層雲遮擋了熹微陽光，彷彿山雨欲來。

倒不是回去報信的家丁躲懶，他們有一百個膽子也不敢在關係主家性命的事上耽擱。一干人按翠煙的吩咐，一撥回府裡給彩袖她們報信，一撥人去找大少爺，一撥人去護城司，甭管找著哪個主事的，快些搬救兵來。可也不知是什麼霉運，去衙門找少爺的被告知曲思行應召進宮了，無法傳話，便是傳了話，一來二去也不知要耗費多少工夫。

去護城司的倒是找著了管事的小頭領，卻偏偏派不出人來。

家丁急得熱鍋上的螞蟻似的，求道：「我家姑娘是曲侍郎的嫡長女，哥哥是翰林院編修，姑母是平國公府二奶奶，不是沒來頭的，還請大人幫幫忙，真有了意外那就不知怎麼樣了！」

聽完他們的來龍去脈，小頭領心下害怕，卻也沒法子，面露為難道：「並非我不相幫，只是偏不湊巧，項丞府上也有位小姐失蹤了，就在一個時辰前，我們所有的護衛全都被調去城外的楓林莊搜山了。」

「難道一個也沒留下？」

「正是。」頭領更為難了，吞吞吐吐道：「此番是項府大夫人親來調的人，還帶著丞相的私令……唉，你也知道咱們這樣的人雖混了個小官，哪裡敢跟他們作對。」

家丁急得拍大腿，長嘆一聲。「我家姑娘生死不明，這下怎生是好？」

小頭領也不敢擔責，猶豫道：「不如你去國公府找你家那位夫人，她們內宅人的本事可不比外頭的老爺小。咱們京裡扔個磚頭都能砸到個不大不小的官，男人們官場相見只能以官位次序論高低，你就是求到你家老爺頭上他也沒法子向項丞相討人，倒不如換條路。」

「那多謝大人了。」家丁這會兒也顧不上可行不可行，急病亂投醫似的往國公府去了。另一撥回家去報信的倒是順利，只是當家的男人們均不在府中，留下的陳氏對外宣稱抱病，從此不露面，眾人知道她是不中用的，只往流風院將此事稟報彩袖。

彩袖平日裡是氣性大的，原先天塌了有主子頂著，這回連翠煙也不在，一聽這消息她也慌了神，茉白那幾個小丫鬟更是嚇得臉色發白。

彩袖急問家丁。「碧兒那頭可使人去報信了？姐兒原就是去織錦堂，許是到了也未可知。」

「翠煙姑娘早就分了幾撥人報信去了，碧兒姑娘也正往府裡趕呢！當務之急是想個法子喚些人去城外幫忙！」

「該死該死，李貴這節骨眼上偏生回家去了！」彩袖氣餒道。

「來不及叫上李管事了！」

她們這群姑娘雖然見過一些世面，可也只限於內宅屋簷下。跟著兩個姐兒一起長大，養得和小姐也差不了多少，哪曾經歷過這種大事。

彩袖強壓著狂跳的心臟，她不敢再慌亂，這一屋子的小姑娘都指望她。「快，把家中現有的人手都叫上，年輕的小子，做粗活有力氣的婆子都要！城外亂，姑娘們留在家裡等消息！」

茉白紅著眼眶急道：「彩袖姊姊，我也去！」

綠嬈連做飯的圍兜都沒來得及拆，手裡拿著鍋鏟也忘了放。「我也要去！」

玫玫哭得顫抖。「我……也去。」

家丁跑去召集人，彩袖抓緊這一時半刻去換了身好行動的窄袖衣裳，任憑她們怎麼鬧也不答應。

「滿屋子現在就我最大，我好歹出過幾次門，妳們跟去添亂做什麼？如今正缺人手，家丁們找大姑娘還不夠呢，哪裡分得出眼睛看著妳們？」她話說得重，可茉白、綠嬈和她一塊兒長大，哪裡不知道這人的刀子嘴、豆腐心。

「姊姊，今兒是姑娘定的休假日，府裡不少人都告了假，滿打滿算不超過二十人，這還是加了婆子們。我們雖不中用，卻也能當個人使。」茉白眼淚滾落。「退一萬步說，找到姑娘便罷了，要是她有好歹，我們也不必活了！」

「呸！胡說什麼！」彩袖眼神掃過，心腸到底軟了。「罷了，妳們倆跟我一道去，跟緊我別亂跑，玫玫留在家裡，等四姑娘放學回來就說我們都有事去了織錦堂，不許透露一個字，知道嗎？」

玫玫乖乖地擦乾眼淚。「知道了，姊姊。」

屋內書聲琅琅，屋外黑雲翻滾。

清殊緊皺著眉頭，苦盯著課本卻一個字也看不進去。也不知是怎麼了，今天她右眼皮一直跳，心裡也沈甸甸的，隱隱有些不好的預感。一天下來誰也不想搭理，連盛堯都沒得好臉，氣得對方自己溜出去玩了。

清殊輕揉著太陽穴，閉上眼的那一刻突兀地覺出一陣刺痛，尋不著來處，腦子昏沈得厲害。

此時，下課鐘「噹」的一聲響，清殊猛地睜開眼，正巧見盛堯慌慌張張地推門跑進來，臉上是少見的凝重。

清殊強打起精神，懶懶地問道：「怎麼了？後頭有鬼抓妳？」

盛堯沒有著惱，也沒有接她話開玩笑的心思，反而拉過她的手，壓低聲音正色道：「殊兒，妳姊出事了。」

清殊心臟狠狠一跳，直視著盛堯沒有說話。

「我方才溜出園子，聽到妳家下人正在和趙嬤嬤說話，說妳姊姊今日出門遇上匪禍，如今……」盛堯的手在抖，聲音也抖，猶豫著吐出字。「生死不明……」

她每說一個字，就眼見著清殊臉上的血色漸漸消退，最後四個字出口，清殊僵在原地沒反應。

盛堯暗悔失言，生怕將她嚇出好歹，忙道：「殊兒妳別怕，我現在就回家請我父親派人！況且，咱們還有護城司呢，那些士兵想必早就到城外去了，說不定已經找到妳姊姊了！」

她絞盡腦汁安慰，畢竟她們年紀小、能耐也小，遇到事情除了祈禱也沒有旁的法子。

盛堯說了半天，清殊卻沒有任何反應，她的臉本來就白，如今更是透著沒有血色的瓷白。眼神裡的慌亂卻只維持了聽到消息的一瞬間，然後漸漸沈靜，清殊道：「倘若已經找到了護城司，便不會來國公府。父親、兄長、官府，無論找到了哪一個，都萬萬輪不到來國公府，這是走投無路了。」

盛堯瞠目結舌。「怎……怎會？天底下哪有這樣倒楣的事？現下來了國公府，妳姑母總不能不管吧！」

「即便是管也來不及，她也無非是派幾個家丁罷了。」

清殊說完便站起身往外跑，盛堯急急追上，又不敢大聲嚷，只用氣聲道：「妳要幹麼去？還想親自出城找妳姊姊嗎？妳這小身板別說城門，連咱們的園子門都出不去！」

第四十二章

清姝沒空解釋，拎著裙子步履匆匆，途中遇到掌教娘子還淡定地行禮，盛堯差點撞上她，也跟著行禮。

「著急忙慌上哪兒去？」

「回娘子的話，我倆衣服上沾了墨點，要去更衣。」清姝臉上笑意盈盈。

娘子不疑有他，只打量了她們兩眼便放行了。「嗯，快去快回，那頭靠近男院學堂，別亂走。」

「是。」

待娘子走遠，清姝臉上的笑意蕩然無存，拎著裙子加快腳步，到後面幾乎是跑了起來，知道盛堯想問又不敢問，她也沒空細說，言簡意賅。「阿堯，我要去隔壁男院，妳要跟就跟，不跟就回去吧。」

「我哪裡是這麼不講義氣的，我當然跟妳去！」盛堯拍拍胸脯保證。

清姝眼神閃過一絲感激。「多謝。」

這樣的清姝讓盛堯感覺很陌生，她好像看到了這人除了嬉笑逗趣以外的一面，又讓人覺得分外神秘。如同一個描畫了精緻圖案的匣子，你瞧它華貴的外表，猜測裡頭是珍珠、瑪瑙，誰知是柄鋒利的劍。

事實上，來武朝這麼多年，清殊從未打開過這個匣子，她願意將劍鋒一直藏著，願意重新按照一個無憂無慮小姑娘的劇本活一次，撒嬌撒癡，闖禍耍賴，怎麼開心怎麼來。

可這一次，是不一樣的。很難說是哪裡來的第六感，清殊隱隱覺得，如果只按照常理等著旁人去救姊姊，會有很糟糕的後果。心裡有個聲音一直告訴她，無論多麼荒謬，無論多麼艱難，她必須竭盡所能、想盡一切辦法去找姊姊，哪怕是抓住一絲希望。

清殊攀著凸起的磚頭，勉力爬上牆頭，盛堯在後頭伸手扶著。

牆的那頭正是男子學堂的更衣室，三五成群的小公子哥兒剛方便完，冷不防瞧見牆頭有動靜，嚇得以為是哪裡來的猥瑣賊人偷窺！

「好個賊人，做下流事還找上爺兒們的院子了，來人，把他抓下來！」

清殊腳下一滑，差點摔回去，行動間推掉了一塊瓦片，正好掉在公子哥兒的頭上，砸得他齜牙咧嘴。

「好啊，還敢砸我，等我把你逮下來一通亂棍打死！」

眾人都看向這處，鬧烘烘的。

人群中，有人漫不經心地瞥來一眼，掃過屋簷上露出的一雙攀著屋簷、吃力到泛白的手，目光漸漸冰冷。

「下來。」一道冰冷中暗含慍怒的聲音讓領頭的公子哥兒背後一麻。

要說滿學堂他們最怕誰，那必須是身後這位閻王爺莫屬。

習慣性戰慄後，公子哥兒一聽他這話，料定閻王站在他這邊，不由得氣焰更高。「聽見沒，世子爺都讓你下來！再不下來我可拿石頭砸……」

這話還沒說完，後半截就被閻王爺冰冷的目光堵回了喉嚨。眾人不敢再出聲，只餘屋頂上的人吃力地攀爬。

公子哥兒戰戰兢兢地看著閻王爺上前一步，緊盯著屋頂，也不出聲，像是怕嚇到對方，出現個好歹，於是場面呈現詭異的寂靜。

前頭的吵鬧清殊一概當沒聽見，她這小身板爬這麼高已是費老勁了，實在沒工夫動嘴皮子，只悶不吭聲地爬。屋頂的斜坡太高，她人小沒力氣，又怕動作太大滑下去，折騰得滿頭大汗，腦殼才露出屋頂。

眾人又是詭異的一靜。

居然是個小姑娘？

公子哥兒態度一百八十度急轉，清了清嗓子正想開口。「小妹妹是哪裡……」

「瓦片易滑，抓住屋簷頂別亂動。」閻王爺語氣很不高興，眼神一掃，身邊的小廝麻溜地爬上牆去接清殊。

清殊扒著屋頂輕輕喘氣，她這才有空掃一眼底下的人，目光一轉便瞧見人群中的俊美少年。

她臉色還是未恢復血色的瓷白，眼睛卻亮了。「世子殿下！」

她一出聲，又一塊瓦片「啪」一聲掉了下去，碎成八瓣。

晏徽雲眉頭一皺。「閉嘴，天大的事下來再說。」

看著小廝顫巍巍地靠近，他有些不耐煩。如果不是這麼多人在場，他直接上去把人拎下來更快。

另有人拿了梯子過來，清殊腿腳痠軟，每踩一步都格外小心。再小也是個姑娘，下人們不敢碰到她，只扶著梯子，清殊小胳膊腿都打著顫。突然，身後有隻手扶著她的後背，等她下了一半的階梯，高度合適，也看不清怎麼動作的就將人拎包袱似的拎了下來。

腳一沾地，清殊來不及寒暄，就把事情的來龍去脈說個清楚。

晏徽雲沒有立刻答話，等上課鐘敲響，眾人散去，他才看向清殊道：「妳想讓我帶妳出城找妳姊姊？」

清殊聽罷卻搖了搖頭。「帶著我是累贅，只要世子殿下能找到得力的人手便是。我家家丁既然都尋到了國公府，便是走投無路了，我雖在園子裡，不清楚外頭的關節，可也知道堂堂天子腳下發生這樣的事卻尋不到救援是何等蹊蹺。

「正是因為太過蹊蹺，我不能再浪費時間找衙門和護城司。」清姝仰著頭看向晏徽雲，清澈的瞳孔如平靜的湖面，藏著與年齡不符的倔強和冷靜，她緩緩道：「我只相信殿下你。」

晏徽雲聽了這話，眉頭仍未舒展，反倒皺得更緊。

清姝心頭一跳，有不好的預感。

「聖上久病初癒，突發雅興，召令各大臣陪同前往御臨苑秋獵，妳的兄長和父親正在其列。」晏徽雲臉色很不好看。「因此舉突然，京中帶兵的武官都要隨同護衛，我家只剩府中幾個護院。」

清姝如墜冰窟，只覺得後背發冷。

「什麼？全都走了……」

她原本只是猜測有蹊蹺，可如今連淮安王府都抽不出人，清姝心頭疑雲密布。一個是巧合，兩個是巧合，接二連三就決計不是了。是什麼人有這樣大的能耐，將每個人甚至於皇帝都當作棋子，巧妙相連，製造出一個絕路？

這樣玄妙，這樣神秘而可怖，心裡頭不對勁卻偏偏說不出道理來，只能恨自己倒楣……這究竟是真的命運，還是人為的計謀？難道這就是姊姊的命運？這就是她自己的命運？

清殊眼中醞釀著風暴，想了很久，卻又沈靜了下來，她道：「那就請殿下將幾個護院借給我。」

晏徽雲還在思索對策，聞言皺眉道：「亭離山脈綿延，林子裡多豺狼，幾個護院頂什麼用？」

清殊沒再說話，四處看了看，徑直往馬廄跑去。她知道學堂裡有人騎馬上學，譬如眼前這位爺。

「站住！妳人沒馬高，幾時學過騎馬？」晏徽雲隨手一攔竟然沒有抓住。

小姑娘一陣風似的跑到馬廄，一眼就認出熟悉的逐風。通體烏黑的駿馬傲得很，打了個響鼻，銅鈴似的眼睛眨了眨，好像也認出了清殊。

「我自然不會騎馬。」清殊坦蕩直言，轉而看向晏徽雲，也不開口了，只一手拉著馬鬃毛，一雙眼直勾勾地瞧著他。雖不說話，卻也勝過千言萬語，眼底意思很直接——會騎馬的那個還不快過來。

晏徽雲挑眉，眼底有些不悅。「妳使喚起我來倒很自在。」

他語氣雖不大好，腳下卻沒猶豫，三兩步上前，順手把清殊一撈，安放在馬背上，自己拉著韁繩。

「園子裡不好縱馬，一盞茶的工夫出府，一個時辰穿過坊市出城。」

清殊微微擰眉。「一個時辰？」

「嫌慢？」晏徽雲拉著馬頭也不回，冷道：「上回顧及妳的小身板，逐風才用了五成速，妳要是不怕，讓牠用個十成速，半個時辰也行。」

清殊立刻道：「我不怕，只是你不用順道回府叫上家丁嗎？」

晏徽雲道：「不過幾個廢物，多一個、少一個有什麼打緊？」

聽了這話，清殊也不再問了，她心裡沈甸甸地裝著事，腦子裡也容不下旁的。只是……似乎漏掉了什麼？

逐風都快離開學堂大門，她還沒想起來，直到後頭遠遠傳來盛堯熟悉的罵聲——

「曲清殊！小王八羔子，妳把我落下了！」

清懿好像陷在一場幻夢裡，浮浮沈沈，混混沌沌。最先聞到的是雨後潮濕的氣味，再是藥草的清香，不知是什麼品種，微苦清冽，似香非香。

尚未清醒的神智，在某一刻裡，卻抓住一絲熟悉的氣息。清懿的眼皮動了動，有了些許知覺。

「醒了？」有人嗓音沙啞。

清懿本想看向說話之人，誰知只是輕輕扭頭，渾身便散架似的疼。這痛感來勢洶洶，叫她一時沒防備，額頭冷汗密布，要不是死死咬住嘴唇，必得痛呼出聲。

「疼就是疼，有什麼好忍的？」說話之人輕笑出聲，只是呼吸卻並不如話語那般平淡，反倒像承受著巨大的痛苦，帶著幾分輕喘。

清懿察覺聲音近在咫尺，用餘光望去，她這才看清周圍的環境。

這裡是一個天然的小山洞，不知是哪個動物挖出的巢穴，空間不大，只恰好能容納一人躺下。她被安置在最裡側，身下鋪著厚厚的樹葉，身上蓋著一件月白色的外袍。

至於那個人……他身上的外袍不見了，此刻只著中衣，靠坐在山洞口。察覺到她的目光，也不必她開口提，那人便知道她想問什麼。

「這裡是亭離山脈腹地，那匹瘋馬一徑往險處跑，把妳救下時我才發覺周圍地勢險峻。我的馬前蹄斷了，是已只能在原地等妳家人找來。」

外頭天色漸漸擦黑，尤其是密林深處，更是黑得快。鼻尖尚能聞到潮濕的青草味，清懿大抵能猜到當時的情形。

她甫一開口，聲音有些沙啞。「下過一場大雨？」

那人點頭。「是，在原地等了大半個時辰還不見有人來，天就下起了大雨，妳這副情形倘或再淋雨，那便無須我救了。」

清懿閉上眼睛，語氣淡淡。「哦，那多謝小侯爺搭救，原是不必的。」

聽她沒有半分真誠的道謝，那人也不惱，反倒輕笑出聲。「妳這小氣性，罷了罷了，是我非要行善積德，多行義舉，不能勞姑娘說一個謝字，回去以後轉頭把我忘了也是有的。」

清懿原不想再理他，偏偏心裡頭生出些許火氣。「小侯爺若是急於挾恩求報，也等脫險再議。您金尊玉體犯險救我固然可貴，時時掛在嘴邊倒落了下乘。」

那人笑得更大聲，還待說什麼，卻好似牽動了傷口，一時沒了聲音。此時天色昏暗，他的半張臉藏在陰影裡，叫人看不清神色，只餘略微急促的喘息暴露出他的異樣。

清懿立刻覺察出不對勁。「你傷在哪裡？」

「沒有傷。」他好像恢復了一點，又扯開嘴角，若無其事道。

清懿也不再問，只凝神看向他。「袁兆。」

這世上能這樣稱呼他的屈指可數，小門小戶的姑娘直呼皇親國戚的名姓，原該有被冒犯的感覺，可他卻覺得無比自然。她這樣連名帶姓地叫，語氣平淡得很，竟讓他也有一絲熟稔感。

袁兆回視她，笑道：「怎麼了，我名字這樣好叫？」

這是暗指危急時刻，她也曾脫口而出一聲「袁兆」，還有即將昏迷的前一刻，她氣若游絲，呢喃著的一聲「袁兆」。

清懿不接這個話，淡淡道：「既然傷著就別裝了，疼就是疼，有什麼好忍的？」

昏暗的光線裡，林中樹影搖曳。

一個躺著，一個坐著，兩個人的視線在光影裡交會。率先移開目光的是袁兆，他閉了閉眼睛，沈默了一會兒，才勾起嘴角道：「小姑娘何必這樣聰明。」

聰明得一眼看穿他故意逗她生氣，好移開話題，不讓她發現他身上的傷。

「傷在哪裡？」她重複問了一遍。

袁兆淡淡道：「不過是胳膊折了，待回去以後請太醫診治，自然無礙。」

清懿沈默片刻，沒有答話。她強撐著直起身，胳膊才使了三分力，渾身磕碰出的外傷都在叫囂著疼痛。

「妳要做啥？躺回去。」見她起身，袁兆語氣裡的散漫頓時一收，竟顯出幾分強硬。

清懿不聽他的，一手支撐著坐起，一手擦了擦額角疼出的冷汗，輕喘道：「傷在哪兒？你自己說，還是我來看？」

輕輕淺淺的話語，卻透露著不容置疑的味道。

清懿從這個視角看過去，才發覺袁兆的不對勁。他的臉色太過蒼白，絕不是折了胳膊那麼簡單。初看以為他閒適地靠坐在洞口，再細看，他分明是特意藏著傷口，不叫她這一側瞧見。

袁兆對上她的眼神，心知瞞不住了，笑容裡有些無奈。「傷口猙獰，別看了。」

清懿視線往下移，停在他的腰腹處，月白的中衣被鮮血浸透，此刻還在往外滲血。褐紅色的液體一路淌入土裡，他身下那一小塊地方，已然不知積存了多少血。

「拉妳上來時被懸崖邊一塊銳石傷到了，只是血流得凶，看著駭人罷了。」他話說得輕鬆。

清懿眸光暗沈。「傷口處理了嗎？」

「簡單包紮了。」

「嗯。」清懿復又看了袁兆一眼，緩緩躺了回去，不再多言。

沒想到姑娘來勢洶洶，卻這麼好打發，袁兆有些意外。沒等他多想，傷口的疼痛捲土重來。好在夜色漸深，借著黑暗的掩映，偽裝的若無其事終於可以放下，透出傷重的本色。

餘光掃過，瞧著姑娘翻身背對著這邊，好像睡著了，他才緩緩解開衣帶，預備換一把草藥止血。

借著微弱月光，勉強能看清血肉模糊的傷口，這遠遠不是他方才輕描淡寫的「被石頭劃到」就能夠造成的傷。衣料與血肉黏著，他生生地扯掉布料，劇痛猛烈襲來，他咬著牙關忍了好一會兒，才平復了急促的呼吸，以免擾了身旁的姑娘。

草藥是林子裡採摘的，正是清懿初初聞到藥草香的源頭。

袁兆抓起草藥按在傷口上，又扯過一截袍角包紮。不過短短一瞬，他裸露在月光下的脊背便布上一層細密的汗珠，顯然是疼狠了。待一切稍定，他再撐不住，靠坐著岩壁，閉著眼輕輕喘息。

「弄好了？」冷不防的，少女的聲音清冷，哪有半分困倦。「既然好了，便請小侯爺說說吧。」

喘息聲一頓，過了半晌的寂靜，他輕笑。「妳倒機靈。」

黑暗裡，清懿維持著背對他的姿勢，睜開了眼睛。「我們的處境是不是比想像的要糟糕？」

袁兆道：「何以見得？」

清懿眼底清明，淡淡道：「自我昏迷到現在，已然過了大半日。我家的人也好，小侯爺府上的人也罷，怎麼都該找來了。

「或者以小侯爺之能，總該有法子帶我出去，不至於在此處乾等著人來搭救。」清懿頓了頓，又道：「把命交到旁人手裡，不是小侯爺的做派。」

袁兆「嗯」了一聲，漫不經心道：「讓妳失望了，我傷重至此，只能聽天由命。」

清懿沈默片刻，倏然轉身，盯著他道：「事到如今，你還要瞞我嗎？即便是死，也得做個明白鬼吧。」

第四十三章

短短一瞬，空氣裡瀰漫著針鋒相對的火藥味。面對清懿冷靜的眸光，袁兆知道，這個姑娘的心性並非如她外表那般柔弱稚嫩。

靜了半晌，他嘆了口氣，不再繞開話題，平鋪直敘道：「我們走不出這座山。」

清懿眉頭微蹙。「何意？」

「字面意思。」袁兆回以平靜的眼神。「瘋馬沿著偏僻險路跑進山裡，我帶著妳原路返回，卻突遇山壁塌陷，差點葬身在落石之下。」

他寥寥幾句落地，隱瞞了實情之凶險。

山體坍方太過突然，滾滾巨石轟然而下，要不是他聽到異響，及時止步，現下哪裡還能活著喘氣。可是，這還不是唯一的事故。

「前路受阻，又怕再有落石，我只能調頭先帶妳進山。」說到這裡，袁兆頓了頓，目光裡帶著幾分暗沈。「穿過這片林子往東走，就是皇家別苑的地界，楓林山莊。我自幼熟悉這條道，今日卻怎麼也走不出去，來回數次仍在原地打轉。」

這話太過匪夷所思，若不是熟悉眼前之人的性子，清懿定然不會輕信。倘或袁兆說走不出去，那一定是所有辦法都嘗試過的，無可改變的結果。

「那你身上的傷哪裡來的？」清懿問。「既然話都說了一半，剩下的也不必誆我。」

袁兆瞥了她一眼，一邊說著，一邊捂著傷口側了側身，將衣服披上。「瞞不過這位欽差姑娘，我都招認吧。」

清懿挑了挑眉，輕哼一聲。「小侯爺還有心情打趣我，倒不像命懸一線的樣子。」

「哪有這麼容易就死了？」袁兆動作緩慢地將衣帶繫上，淡淡道：「當時知道走不出林子，天色有下暴雨的跡象，我便打算尋個山洞避雨，誰知遇上兩頭黑熊，傷便是這樣來的。」

都已經占了黑熊的老家，結局自不必說。

袁兆還想說話，卻突然咳嗽起來，止了話頭。已至深秋初冬交接的時日，白日還不覺得，一到晚上，砭骨的寒意便格外難忍。

外頭夜色深重，雨後的涼意裹挾著濕潤毫無聲息地潛入，清懿身上蓋著外袍，並不覺得冷。她察覺身下墊的樹葉異常厚實，伸手一探，摸到厚厚一層的皮毛，淡淡的血腥味夾雜其中，想來樹葉是為了掩蓋這味道。

壓抑的咳嗽聲在身後斷斷續續響起，間或幾聲輕喘。黑暗裡，清懿睜開眼睛，隨手將身上的外袍往後扔去。

「穿上，我不冷。」

月白色染血長袍丟過來的一瞬間，他彷彿聞到血腥味中隱隱有一絲淡淡的香氣。不屬於他的體溫，覆蓋在肩上的那一刻，夜晚的霜寒露重頃刻消弭了大半。

袁兆眉心微動，眸中不知名的情緒在黑暗裡蔓延，漸漸又消失在無邊的夜色裡。

「現下還未至深夜，沒到最冷的時候，真冷極了，袍子也不管用。妳且蓋著吧，還不知要在林子裡待多久，妳今兒淋了一點雨，真要發起燒才要命。」

外袍又回到少女的身上，將她罩得嚴嚴實實。

清懿翻身望去，袁兆的髮梢和衣襬也沾著水氣，他淋的雨只會比她多得多。

「隨你。」少女眸光微動，卻到底沒再說什麼。

她不愛勸人，聰明人點到為止即可；更何況，袁兆也絕不會強逞英雄，他有他的道理。

夜晚的亭離山黑沈得可怕，聽著落葉簌簌聲，清懿睏意上湧，即便睡意漸濃，她的眉頭也始終無法舒展。

自己的身子只有自己最瞭解，她身上疼痛異常，不見外傷，卻有傷及肺腑的內傷。肋骨處凹陷了下去，連呼吸都牽扯著劇痛，好幾次喉頭腥甜，都被她強行忍了回去。

意識有些渙散，不知是睏意還是疼得昏沈，清懿腦中思緒凌亂。

今日發生的一切，都讓她有不好的預感。

消失一整天，還不知道妹妹著急成什麼樣。倘或這一關真的過不去，那重來的這一輩子究竟算什麼？只是上輩子臨死前的幻夢嗎？一睜眼，又會回到四方院牆之下，華麗冷寂的囚籠裡，絕望又悲戚地死去？

如果不是夢，是既定的命運，那她的人生才剛剛開始，椒椒、翠煙、碧兒、彩袖、紅菱……這麼多女子的人生才初見色彩，憑什麼要收回這一切？

不知睡了多久，清懿迷迷糊糊地轉醒，眼才半睜，溫熱的液體便送到唇邊。

「昨兒送上門的熊被我燉了，沒甚滋味，將就著填肚子吧。」袁兆不知從哪裡尋來一捧樹葉，盛著熊肉湯餵她。

清懿沒拒絕，她如今也實在沒力氣起身，靠在他肩上，一口一口喝著沒油沒鹽，滋味奇差的湯。斜眼一瞥，正瞧見半塊熊肉架在火上烤，不時有焦味飄來。

「別饞那個，妳吃不得。」袁兆頭也沒抬。

清懿挑了挑眉，好氣又好笑，雖然虛弱不想說話，卻仍忍不住回一句嘴。「小侯爺多慮了，於口腹之慾一事上我還算把持得住。若是我妹妹那隻饞嘴貓在，你如此叮囑還算妥帖；更何況……殿下廚藝高超，我無福受用。」

就這個焦黑的賣相，送到她嘴邊也不想吃。

袁兆面不改色。「嗯，姑娘慧眼，我在廚藝方面確實有幾分天賦。」

清懿打量他兩眼，沈默一會兒才道：「你自己嚐嚐？」

「肥而不膩，瘦而不柴，有滋有味，很是不錯。」

清懿嘴角一抽。這輩子，他廚藝有沒有進益是不清楚，臉皮是跟上輩子差不多。

前世，古人云，君子遠庖廚。舉凡大家公子連腳步都不會踏進廚下半步，更遑論皇親勛貴人家了。這位爺卻是忒不拘禮，常在她做點心的時候跟著往小廚房跑。

拳頭大的餃子，皮厚餡也厚的酥餅，一個賽兩個的元宵糰，都是他的傑作。

從前的記憶許多都模糊不清了，酸甜苦辣夾雜一團，甜的時候也有，只是太少。好不容易拎出一縷甜味，又牽連出一串苦澀。久而久之，她乾脆把這些滋味都壓在箱底，上把鎖不再碰也就罷了。

如今也不知怎的，竟然單單就想起了那一縷甜。常常是下午的光景，風和日暖。她偶爾會跟著廚子研製幾樣新點心，好打發後宅的漫漫長日。

遇上他休沐，也不跟誰打招呼就擺一張椅子往小廚房廊下一坐，有時是看閒書雜談，有時是看正經摺子。累了就起身往廚房走，跟在她後面，學她捏麵團。

每每說是幫忙，卻回回幫倒忙，清懿惱了，推著將人趕出門，沒一會兒他又蹓躂繞到窗邊瞧著。唯一的好處就只剩力氣大，算是個揉麵的好幫手。

下人們起初惶惶不安，見他來了都不敢說話。後來看慣了這個情景，膽子大的糕點師傅還敢指正他的廚藝。不過，他做的東西是沒人敢碰的，畢竟是主子做的吃食，再不好，下人吃了也生恐折壽，最後只能兩個人分著吃完。

拳頭大的餃子，沙包大的元宵，清懿吃小半個就嫌棄地不想吃，剩下的都進了他肚子。那時，他也如現下這般面不改色，十分自信。「我做飯還是有幾分天賦。」

隔了兩輩子的光陰，如今清懿品著口中沒滋味的肉湯，又想起某個春日午後，他懶洋洋地靠在窗沿邊，一手拿著《農耕四時記》，一手替她揉麵團。

「好喝得停不下來？那再給妳添一點。」袁兆作勢要放她躺下。

「別……」清懿下意識拉住他袖子，這一動作，餘光便瞥見他盛湯的器皿——圓形狀、某動物的頭骨。

袁兆順著她目光看去，難得猶豫一會兒才解釋。「權宜之計，妳現在只能吃點清淡的，骨頭我都洗乾淨了，沒有半點味道……」

沒等他說完，清懿猛地推開他，劇烈地嘔吐起來。

「再噁心也要吃一些，否則人是熬不住的。」袁兆立即起身扶著她，才說半句話，目光卻驟然一頓。

她吐出來的大半是血，殷紅一片。刺目的紅，濺在月白色外袍上。少女失了力氣，軟軟地倒在他懷裡，慘白的臉上像是沒了生機。

清懿再次醒來，是被袁兆揹著行走的途中。

睜開眼的一瞬，只覺渾身的力氣都被抽盡，她喉頭腥甜，怕一張口就要吐血，胸腔彷彿壓著一塊巨石，沈甸甸地喘不上氣。

「去哪兒？」清懿艱難地從牙關裡吐出兩個字，氣息微弱。

「換條路，試試能不能走出去。」袁兆的聲音很沈靜。「別開口，閉眼再睡一會兒。」

清懿頭腦昏沈，卻還保留一絲清醒。「你走了多久？」

「約莫半個時辰。」

樹林裡綠植遮天蔽日，瞧不出光影變化，除了白日和夜晚，其餘時段也沒分別。

清懿頭腦昏沈，卻保留著一分清醒，她垂了垂眼，盯著地面看了片刻。早晨還濕潤的草地已然乾透，想來不是半個時辰，而是半日。前路雖雜草叢生，卻隱約有走出一條小道的痕跡——是他走過的路。

「小侯爺，」清懿閉了閉眼睛，輕喘了一口氣，緩緩道：「已經走過的路，就不必重蹈覆轍，白費工夫了。」

少女的聲音太過微弱，好像被風一吹就散了，讓人聽不真切。

袁兆的腳步沒有一刻停頓，托著她的手依然有力。

「袁兆，」她說：「別做徒勞無功的事。」

肩頭突然攀上一隻手，明明輕飄飄的沒有半點力氣，觸感卻又那樣分明，生生讓袁兆不得不停下來。他有些慶幸自己背對著她，否則，他無法解釋此刻流露在臉上的情緒。

方才，她好像一只斷線的風箏，倒在他懷裡，沒有了生機。那一刻，他也不知心裡是什麼感受。

世人常說，袁郎君翩翩佳公子，琴棋書畫乃至禮樂射御書無一不通，這樣有才情者，必然也是善於體恤人心的多情人。

可只有熟悉他的人才曉得，所謂多情是對他最大的誤會。他這一生有太多驚濤駭浪要去渡，情之一字，不過滄海扁舟，渺小得不值一提，哪裡能分得出半點心神去體會。

如今，他已然沒有工夫去分辨是否有一葉扁漂蕩在心海，他只知道，這個姑娘絕不能死在他面前。

「我幼時也曾在這片林子裡迷路過，幸得一位老僧人搭救。」袁兆平靜道：「茂林深處有一條通向峰頂的路，只要尋到它，我們便能活。」

他只是停頓了片刻，便又啟程。

清懿目光低垂，視線停在他的衣角，有殷紅的血一滴一滴掉進土壤中，而他似乎感覺不到疼痛，沒有拖緩腳步半分，好像只要再快一點，就能阻止她漸漸流逝的生命。

「放我下來。」清懿聲音沙啞。「你一個人去尋那條路，或許還能找到人來救我，可你若帶著我，那我們都活不了。」

袁兆一言不發，平日裡總是掛著幾分淺笑的臉，此刻卻面無表情。

「我有一個妹妹，名喚清殊，想必你也記得。」清懿狠狠嚥下喉頭的血，緩緩道：「倘若我走不出亭離山，煩勞你再幫我最後一個忙。」

從她的視角望去，袁兆的下頷線繃得很緊，眼底難得顯露幾分暗沈。「既然是放心不下的人，便自己活著去照看。」

「我何嘗不想……」她聲音太小，好像在自言自語。

袁兆問：「妳說什麼？」

「我說……」清懿道：「請小侯爺幫我把妹妹送回潯陽，送到我外祖家。她從小沒有離開過我，想必開頭會有不習慣，你只哄著她，說我失蹤，別說我死了，好歹讓她有個念想。椒椒很聰明，也很堅強。等她長大一些，她若執意找我，再告訴她真相。

「我手裡的東西，想必小侯爺也知道，你若要便拿去，我知道以你之才，必能善用。只是有一樣……」清懿頓了頓。「請善待我家裡所有的女孩們，她們這一輩子，從來都是低頭活命……我原想讓她們好好活一回……所幸她們如今已起了好頭，後面還望小侯爺看顧一些，若有造化，也是她們的福氣。」

袁兆聲音裡壓抑著情緒，好像平靜的湖面底下強行掩蓋著驚濤駭浪，他咬緊牙關道：「不是從不信我嗎？在國公府時我勸妳不要嫁給程奕，馬車墜落時我向妳伸手，妳都不願信我。這回為何信我？」

「為何信你……」清懿實在太累了，她的手緩緩垂落，靠在他肩頭輕輕喘氣。「我有時覺得不瞭解你……有時又覺得，沒人比我更瞭解你……

「你會幫我的。」清懿輕笑一聲，悄悄擦去嘴角的血，喃喃道：「前世欠我的，今生幫我這一次，抵消吧……若有來世，也不必再見了。」

她說著讓人似懂非懂，雲裡霧裡的話，可現在的袁兆沒有半點心情去琢磨謎底，內心的巨浪快要翻湧而出，又被他強行壓下。

「閉眼休息，不要再說話了。」他一字一句道：「曲清懿，這回妳也不可以信我，妳只能信妳自己。」

加諸在一個「陌路人」身上的信任，原該是值得高興的，可在此刻卻顯得這樣沈重。

密林四處都是高聳入雲的大樹，叫人辨不清方向，從昨天到今天，每一個方向他都走過，可無論怎麼走，最終都會回到原地，他們休憩的山洞口。

這件事情太過詭譎，意志薄弱的人遭遇這樣的事恐怕早就兩股戰戰。不知過了多久，熟悉的腳印又出現在前方，不遠處隱隱能瞧見熟悉的黑熊洞。

袁兆眉心微蹙，目光帶著思索。他從不信怪力亂神，無論何種情形，總有解決之道。五歲那年，他跟著皇帝外祖來亭離山打獵，也曾在這片茂林裡迷失方向。他從小博聞強記，可偏偏那段走出來的路卻怎麼也記不得，甚至連那個老僧人的相貌也模糊不清。

據旁人說，外祖派了羽林軍找了一天一夜，最後在一個小山洞裡找到熟睡的他。至於那個僧人，沒有人瞧見過，他們都說是小侯爺作的夢，只有他自己知道，絕對不是夢。

雖然記憶好像被水洗過一般模糊，可有一個畫面卻鐫刻在腦海——蜿蜒而上的石階長得看不到盡頭，階邊草木叢生，將這條小徑掩映其中，他的視線慢慢往上，有高塔彷彿穿過層雲，直抵天穹。

後來，他讀到古人的詩，可堪比擬所謂夢中之景——天上白玉京，十二樓五城。仙人撫我頂，結髮受長生。如若夢中的「白玉京」確切存在，那便是眼下唯一的指望。

第四十四章

感覺到背上的人呼吸漸弱，袁兆眉心一擰，將她輕托著抱下來。

「張嘴，喝點水。」

山洞口還有早上接的水，袁兆用外袍將她裹著，餵她喝了半捧樹葉的量。

清懿微微發抖，控制不住地冷顫——她傷及肺腑，吐了太多血，眼下是失血之症，畏寒怕冷。

袁兆的肩頭鮮紅一片，一貫愛潔的郎君此刻卻恍若未覺，眼底只倒映著她慘白的臉。

「妳的肋骨刺進了臟器，吐血是止不住的，頂多撐到天黑。」

清懿緩緩睜開眼睛看他，眸光平靜，像是早就知道自己的境況。

袁兆解開自己的衣帶，如昨晚那樣如法炮製，手法粗暴地換上新的草藥。因跋涉許久，傷口被扯開，此刻正不停往外流血，並不比她吐出來的少。比起昨日，那傷口更可怖了。

「我們賭最後一把，如若還是找不到出路，妳的囑託我必定辦到。」他一面纏著衣帶，一面道：「不過，我也不見得能活，妳別太放心了，終歸還是自己活著方為上策。」

清懿勉強勾起嘴角。「……好。」

說完，袁兆重新將她揹起，只是，這一次他卻沒有急著動身，而是用空著的左手往後遞過一截布條。

「煩勞妳替我覆在眼睛上。」

清懿接過布條，目光中暗含深思。「你疑心眼前所見之景？」

袁兆淡淡道：「心之所見方為實。」

「好。」清懿沈默片刻，輕笑一聲。「如今這個地步，還有什麼試不得呢？」

直到視線被完全遮擋，袁兆的思緒集中於一隅——高可攀日月的「白玉京」。他屏棄一切雜念，隨著心意邁出第一步。

林中柔霧瀰漫，光影錯落，卻好似在這一瞬定格成靜止的圖畫。

袁兆每一步都走得堅定，沒有絲毫猶豫，奇異的是，看不見的情境下，他避開了所有的障礙。不知過了多久，像是冥冥之中的感應，袁兆停住腳步，扯開覆眼的布條。刺眼的陽光晃過他的眼睛，令他下意識避開，緩過這一瞬的空白。

「袁兆。」

少女聲音虛弱，卻夾雜著凝重，比起呼喚，更像提醒。

袁兆心中一沈，轉頭望去。長階入雲，高塔巍峨，夢中白玉京赫然呈現於眼前。只是……狹窄的石階口，三隻毛色花白、足長體瘦的野狼盤臥在側，黃褐色的瞳孔散發幽幽暗光，直直照進人心中的恐懼。

二人三獸遙遙對望，彼此審視。

對峙間，袁兆緩緩往後退，沿途留下的血跡蜿蜒而過，引得野狼仰頭嗚嚎。

直到退出數十步，他才輕輕將背後的少女放在一塊大石頭後面。

隨手從樹上掰下一根棍子，袁兆又將自己覆眼的布條給清懿繫上。「無論是我，還是那群畜生，待會兒的場面想必不堪入目。」

清懿沒有拒絕，她察覺到他的氣息極近，濃重的血腥味中夾雜著雪松的味道。視線被布條擋住，黑暗裡，他語氣尋常地像是去吃一頓飯。

「別睡沉了，一會兒來接妳。」

隔著布條，看不到彼此的眼神。可多餘的話卻也不必再說，結局無非是一起活，或是一起葬身狼腹。

短暫的一瞬此刻卻像延長了百倍，清懿下意識地拉住他的衣襬，滯了一刻，又鬆開。

「放心，我不會死。」

袁兆像是明白她沒有說出口的話，熟悉的漫不經心的笑容又回到了臉上。許是因為隔著布條，知道她看不見，於是，他沒有掩飾眼底的神情。遊戲人間的郎君，多情又無情的眼睛裡，倒映著一葉小小孤舟。他知道，他是清醒地淪陷。

背後野狼嚎叫，他又看了清懿一眼，然後轉身而去。

一天一夜。整整找了一天一夜，仍沒有半點姊姊的蹤跡。

清殊身上裹著一件黑色的披風，縮在一棵大樹旁休憩。雖然閉著眼睛，卻沒有真正睡著。

「……雇了附近的村民去挖落石了，沿途的懸崖底下也打發人細細尋個遍，什麼也沒找到。」

隔著幾步遠，彩袖壓低了聲音和碧兒說話。

碧兒環視一周，大夥兒東倒西歪一大片，就地睡了。她又掃了一眼清殊，見小姑娘熟睡的模樣，才開口道：「我們人少力薄，總共三十多人，二十有餘都是女子，對周邊地界本就不熟，想來，漏了地方沒尋到也是有的。」

她們幾撥人得了信都往這處趕，在黃昏時分遇上。茉白她們幾個小姑娘自告奮勇跟著碧兒帶來的幾個織錦堂婦人進山尋人，陷些被毒蛇咬傷。好在救星來得及時，免去一場風波。

這救星正是帶著清殊進山尋人的晏徽雲。

彩袖瞧見高頭大馬上露出一個熟悉的小身影，差點沒厥過去。「冤家！這荒郊野外的，您來做什麼？」

清殊知道以自己這小身板，尋人也是拖累，並不執拗地跟著她們，老老實實地待在原地等。

可是過去一天一夜，壞消息一個接一個。落石攔路、摔得粉碎的馬車、傾盆大雨……哪一樣都將生還的希望壓到最低。

清殊閉眼假寐，頭垂得很低。

彩袖和碧兒沒再說話，各自休息。忽有急促的馬蹄聲由遠及近，帶著凌厲的氣勢。

清殊猛地睜開眼，一掀外袍，脫口問道：「如何？找到了嗎？」

晏徽雲一拉韁繩，逐風仰頭嘶鳴，止住去勢。對上小姑娘充滿希冀的眼神，少年難得有幾分猶豫。

「沒有。」

亭離山脈地勢複雜，尋常人進去了也摸不清方向，於是只能由晏徽雲帶著幾個壯實漢子去。他們是後半夜去的，如今已過午時，想必半個山都搜遍了，卻仍然不見清懿的蹤影。

清殊眼底的光黯淡了下去。「有勞殿下了。」

見她這副神情，晏徽雲眉心微蹙，煩躁地在空中揮了揮馬鞭，發洩一股無名火。

「過來，帶妳去個地方，倘若還是找不到，妳再擺出這模樣也不遲。」

「去哪兒？」清殊仰頭問他，人卻下意識地走到近前。

「楓林山莊。」晏徽雲一拉韁繩，右手鞭子一捲，把人拉過來，一拖一拽就拎上馬。逐風極有靈性，等人坐穩，撒開四蹄便跑。

呼呼風聲自清殊耳畔颳過，逆風傳來的是彩袖的怒喝。「祖宗您又要去哪兒？」

清殊掙扎著從黑披風裡鑽出來，扭頭喊道：「別擔心！我跟殿下去楓林山莊。」

彩袖還想說什麼，碧兒緊跟著追上去道：「讓姑娘去吧，有世子殿下在，她吃不了虧。」

翠煙眉心微蹙，有些擔憂道：「我聽底下報信的小子說，護城司的人正是被項府召去楓林山莊尋他們二小姐。咱們家之前和他們多有齟齬，姐兒過去豈不碰釘子？」

碧兒眼底同樣有思慮，猶豫片刻道：「也顧不得那麼多了，咱們把山翻過來都尋不著姑娘，何不借世子的東風試上一試，即便找不著人，能喚來護城司的兵馬也是好的。」

這話無奈至極，是沒辦法的辦法。幾個大丫鬟對視一眼，俱忍不住嘆氣，眉間滿是憂慮。

逐風速度太快，也不知彩袖聽沒聽見。只是清殊這會兒也沒空管這個，一心只顧著問：「楓林山莊是哪裡？為何去那兒？」

少年難得願意囉嗦兩句。「楓林山莊是皇家別苑，死在路邊的馬是袁兆的，我疑心他也在。如果妳姊姊是遇上了他，便沒有落到最壞的地步。」

清殊心中綳緊的弦頓時一鬆，這算是聽到的唯一一個好消息。她拉著晏徽雲的袖子追問道：「所以我姊姊也許是被袁先生所救，帶去楓林山莊了？」

袁兆領了她們院裡教習先生的虛職，雖沒上過幾堂課，稱他一句先生倒也在理。

「也許吧。」晏徽雲面無表情道：「以他的性子，絕不會留在原地坐以待斃。」

聽了這話，清殊長舒一口氣，好在姊姊不是一個人遇險，不見蹤影或許是件好事。

晏徽雲察覺到小姑娘的心緒變化，便不再多言。他其實只說了一半，除了死在落石邊的馬，袁兆沿路做了標記，只是一場大雨洗刷後，標記已經看不分明。

晏徽雲全憑著一星半點兒的痕跡，和相處十數年的默契，找到了他們容身過的山洞。洞內血跡斑駁，只剩幾塊碎布和七零八落的黑熊屍體。

標記就此斷了，循著足跡找，卻發覺他一直在方圓幾里內打轉，沒有走出林子。

想必袁兆就是要去北峰的楓林山莊，至於為何走不出去，晏徽雲一時也猜測不出真相。他容身的山洞位於亭離山南峰，楓林山莊位於北峰，兩峰之間隔著一片茂密的林子。林子裡多瘴氣，常有野獸毒蛇出沒，連山中的獵戶都會避開這處地界，選擇繞遠路去北峰。

袁兆不繞遠路，要麼是走不出去，要麼是身邊的人受傷太重，耽擱不起。最後這人憑空消失，只能寄希望於被神仙搭救，逃出生天了。

可無論哪一種推斷，都不是能叫清殊聽見的。總不能跟她說，放心，妳姊姊可能被神仙救了，那還不如說袁兆插了翅膀飛去楓林山莊了呢。

晏徽雲煩躁得要命，偏偏面上不能露出分毫。他第一次撒這種善意的謊言，臉繃得死緊，清殊再追問，他也不答話了。

逐風好像知道主人心情不佳，撒開四蹄狂奔，到達楓林山莊比平日少花了一半的工夫。

因此處是皇家別苑，晏徽雲來這兒便如同回家，他甚至沒有減速的意思，直直驅馬衝上前。

「站住！來者何人，膽敢擅闖！」

「裡頭是項府貴人，停下來還能留你全屍！」

一群守衛紛紛亮刀子，隔得老遠對來人威嚇。

「嗯？怎麼了？」聽到動靜，清殊將將探出個腦袋，就被一隻手按了回去。

晏徽雲道：「來找死的。」

淩厲長鞭裹挾著凶悍的氣勢，破空而出，快得只見一道殘影。可憐守衛還沒來得及看清來者的樣貌，便被秋風掃落葉一般甩出去老遠，哀號聲響成一片。

也不怪他們眼神不好，主要是晏徽雲在密林裡找了整晚，俊美公子現下風塵僕僕，衣裳也被刮破了幾道，唯獨剩下一件品相尚佳的玄色鑲金線蜀錦長袍，也被清殊裹在身上。

打眼一瞧，這位爺確實不像個世家公子，兼有凶神惡煞的氣勢，被錯認成山匪倒也情有可原。

晏徽雲冷聲道：「叫陳平昌滾出來。」

哀號聲裡，有機靈的已然通過逐風認出了來人，連跌帶爬地跑去報信。

不多時，一個皮膚黝黑、高且壯實的小將心急火燎地衝上前，咧開一口大白牙，大聲道：「我的爺！這是鬧哪一齣？幾個不長眼的東西開罪您了？且等著，我這就……」

「閉嘴！」晏徽雲不耐煩喝道：「拿上我的權杖，把護城司的人全都叫出來！」

陳平昌一愣，撓撓頭道：「殿下，不成啊，項大人的愛女在楓林山莊走失，他家夫人又是進宮請皇后手諭，又是哭哭啼啼的，我哪裡招架得住，只得帶弟兄們過來。

「現下已經在林子找了一天一夜，人影都沒瞧見，那位小姐多半是葬身在野獸腹中了。」陳平昌頓了頓，有些為難。「項夫人不肯放我們走，哭昏了三次，說是生要見人，死要見屍。這會兒要是撒手，護城司的門都要被項夫人哭倒。」

「護城司上下數百人馬，為他姓項的一家傾巢而出……」晏徽雲話未說盡，冷笑一聲，眼底森寒一片，他緩緩道：「我最煩聽廢話，少在我耳邊囉嗦，給你半刻鐘，命令所有人過來，少一個，拿你的狗命來抵。」

陳平昌黝黑的臉上有冷汗滑過，他知道這位爺的性子，晏徽雲要是笑了，那就是怒意登頂，神擋殺神。他不敢再多嘴一句，扭頭就回去叫人。

項夫人哭就哭吧，把門哭倒了再修一扇，得罪了眼前這一個，就等著在演武場被練死！

「他們是在找項連青嗎？」清殊扒拉著長袍，露出一雙眼睛回頭看他。「這麼巧？她也在亭離山失蹤了。」

「嗯。」晏徽雲隨便應一句，他才懶得管失蹤的是項連青還是項連粉。

「何不讓護城司找項連青的同時，一併找找我姊姊？」清殊道：「既然袁先生會來楓林山莊，想必附近的林子裡能尋到他們的蹤跡。」

晏徽雲對上她澄澈的眼神，下意識地想避開。因他心裡並沒有十足的把握能在楓林山莊找到袁兆，叫上護城司也是為了多些人手，能再去別處尋。如果叫她寄託了十二分的希望，到頭來一場空，豈不是更難受？

恰在此時，陳平昌領著一群騎馬的漢子聲勢浩大地奔來，也許是知道性命攸關，他辦事格外俐落。

只是，有一道窈窕倩影遠遠地綴在最後，尾隨而來。

清殊定睛一看，認出來人，是項連伊。

「世子殿下，」熟悉的柔婉女聲響起。「我妹妹在林子裡走失，生死不知，殿下把人全都調走，未免太不妥當。」

一群漢子都不敢作聲，自覺地驅馬繞到晏徽雲後面去。

項連伊從人群分開的中央款步而來，一雙含情美目此刻卻紅腫不堪，顯然是哭狠了。

「項府上下數百奴僕閒著不用，偏要將護城司全部人馬調來，我倒想問妳是什麼道理？」晏徽雲反問道。

項連伊眼圈一紅。「奴僕豈能與兵士們相比？殿下好歹體諒我家的難處，事關我妹妹的安危，且再留他們半日吧。」

「妳有難處，滿京城旁的人就沒有難處？妳家仗著權勢帶走所有的人馬，可有想過耽誤旁人的性命？」美人哭得梨花帶雨，晏徽雲不但無動於衷，反而冷聲道：「既如此，我仗著身分調走他們，妳家人的性命又與我何干？」

在動之以情、曉之以理方面得心應手的項家大小姐，沒想到遇上一個既不講情、也不講理的主兒。一時間，美人眼淚要掉不掉，生生沒了話題，接不下去了。

「項家姊姊，」一個小腦袋探出來。「我姊姊和妳妹妹一樣，都下落不明。既然都要搜山，那麼人可以給你們留一半，只是有一樣，若是你們那邊尋到了蹤跡，請及時知會我們。」

項連伊擦眼淚的手一頓，語氣有幾分古怪。「妳姊姊也失蹤了？」

「囉嗦什麼，還找不找人？」

沒等清殊答話，晏徽雲又將她按了回去。他可沒有好耐心，隨意點了幾個人留下，逐風撒開四蹄跑出去老遠。

噠噠的馬蹄聲裡，清殊下意識地回頭看了一眼，項連伊背對而立，微垂著頭擦眼淚，瘦弱伶仃的模樣讓人不得不心生憐愛。

晏徽雲皺眉。「瞧什麼呢？」

清殊心中不自在，總覺得有古怪，卻又說不出名堂，只得搖了搖頭。

第四十五章

一行人馬跑遠，留下的士兵被打發回去搜山，餘留項連伊一個人慢條斯理地往回走，四下無人時，她臉上早沒了哀戚的神情。

「最後一次了。」她聲音細而縹緲，好像在自說自話。「你說逆轉天命只能用一次，如今看來倒也足夠。

「從前我還疑心她是不是也有記憶，不過她都要死了，有沒有記憶也不打緊。上輩子死在我手裡，這輩子還妄想翻身嗎？」她輕笑。「風起於青萍之末，趁她與袁郎還是陌路，無聲無息地了結吧。」

如若有人在側，定然會覺得訝異，難免揣測項家大姑娘是不是失心瘋了。

因她對著空氣說話，好像有人回應了她似的，突兀地笑了起來。「閉嘴吧系統，別跟我說什麼偏離主線，我想要的東西別說是兩輩子，上窮碧落下黃泉也終究是我的。」

空氣不知回應了什麼，項連伊眼神閃過一絲嘲諷。「一群凡夫俗子，還妄想查到蛛絲馬跡？於他們而言不過是天命如此，誰讓曲清懿倒楣呢？」

她漸行漸遠，不遠處的角落裡卻突然有動靜，是有人踩了落葉的聲響。

「誰?!」項連伊目光銳利。

一個青衣小丫鬟哆哆嗦嗦地挪步上前。「姑娘，是……是我，太太又昏過去了，管事讓我來請您過去……」

小丫鬟聲音發著抖，不敢抬頭看她。

「嗯，我曉得了，帶路吧。」項連伊又恢復了平日的柔和神態，走了一會兒，她好似漫不經心地問：「妳叫什麼?從前沒見過妳啊。」

小丫鬟哆哆嗦嗦。「奴……奴婢賤名小蘿，才進府一個多月，夫人指我來侍奉二姑娘的。」

「小蘿？是妳原本的名字嗎？」項連伊笑意柔和。「家裡可還有人在？」

「回姑娘，奴婢原名青蘿，因撞了二姑娘的名諱，故而改了字。」青蘿道：「家裡只有兄長、嫂嫂在，因前些日子發了大水，沖毀家裡的田地，才將我發賣了。」

青蘿不知一向遠在天邊似的神仙人物怎的突然關心一個小丫鬟的身世，卻不敢怠慢，一五一十地答了。

又問了幾句話，項連伊不經意地道：「方才可有聽見我說了什麼？」

青蘿心下一凜，她年紀小卻也機靈，立刻搖頭。「沒有！奴婢什麼也沒聽見。」

項連伊唇角微勾，側過頭打量了她一會兒，卻沒再說話。那道探究的目光膠著在她身上，如有冰錐擦過。

青蘿僵在原地不敢動，直到項連伊離開許久，她才回過神來，背後遍生冷汗。

護城司人馬分成幾隊深入林子，一個時辰過去了，仍未有好消息傳來。

因林子裡多蟲蛇，晏徽雲用袍子將清殊裹得嚴嚴實實，並不深入太險的地界。

「殿下，弟兄們把北峰翻了個遍，就差把地皮掀開也沒瞧著人影。楓林山莊周邊那一塊早在尋項府姑娘時便找過了，也沒有。」陳平昌面露難色，頓了頓又道：「除了通向南峰的那片毒瘴林，我們不敢久留，瞧著沒人就出來了。」

晏徽雲問道：「就剩毒瘴林沒有細看？」

陳平昌撓了撓頭。「是，出來得急，沒有隨行的醫師，怕待久了有個好歹。」

「我知道了，帶你手下去休整。」晏徽雲隨意揮了揮手，又拍了拍清殊的頭道：「妳也下去，跟著陳平昌去莊子裡歇著。」

陳平昌一驚，心中有不好的預感。「殿下?!」

清殊敏銳回頭。「你要一個人進去？」

晏徽雲眉頭皺了皺。「區區瘴氣，我一個人來去便利，跟著我反倒累贅。」

陳平昌一哆嗦。「使不得！殿下！那毒瘴忒厲害，經年的老獵戶都不敢久留，吸入瘴氣過多輕則昏迷，重則喪命。您要是有個好歹，我怎麼和王府交代啊?!」

「囉嗦。」

晏徽雲彎腰抱著清殊，正要抱她下去，卻被一把抓住袖子。

「帶我去。」外袍從清殊頭上滑落，露出一雙澄澈的眼睛，她認真道：「我心慌得厲害，也不知是哪裡來的念頭，我覺得姊姊就在裡面。」

晏徽雲皺眉。「什麼蠢念頭？成年男子尚且受不住毒瘴，妳若進去也別找妳姊姊了，權當給豺狼虎豹送菜吧！」

清殊急死了，不想和他吵，伸手捂住他的嘴。「哎呀你先聽我說！」

清殊道：「我休息的時候總睡不著，一閉眼腦子裡就出現一座高塔，還有長長的石階，周圍林子裡霧濛濛一片，方才找過的地方都與它不相像，你可見過？我和姊姊心緒相連，莫名夢到這些情景，保不齊她就是在那裡。再說了，我們只剩毒瘴林沒找，我不想漏下這一處。」

被捂著嘴的晏徽雲翻了個白眼。

清殊趕緊撤開手。「如何？可否讓我同去？」

晏徽雲冷哼一聲。「愛去就去，吸了毒氣變成呆子也不關我的事。」

話是這麼說，晏徽雲還是找來一條布條給她捂住鼻子，又從懷裡掏出顆不知名的丸藥塞進她嘴裡，命令道：「吃了！」

「啊！那丸子可是……」陳平昌瞪圓了眼，驚呼到一半被晏徽雲冷冽的眼神堵了回去。心知這丸藥來頭不小，清殊也不敢細問，咕嚕便吞了，討好地看向他。

嘖嘖，她要是再敢囉嗦有的沒的，估計這位爺真要耐心告罄，把她扔下馬去！

「曲清殊，」臨到毒瘴林邊界，晏徽雲忽然道：「倘若沒有找到妳姊姊……」他頓了頓，聲音難得緩和了下來。「往後有麻煩，妳自可像今日這般來尋我。」

清殊沈默了片刻，扯出一個笑，沒有答話。

逐風有靈性，謹慎地行進著。

「我說這話，一則是和妳兄長有交情，二是因為袁兆和妳姊姊有交情，妳不必覺得欠我什麼。」晏徽雲道：「妳年紀小，說話做事隨心所欲，任性妄為。我所見的閨閣女兒裡除了樂綾，也只有妳是這般性情。」

清殊皺眉。「我怎麼聽著不像誇我？」

「闖禍精一個，還想人誇？」晏徽雲習慣性地冷哼一聲，然後意識到語氣太凶，沈默了一會兒才道：「雖然跳脫，不過……這樣也很好。無論發生什麼，不必移了性情。」

晏徽雲平生沒安慰過人，說出來的話硬邦邦，不費點心思都琢磨不出其中的柔軟。可清殊卻聽得分明，她下意識地揪了揪逐風的鬃毛，又抬頭望了一眼被樹林遮蔽的天空，硬生生將淚意忍了回去。

「我會找到姊姊的。」

從清懿出事到現在，她一直很冷靜，沒有露出半點崩潰的徵兆。她知道無謂的焦急只是自亂陣腳，還會耽誤救援時機；可是那股壓在心底的恐懼時刻叫囂著要衝出來，她不知是不是因為太過害怕，眼前頻頻閃過清懿受傷的畫面。從前的清殊不信鬼神，可經歷了穿越時空，她不得不寄希望於虛無縹緲的那股力量。

晏徽雲囑咐。「儘量屏住氣息。」

隨著他們越來越深入這片叢林，清殊覺得頭腦漸漸昏沈，窒息的感覺來勢洶洶。

快要暈厥的當口，清殊的眼前一閃而過陌生的畫面——長階入雲，高塔巍峨，成群的飛鳥在空中盤旋。

她一把抓住晏徽雲的袖子，急道：「我知道在哪兒了！閉上眼睛！」

長長的石階看不見盡頭，入口處倒了幾具野狼屍體，滿地的鮮血乾涸，凝固成暗紅。沿著臺階往上，有血跡一路蔓延。鼻子靈敏的小獸想找尋受傷的獵物，一路順著血液的味道前進，直到半山腰才看見蹤影。

那人的衣裳已經看不出原本的顏色，隨著每一步艱難的攀登，石階上就多一灘鮮血。小獸舔了舔爪子，猶豫著要不要跟上，再定睛一瞧，才發現獵物居然還揹著一個人。

「醒了？」

那人突然說話，小獸被動靜嚇得逃竄。

清懿的意識漸漸回籠，她覆眼的布條還未摘下，不知自己身在何處。

「你的傷……」她想問，一口鮮血卻噴吐而出。

在她看不見的地方，袁兆的右手血肉模糊，胸膛被尖銳狼牙撕咬，留下貫穿的血洞，搖搖欲墜地彷彿下一刻就要倒地。

「我沒事。」清懿聽見他說。

他語氣平靜，無端地令人心安。

「沒事就好……」清懿沒有睜眼的力氣，血液映襯著慘白的臉，似斷線的風箏。「我們到了嗎？」

「快了。」他緩緩擦去嘴角的血。

「如若真有人搭救……」她緩緩道：「讓他先救你。」

清懿什麼也看不到，只聽見他笑了，聲音有些沙啞。「我的傷不重，都堅持了這樣久，再等一等，我們都能活下來。」

他的話那樣堅定而沈穩，清懿的意識漸漸模糊，陷入了黑暗裡。

有飛鳥盤旋在高塔上空，俯瞰著渺小如微塵的人一步一步，艱難地往上攀登。鮮血逶迤，留下刺目的紅，昭示著那人逐漸流失的生命力。如若飛鳥有意識，一定會訝異於這人的可怕。

流逝的時間無比漫長，他麻木前行，不知過了多久，終於登上最後一級臺階。遠處看著如置仙境的高塔，走到近前瞧，也不過是普通寺廟模樣。

一位灰袍老僧正在清掃落葉，聽到後面的動靜，人未回頭，聲卻先至。

「小友，一別經年，緣何到訪？」

夢中面目模糊的老僧出現在眼前，袁兆強撐著最後一絲氣力，將身後的少女緩緩抱下來。「我夢中猶記得這座高塔，想必正是為了今日的因果。貿然打擾，只為請求大師，救她性命。」

老僧終於回過頭來，只見他鬚眉皆白，卻偏偏生了一雙年輕人似的眼，透著明亮澄澈。他定睛瞧了瞧昏迷中的清懿，又看了一眼袁兆，目光帶著笑意。「因果因果，是你們之間的因果，而非你我。」

「何解？」

「天機不可洩漏，否則有損壽元。我從前洩漏得太多，未老先衰，現在可不敢了。」老僧笑著擺擺手道：「罷了罷了，閒話休提，先救人性命要緊。」

話音剛落，袁兆最後一絲氣力消耗殆盡，終於昏倒過去。

另一頭，晏徽雲聽信清殊的胡言亂語，打發了逐風原路回去，自己在林子裡胡亂走。清殊同樣閉著眼睛，牽著他的衣襬，在前面引路。

「一刻鐘，這蠢事我只做一刻鐘。要是沒有妳說的高塔，妳必須出林子，聽到了嗎！」晏徽雲一邊向前走，一邊冷冷地道。

「嗯。」清殊敷衍地應了一聲，腦中放空，跟著內心的指引走。

不知過了多久，清殊突然停了下來，晏徽雲沒止住步子，差點撞上去，這一刻他終於耐心告罄。「又怎麼了？不想走了就跟我回去！」

「晏徽雲！」清殊打斷他，聲音激動。「你睜眼看！」

聞言，晏徽雲慢慢地睜開眼，視線一觸及眼前景象，他的目光陡然定住。幾具狼屍橫七豎八地倒在長階入口，地上隨意插著一根木棍，上頭刻著特殊印記——正是消失在山洞口，找不著後續的標記。

這說明袁兆就在這裡！只是，看著拖行了滿地的鮮血，好像情況不太妙。

長階通天似的高，以清殊這小身板，才將走個十之有三，便喘得不成樣。她心中又焦急，差點一個趔趄摔倒。

晏徽雲看不下去，擺擺手示意道：「別耽擱時辰，過來。」

見少年願意屈尊揹她，清殊是不矯情的，立時便搭上人家的肩膀。「有勞了，回頭請你吃好的。」

「呿。」晏徽雲翻了個白眼。

二人探查到蹤跡，心中安定八、九分，一路上也有心情吵兩句嘴。

途中遇到一隻頗有靈性的小獸，毛色純灰，圓滾滾一團，瞧不出是什麼品貌，只看牠耳朵收著，眼睛滴溜溜的轉，似要在前頭引路。

「看！兔子！」清殊呼道。

「是個兔子模樣，可也忒胖了。」

二人已經登上最後一級臺階，古樸寺廟大門緊閉，正愁不知往何處去，胖兔子及時雨似的出現，不時回頭看他們有沒有跟上。

寺廟門虛掩著，一推便開了，胖兔子當先鑽了進去，清殊小跑著跟上，晏徽雲不緊不慢地走在後頭，警惕地打量四周。

清殊跟著兔子跑過長廊轉角，差點與人迎面撞上，定睛一瞧，是個滿臉笑容的僧人。

「唐突大師了，我是來尋人的，請問可有見到一個這麼高、臉這麼小的姑娘？」清殊著急比劃著。

僧人眉目含笑，視線在清殊身上停留得格外久。「小施主莫急，妳要尋的人確實在此處。只是，小施主又是從何處來？」

「當真?!甚好甚好！」清殊心下一鬆，聽見姊姊的消息，她也肯好好答話。「我是您搭救的那位姑娘的親妹妹，我家是京城正陽街東胡同巷吏部侍郎府，因緣際會，湊巧找到了您的神仙寶地，既然大師肯伸手搭救，想必是善心人，小女在此謝過師父。之後若有用得著我們凡夫俗子的地方，儘管吩咐，香油、海燈管夠。」

她心情一好，嘴裡便連珠炮似的說好話，甭管對方是凡人神仙妖怪，她不怕。反正她自己的來歷就夠稀奇了，再有稀罕的，也不過如此。

此刻晏徽雲也到了近前，與清殊不同，從古怪的長階出現，到眼前這個老僧，這一切都超越了他原先的見聞，因此不得不警戒起來。

僧人對著晏徽雲不善的視線，恍若未覺，只笑看著清殊道：「小施主，我問的可不是妳軀殼來處啊。」

清殊一愣，尚未答話，僧人又擺擺手道：「先去見妳想見的人吧。」

話音剛落，胖兔子又自轉角探出頭來，眼睛和耳朵動了動。清殊不再管旁的，小跑上前。

還未進禪房，便有一陣奇異的香味撲鼻而來，又夾雜著清新的藥草味。甫瞧見床榻上的人影，清殊鼻子一酸，險些掉眼淚。

「姊姊……」

少女臉色蒼白，長睫似鴉羽，精緻卻脆弱，彷彿珍貴易碎的瓷器。清殊放緩了腳步，挨著床榻蹲下，細細察看後發覺她只是昏睡著，這才安下心來。

「放心，她一切都好。」身後突然傳來一道男聲。

清殊一驚，猛地回頭才發覺有人坐在角落裡。

「袁先生，您嚇我一跳！我方才進來您怎麼不出聲？」

「妳跑得比兔子還快，哪裡顧得上瞧我？」袁兆忍不住輕咳了兩聲，他身上只穿了件尋常麻衣，瞧不出有傷，臉色卻也蒼白得很，顯然也沒多好。

門口有人奪門而入，打量了他兩眼，冷哼道：「還活著？」

袁兆淡淡道：「少廢話，回元丹可有帶著，我傷沒好全。」

「沒了。」晏徽雲皺眉。「你自己的呢？」

袁兆目光一轉，就知道晏徽雲的回元丹進了誰的肚子，「嗯」了一聲才道：「我的也沒了。」

晏徽雲掃了一眼床上的清懿，見她的氣色，也曉得了袁兆那顆丸藥的去處。兩兄弟簡短地互嗆兩句，彼此沒話講，一個坐角落裡，一個抱臂站在窗邊。

清殊豎著耳朵聽完他倆的對話，一面逮住引路的小胖兔子摸毛，視線卻放在清懿身上一刻也不離開。

一時間，室內雖安靜，倒也詭異地和諧。

第四十六章

也不知山中寺廟的光陰與外頭有多少分別，清殊摟著兔子打瞌睡，腦袋一點一點，再抬頭，就見夕陽落在窗欞邊，折射出暖黃的光線。另外兩個人不曉得什麼時候出去了，清殊想起身關窗，衣角卻被一股很輕的力道拉住。

「椒椒。」

清殊倏然回頭，又驚又喜。「姊姊！」

「嗯……」清懿勾起唇角，聲音尚透著幾分虛弱無力，目光卻柔和。「這幾天……是不是嚇壞了？」

清殊胡亂擦了擦眼睛，把眼淚憋了回去，又抓著姊姊的手蹭了蹭臉，含糊道：「嗯，所以妳以後不能嚇我了，妳去哪兒都要帶著我，掉山洞、掉懸崖，都要帶著我。」

「呸，又胡咧咧。」清懿笑容清淺，捏了捏她的臉。

他們一行在寺廟裡待了三日，這裡的一應吃穿都由一個十來歲的小沙彌送來，至於那位老僧，只在初時露了面，之後再無蹤影。

這個寺廟來歷古怪，他們默契地沒有探尋過任何違背常理的事情。比如，清懿受了極重的內傷，竟不出三日便好了大半；袁兆胸膛貫穿的傷口如今只剩淺淺的傷疤；就連清殊吸入瘴氣後暈乎乎的後遺症也沒了，神清氣爽得很。

第三日時，清懿已經能下床走動了，於是一行人準備在黃昏時分離開。老僧似乎有感應一般，出現在寺廟大門前，等候著他們。

「多謝大師的救命之恩，此前小女子一直臥病，未能親自見禮，還望見諒。」清懿雙手合十行了佛門禮節。

老僧眉目慈和，笑道：「此地非有緣人不得入。得救是你們的因果，救你們是我的因果，施主無須多禮，更不必感念於心。」

清懿垂眸思索片刻，忽然從懷中摸出一塊無字白玉，淺笑道：「我知佛門講究因果善惡，個人緣法。此去一別，也不知何日能再次拜見大師，故而不得不再次叨擾大師，問一問此物的因果。」

眾人的目光都落在那塊白玉上，明明是普通玉石，品質泛泛，卻透著一股溫潤的質感，可是最讓人關切的，卻是玉石中央裂開的一道細小的縫隙。

清殊是認得那塊玉的，它是姊姊一直隨身攜帶的愛物，現下卻有了裂紋。

袁兆的目光也凝在玉石上，他還記得第一次碰到這塊玉時，熟悉而異樣的感覺。

老僧卻只是平淡地掃了一眼，依舊笑容溫和道：「旁的緣法，我不敢提，也不便提。唯有提醒施主，切記要妥善保管它。此次玉石微瑕，正是為施主妳擋了一災。」

「既如此，便多謝大師費心解惑。」清懿聞弦歌而知雅意，又重新將玉石收好。

清殊其實也有許多問題想問，她的來歷奇妙，姊姊的來歷想必也不凡。倘或沒有遇著這個老僧倒罷了，既然遇上，心中不免生出疑惑亟待解答。可她到底顧忌著袁兆和晏徽雲在場，不敢透露分毫，只能忍著算了。

晏徽雲一馬當先走出去老遠，清懿牽著清殊邁下第一個臺階，卻被老僧叫住。

「小施主，」老僧喚道，他招了招手，那隻灰毛胖兔子聽話地躥到他懷裡，他又遞到了清殊面前。「這小傢伙與妳有緣，既如此，便送與妳帶回家去。」

清殊眼睛一亮，有些不敢相信，手卻聽話地接過了胖兔子，期期艾艾道：「當真送與我？」

老僧笑著擺了擺手，轉身離去，樸素的外袍被風吹得揚起，背影竟有幾分世外高人的意味。

「去吧，小施主。此心安處，即是妳的來處。」

「我心安處……」清殊怔怔地望著他的背影，一時回不過神。

再次回到府中，躺在柔軟的床榻上，髮梢帶著沐浴後的清新，清懿竟有恍如隔世之感。

清殊累得睡了過去，發出規律的呼吸聲。翠煙、彩袖和碧兒幾個大丫鬟這幾日也折騰得夠嗆，看見清懿安然無恙，俱是狠狠痛哭一場，現下也被打發下去休息了。

紫金蟠螭六角香爐裡燃著沁人心脾的月沉香。室內未燃燭火，借著月光灑下的半點微芒，清懿的眸光裡流淌著萬千思緒，腦中還在回想這幾日的事情。

白日裡，他們下了山後，長階與高塔不知何時就消失了。待出了林子，發覺山中的三日之期，於外界而言不過一瞬。

等候在外的陳平昌，見他們四人一齊出來，簡直活見了鬼一般，還未來得及叫嚷，便被晏徽雲用眼神制止。

「人已找到的消息不必傳出去。」

陳平昌雖不知為何，卻不敢細問，領命而去。

袁兆和清懿玲瓏心思，轉瞬便明白其中深意。

袁兆解釋。「妳這一遭實在蹊蹺，暫且瞞了消息，好讓幕後之人失了防備，細細查上幾日，總有蛛絲馬跡。」

「我也正有此意，殿下既已替我開了口，倒免去許多麻煩。」清懿緩緩道：「救命之恩，再加上林林總總的恩惠，我們姊妹二人欠兩位殿下良多。口頭報恩的話不好再提，日後有能用得上我二人的，必定竭力償還今日恩情。」

她言辭懇切，話說得極妥帖，可是分明又將彼此界線隔開，講禮得很。

袁兆垂眸看了她一會兒，想說的話究竟是沒有說，只淡淡道：「妳傷及肺腑，一時半刻無法痊癒，在家好生將養吧。」

清懿沒有抬頭看他，規矩地行了一個禮，又朝晏徽雲福了福身。光陰倒轉，前些時日裡近乎生死相托的兩個人，眼下好像又遙隔萬里。

陳平昌在晏徽雲的指示下悄悄安排了馬車，準備送姊妹二人回去。

袁兆站在原地目送，始終沒有上前。

馬車緩緩行駛的那一刻，清懿不經意地瞥見他眼底的眸光，如沈靜的寒潭，叫人讀不懂其中的思緒。這個眼神，初初看來並沒有什麼特別，可直到月上柳梢頭的深夜裡，卻在清懿的腦海裡揮之不去。

亭離山上，她對著孔明燈祈願的那個夜晚，他的眼神也是這樣，克制而清醒，像是亭離山巔凝而不散的霧氣。只是，那時的他又坦坦蕩蕩，笑著對她表明心意，彷彿內心衝破了無名的枷鎖。

而此刻，這道看不見的枷鎖攔住了他，於是，他除了平靜地看她一眼，什麼話也沒有說。

清懿歪著頭，看了看熟睡的清殊，又給她掖了掖被角。

誰知小丫頭竟然醒了，懵懂道：「姊姊怎的還醒著？」

清懿拍拍她的背。「把妳吵醒了？夜還深著呢，妳繼續睡。」

清殊聽話地翻了個身，一時間室內又靜了下來。清懿以為她睡了，過了半晌，小姑娘又扭頭看向她，問道：「姊姊原先是不是認得袁先生？」

清懿挑了挑眉。「此話怎講？咱們不是一同在項府雅集上認識他的嗎？」

黑暗裡，清殊狡黠一笑，還帶著困倦的鼻音道：「少來，妳還想騙我，若非故交，他怎會冒死救妳？

「妳不知道，我們過去的時候，長階上的血跡還在，觸目驚心得很。世子殿下說袁先生定然傷得極重。試問一個人在自身難保的情形下，還想著救妳，怎會是萍水相逢，非親非故呢？」清殊閉著眼，小嘴說個不停。

「總是瞞不過妳。」清懿靜了片刻，無奈一笑。「只是，我從前認得他，他如今卻不認得我。不過……這樣也正合我心意。

「椒椒，」黑暗裡，清懿的聲音分外柔婉。「我有許多事情也不知該如何告訴妳。我與他，一、兩句話說不清。今日，他救我之恩我固然銘記，可我也只能記這一分恩情，不願牽扯旁的。恩恩怨怨算不分明，索性一是一，二是二，囫圇帶過不計較了。

「再者，我不願多有牽扯，還有一樁因由。妳只看他待人坦誠，行事仗義，又在妳學堂裡授課，他身上的皇家印記便淡了幾分。妳向來是個不重尊卑的率性人，自然只認他人品貴重，忽略他身後的煊赫家世。」

清姝點頭道：「自然是這樣，一個人的德行頂頂重要，如若他家世寒微，卻有高山仰止的品行，在我心裡便是第一等；反之，他若是個朱門繡戶裡養出的草包，我多瞧他一眼都是不能的。

「原先我只當他是個尋常富貴公子，略有幾分才情罷了，並不值當我敬佩。可如今來看，只憑他豁出命去救妳這一樁，我便覺得他是個好的。」清姝鑽進姊姊懷裡侃侃而談。「自然，我姊姊這麼一個如珠似玉的美人，他若是因一點私心才相救，也屬常事，我並不稀奇。」

清懿輕掐她的臉，嗔道：「再胡說八道！」

清姝哈哈笑鬧了一會兒，才道：「世人的門第之見是固有的，可姊姊妳卻不能真因為門第看輕自己。我瞧妳方才的話裡頗有幾分自苦的意思，這才多一句嘴；況且……」清姝頓了頓。「袁先生如若是顧忌門第而軟弱退讓的人，那便算不得良人，我必要將他降做二等人了。總之，甭管門第不門第，咱們絕對不能委屈自己。」

清懿認真看著妹妹稚嫩的小臉，許久沒有說話，等對方出聲詢問，她才露出一個溫柔的笑容，感嘆道：「妳能有這樣的心性，我很歡喜。」

清姝仰起頭，驕傲道：「姊姊教得好。」

清懿笑著搖了搖頭，眼底的柔和中，卻帶著幾分複雜的情緒。

不是教得好，是保護得太好。

潯陽地僻，阮家又是當地高門大戶，她自小就生活得無憂無慮。來了京裡這許久，除了項府雅集那次小打小鬧似的麻煩，她其實從未見過權勢的威壓。

清懿閉了閉眼，遮住眼底一瞬間的憂慮，再睜眼，又是柔和一片。「椒椒，妳原先和我說，妳夢見過世外桃源，那裡無論男女都能唸書、都能科考，販夫走卒和士大夫能穿一樣的衣裳，那妳在夢裡是做什麼的呢？」

清姝愣了愣，不知道姊姊為什麼還記得她小時候說的話。

那時她才五歲，有個伺候過她的丫鬟和外頭的小子有了私情，被管事抓住打得半死攆了出去，沒幾日便病死了。阮家老祖宗知道消息，打發人送了兩包銀子給丫鬟的爹娘，權當喪葬費。

消息傳到清姝這裡時，她呆坐了很久，那丫鬟陪她放過風箏，給她做過衣裳，甚至她還親眼見過丫鬟為情郎做的香包。彼時，那丫鬟臉蛋通紅，儼然是個十六、七歲，情竇初開的姑娘模樣。在二十一世紀，就是一個正在讀高中的少女。

花一樣的年紀，說死便死了。

那是清姝第一次知道，人命的輕賤；也是第一次知道，這個時代終究是不同的。譬如，彩袖和翠煙她們固然為這丫鬟難過，卻從不覺得管事打她的行為有錯處。因為，高門大戶的規矩向來如此。

清姝也是從那時起，慢慢接受這樣的規矩。丫鬟情竇初開是人之本性，不是她的錯；管事秉公辦事，也不是他的錯；阮家以仁義聞名，送給不守規矩的丫鬟喪葬費，更是妥帖至極。錯的究竟是這個世道罷了，丫鬟的命，如何能算命呢？

那時她摸著那只風箏，坐在門檻上發呆了許久，直到清懿過來摸了摸她的腦袋，她才終於把頭埋進姊姊懷裡，慟哭出聲。

當天夜裡，她實在難受極了，似真非真地借作夢的幌子，說出那些石破天驚的話。也僅有那一次，她將未來的世界描繪成世外桃源，展現在一個古人面前。後來卻是不敢了，她害怕姊姊會認為她離經叛道，又怕姊姊真的認同她的話，最終活得與這個世道格格不入。

清姝自知已經改變不了根深蒂固的現代人價值觀，可是姊姊本可以在這個時代生活得很好。一人之力何其微弱，有她一個孤獨的靈魂就夠了，不必再添上旁的人。

原以為這些話被姊姊當作孩提戲言，畢竟她後來再沒有提過更多，偶爾也只是幾句插科打諢，當玩笑話就過了，沒人放在心裡。誰知清懿卻在這樣一個普通的夜裡，隨口就提起，可見她是極妥帖地記住了。

為了這一個問題，清姝想了很久，最終眼底帶著釋然的笑意。「我啊？我在夢裡是銀樓的學徒，偶爾畫兩張圖紙，打幾副頭面，還未學成呢，夢就醒了，然後變作妳的妹妹啦。」

清姝的語氣輕鬆，可是表情卻有些黯淡，所幸半邊臉掩在黑暗裡，叫人看不清。

早在老僧那句參禪似的話一出口，清姝就知道，她的來歷藏不了多久，尤其是在親近的人面前。雖然，她並未想過刻意隱瞞。可是，她不得不承認，心裡是忐忑的，她害怕姊姊露出懷疑或者害怕的神情，哪怕是一星半點兒。

將心比心地想，如果一個世外幽魂占了自己妹妹的殼，還備受寵愛地活到這麼大，心裡究竟是不好受的。

清姝背過身等了許久，卻只等來一個溫暖的擁抱。

「謝謝妳來到我身邊，椒椒。」清懿的聲音平靜。「我原本失去了妹妹，是上天憐憫我，賜給我失而復得的禮物。

「妳說的那個世外桃源，我身不能至，心卻嚮往之。如果可以，姊姊也想盡自己所能，創造這樣一個世外桃源。或許是曲府一隅，又或許是更多，只當盡力而為罷了。」

清姝愣愣地看著她，輕聲道：「姊姊這樣的宏願，是從何時有的？」

「什麼時候呢……」清懿的眸光裡帶著沈思，倏然一笑。「大概是妳來到我身邊的時候。姊姊的這條命，也是上天恩賜。我曾經蹉跎過一世，既有重活一回的機緣，不如隨心活一次。」

清殊雖早有猜想，可直到今日才從姊姊嘴裡得到確切的答案。「那妳和袁先生……」

「我和袁兆……」清懿眼底沒有波瀾，甚至還輕笑了一聲。「那可真是漫長的故事了，妳要是一晚上不睡，那就好生說與妳聽聽？」

清殊眼睛一亮，立刻就不睏了。「不睡了，誰睡誰孫子！姊姊快說給我聽聽！」

小丫頭以為那是郎才女貌，金玉良緣的故事，才這樣高興。

清懿沒有戳穿她的幻想，眼底笑容不減。

月色冷清，少女的聲音柔婉，娓娓道來時，叫人忍不住沈浸其中。她再說起舊事，言語中卻沒有惆悵傷感。或許是清楚地知道，袁兆之於自己而言，只是舊時明月，再掀不起心頭波瀾。

若說有什麼，也不過是勾起一絲往日回憶，待天一亮，也就散了。

第四十七章

翌日，清懿難得睡到日上三竿，快到午時才起，見清殊還在夢裡會周公，她輕手輕腳地起了身。

翠煙將這幾日的事情細細稟報，細枝末節也不遺漏，又將幾處疑點講明。「……姑娘這回遇上的麻煩，我瞧著頗有些蹊蹺。情急時未曾想到，如今再推敲，卻著實不對勁。

「其一，我疑心馬車被動了手腳，那群潑皮來得忒怪，莫不是有人指使？其二，咱們府裡恰巧那兩日給下人們放了探親假，正是沒人手的時機，可有人趁此機會算計我們？」翠煙皺眉道：「若是我覺得有嫌疑的人，隔壁院的夫人算一個，國公府姑太太算一個。不過，這也是我一家之言，姑娘琢磨便是。」

天冷得快，清懿傷勢未痊癒，屋裡早早就燃著炭盆，手裡還握著一個描金漆六瓣梅花手爐，碧兒在她身後添了幾個軟枕，又拿厚絨狐狸毛毯子蓋著腿，瞧著倒暖和得很。

「妳們都坐。」清懿暫且不答翠煙的話，只抬了抬下巴。「今兒大夥兒都歇一歇，橫豎我這幾日是閉門不出的，咱們就趁著這個時機好生說兩句話。就如翠煙一般，不必拘著什麼，想說什麼便說。」

彩袖藏不住事，立刻接著話道：「翠煙說的我也贊成。姑娘有所不知，回來報信的小廝四處碰壁，說是老爺、少爺去了御前，遞不了信。堂堂護城司一個人也不剩，官府衙門處處進不去，倘若是飛來橫禍，哪裡就這樣巧，全讓咱們撞上了？國公府那個最有動機！」

眾人圍著炭盆坐下，各自思索，偶爾妳說一句、我說一句，清懿只將手攏在絨毛手爐套裡，垂眸聽著。

「也不一定就是姑太太。」碧兒一向謹慎，想了許久才道：「姑娘此行是臨時起意，即便姑太太神機妙算也不可能這樣周全，甚至連聖駕都能算準。」

彩袖猜測。「許是瞎貓碰上死耗子呢？」

碧兒緩緩搖頭。「要致人死地的陰毒法子，務必一擊即中才好，怎會將機會繫於姑娘的一念之間？若姑娘不動身，她籌謀的圈套豈不白費？」

翠煙皺眉道：「此話雖有理，可反過來想，未必不是她事先籌謀好，正巧趕上了好時機。須知若不是姑娘福澤深厚，遇上袁小侯爺，可不就如她所願了？

「再者，姑娘若出了事，以姑太太的手腕，十個咱們也不是對手，商道還不是她的囊中之物。」翠煙道：「妳且看，她自知道姑娘出事，可有派人相助？四姐兒那樣聲勢浩大地出學堂，她焉有不知之理？」

一時間，眾人意見出現了分歧，於是都安靜了下來，等著上頭的人說話。

清懿仍然垂著眸，有一搭、沒一搭地撥弄著手爐。「翠煙，這兩日守好院子，別叫人知道我回來了；再派人去盯著周邊，甭管府裡的、外頭的，只要是有愛打聽事的面孔，記得留個心眼。」

翠煙領命去了。

碧兒遲疑地問道：「姑娘可有疑心姑太太？」

清懿的手指規律地敲擊桌角，閉著眼睛淡淡地道：「不必理會，且等上兩日，我就曉得是不是她。」

昨兒回來時，清懿便避開了旁人，只有翠煙和彩袖幾個親信知道。接下來的兩日，整個院子守得鐵桶一般，陳氏那頭有幾個婆子探頭探腦，都只聞得流風院出事的消息，到底出什麼事卻是不知。

這天傍晚，翠煙的盯梢有了結果，正匆忙地要稟報，外頭卻傳來消息——國公府姑太太到了。

眾人聞言皆是一驚。

雖不知曲雁華這個時候來做什麼，清懿倒沒有半分異樣，隨意道：「請進來吧。」

半盞茶的工夫，盛裝打扮的美貌婦人嫋嫋婷婷而來，假惺惺地寒暄一番做做樣子，等門一關，彼此都懶得再裝。

清懿率先問道：「姑母貴腳踏賤地，所為何事？」
曲雁華略抬手，扶了扶晃動的流蘇步搖，不緊不慢地道：「來自證清白啊。」
「哦？」清懿用茶蓋撇了撇茶沫，細細品了一口，輕笑道：「姑母竟也知道自己的嫌疑頗重呢。」
曲雁華挑了挑眉，一雙含情美目此刻卻滿含興味，她惋惜地道：「倘若妳真的出事，我便頂了這個黑鍋也沒什麼，好歹有好處；可妳現下好端端的，我要是平白被妳疑心，引得妳報復我，我倒虧狠了。」
清懿哼笑一聲，抬起眼皮看她。「沒死成，不如妳所願呢。」
曲雁華也抬頭望向她，對視的一瞬間，彼此眼神中的鋒芒悄然碰撞。
良久，曲雁華緩緩收斂笑意，眼底一片冷靜，像是露出了真正的本色。
「不是我，信不信由妳。」她淡淡道：「我若想置人於死地，必不會給她留有生機，哪怕只有一絲一毫。」
清懿低著頭，閒適地窩在狐狸毛軟墊裡，沈吟不語。
屋內，敬亭玉露的茶香四溢，曲雁華卻無心品嚐。沒人說話的時候，耳邊只剩下銀骨炭燃燒發出的「嗶剝」聲。
曲雁華端莊地坐著，背脊下意識地挺直，靜靜等候著上首那個小姑娘發話。僅她一句信或不信，就能決定堂堂國公府二奶奶今後的路好不好走。

「姑母放鬆些吧，凡事都憋著勁，累不累？」清懿往火盆裡加了兩塊炭，一邊理著火堆、一邊漫不經心道：「倘若我是妳，心腹大患進入必死的圈套，何須再畫蛇添足？有沒有留下蛛絲馬跡不打緊，橫豎是死了。

「可現下的這個局卻不是以結果為目的，它好像不滿足於讓我死，而是讓我死的同時，也要蓋棺定論為意外。」清懿緩緩道：「顯然，我們即便察覺出了異樣，可是到底沒有根據，連我自己都忍不住想，是不是太倒楣了而已。可見幕後之人是決計不肯暴露身分，不是明面上的對家。」

曲雁華在她開口的那一刻就悄悄鬆懈了防備，知道罩在自己身上的懷疑總算消失了。她端起半涼的茶，並不嫌棄，輕呷一口才道：「妳還真信天底下有這樣的巧合？我瞧妳這樣故弄玄虛，倒像是心裡有了盤算。」

「瞞不過姑母，我倒也有疑心，只是還欠缺切實的證據。」清懿目光凝在銀骨炭燃燒後的餘燼上，手指輕輕敲擊桌角。「我聽椒椒說，項府二姑娘與我同時失蹤。」

曲雁華眸光一動，聞弦歌而知雅意。「妳懷疑項家？

「雖然項家那個丫頭與妳們有齟齬，卻也不至於下如此狠手，還謀劃細緻至此。」曲雁華沈思片刻道：「起先我也曾往這上頭琢磨，細想卻還是覺得牽強。」

「妳不必管她動機，我自有判斷。」清懿垂眸，淺淺一笑。「哦對了，姑母既然來了，就順帶幫我做些事。以妳的身分，想必在貴婦人圈子有幾分人脈，記得幫我打聽打聽，聖人突然出行的始末，只要事關項家女，一點細節也別遺漏。」

曲雁華挑了挑眉，心中有幾分狐疑，卻到底沒說什麼，答應了下來。

等她一走，偷聽牆根許久的清殊溜了出來，往姊姊暖和的軟榻上一鑽，輕聲問：「姊姊何須細查？項連伊有前世的記憶，她作惡的動機自是不必多說。」

清懿塞了兩個湯婆子到清殊的懷裡，捏了捏她的臉道：「天知地知，妳知我知，幕後之人是她無疑。只是……」

她遲疑了一會兒才道：「我從前遭她暗害許多次，原先只道是她手段高明，就如這次一樣，回回皆是巧合，叫人抓不住遺漏。如果說馬兒發狂、山崩落石、叢林迷路都能歸咎於意外，那麼久病的聖人突然出行，好巧不巧地還帶走平日裡並不受寵的父親和兄長，就實在是突兀。」

清懿緩緩道：「所以，我只想確認一件事，她是否真的有不尋常的手段，這種手段能運用到何種地步，咱們又要怎麼克制。」

清殊安靜地聽完，嘆服於姊姊的未雨綢繆，走一步便想好後續的十步。

曲雁華的辦事效率極快，幾日後便打發人來遞帖子，邀清懿過府一聚。席間，二人略挾了幾筷子菜，權當應了個赴宴的名頭。閒話半盞茶後，曲雁華屏退了眾人，眼底笑意盡收。

「妳所料不錯，聖人此次出行頗有蹊蹺。我昨兒赴了慶國公家的嫡長孫滿月宴，他家襲爵的長子年前捐了個戶部名下的郎中，席間吃醉了酒，說漏了兩句嘴，傳來傳去，風就吹到了內院。話裡話外不外乎是抱怨聖駕出行突然，順手點了幾個陪侍，都不是尋常的寵臣。」她轉頭道：「尤其埋怨妳父親和兄長。須知能陪聖人出行的，莫不是朝中重臣，他二人此番確實成了許多人的眼中釘。」

清懿垂眸道：「只有這些？」

「自然不止。」曲雁華突然壓低了聲音，眸光冷了下來。「旁處打聽的都是皮毛，最要緊的是程善均和晏徽霖的信被我瞧見了。

「信上說，聖人自那場大病後，身體每況愈下。此次說是出行狩獵，實則是求仙問道。」她輕笑一聲道：「我倒有幾分好奇，是什麼神仙能讓咱們這位乾綱獨斷的皇帝陛下都深信不疑。」

清懿緩緩在花廳裡踱步，眼底神色喜怒不辨，她的語氣平靜。「神仙？那便與神仙過兩招吧。」

曲雁華臉色沈了下，她思索片刻，到底開了口。「我不信怪力亂神之事，可是我越用心思查探，越覺得苗頭不對。妳雖膽子大，卻沒有九條命，別怪我沒有提醒妳，妳若是死了，妳身後一大攤子人都沒有著落。」

聞言，清懿托腮看向她，挑眉道：「不是正合妳意？」

曲雁華扶了扶步搖，冷哼道：「妳當真以為我愛殺人不成？」

清懿得到了想要的消息，便沒有興趣再留，只是臨走時路過花圃，瞧見裡頭有一叢開得正盛的山茶花。冬日裡，竟有這樣的生機，倒讓她為之駐足。

曲雁華例行公事地將她送到月亮門處，卻聽見少女漫不經心道：「倘若我真的死了，妳接過權柄也無妨。」

曲雁華一愣，旋即冷聲道：「我蛇蠍心腸，哪裡能和懿兒這尊菩薩比。妳也不必用這話試探我，什麼時候做什麼事情，我清楚得很。」

「信不信由妳。」清懿回頭看了她一眼，那眼神極淡。「荊棘叢總要有人走，只要妳願走，是條毒蛇又何妨？」

說完，她閒庭信步地出了園子，徒留曲雁華在原地站了許久。

趙嬤嬤帶著披風匆匆上前。「二奶奶怎的在風口站著？」

曲雁華回過神來，搖頭不語。回程時，她路過那叢山茶，突然停住，吩咐道：「採擷一朵，放在我窗邊吧。」

回到流風院，天色將晚，墨藍色天幕沈沈籠罩著大地。

待沐浴過後，清懿才喚了翠煙進來。「妳上回要稟報何事？」

這是指曲雁華突然到訪的那一天，翠煙當時被打斷了當時要說的話。

翠煙好像早有準備，並不十分驚訝，語氣卻有遲疑。「回姑娘的話，我前兒個原本想說，可是仔細琢磨，覺得不大妥當，便還是按了下來。」

清懿眼底一片清明。「妳只管說，我自有判斷。」

「姑娘之前吩咐我們留心周邊愛打聽的，當天夜裡，我就發現了一個丫鬟鬼鬼祟祟地在咱們院邊轉悠。」翠煙猶豫一會兒還是直接地說了。「我粗略向旁人詢問，只說是太太院裡的，我以為到這裡也就止住了，那日便想稟告姑娘。

「恰好姑太太造訪，我便想著按下一時半刻也不打緊，誰知這兩日我又發覺這丫鬟不簡單。」翠煙頓了頓道：「她……每隔幾天就會托人帶東西去蘅香院。」

清懿眸光一凝，蘅香院，曲清蘭的院子。

「我一直想不通，姑娘此行是臨時起意，為何會有一群潑皮這樣巧地等在路邊？現在想來……」翠煙抬眸道：「是有內應。」

清懿垂眸沈默半晌，再抬頭，眼底一片冷寂。「我早預料有家賊，只是沒想到是她……罷了。」她淡淡地道：「將計就計，再用她引蛇出洞一次。」

翠煙心中一凜，旋即又是一喜，背脊隱隱顫抖，已分不清是激動還是害怕。

這些時日，主子受的委屈，真叫人忍夠了！

雖說要引蛇出洞，可是一連數日，清懿卻待在府中哪兒也沒去，連碧兒都沈不住氣，沒忍住問道：「姑娘的計劃究竟是個什麼章程？」

彼時，清懿正在練書法，一面揮毫潑墨，一面從容道：「不急。」

又是隔了兩、三日，直到某個普通的清晨，突然有一個面生的婆子和兩個小廝登門遞帖子。

與帖子一同而來的還有神色雀躍的清殊，她拎著裙子一路小跑，猛地推開門，探出小臉，揮了揮手中的請柬，狡黠地笑道：「三日後，盛府的賞梅宴，這是請帖。」

清懿莞爾一笑。「椒椒真厲害，這麼快就辦妥了。」

清殊下巴一抬，神氣十足。「那是。妳妹妹我，學堂小霸王是也，論人緣我稱第二，沒人敢稱第一。」

「行了啊，少貧嘴。」清懿瞋了她一眼，又吩咐道：「彩袖，妳讓綠繞做幾樣點心包好帶上車。翠煙，去庫房挑幾件像樣的物件，再將我櫃子裡那織金藍錦盒拿來。」

盛府不在正陽街的東胡同巷，其主人盛將軍到底位高權重，宅邸自然氣派絕倫，它與淮安王府才隔半條街，此地居住的要麼是公侯伯爵，要麼是三品大員以上的高官。

馬車將將停在府門外，就有早等候在此處的小廝上前牽馬，又有嬤嬤極有眼力見兒地上前攙扶。

才掀開簾子，清殊就瞧見外頭已經停滿了眾多車輛，看車頂裝飾，一個個都非富即貴。還沒來得及再看兩眼，清殊便被清懿拉進了一頂小軟轎裡，隨行在一旁的鍾嬤嬤道：「兩位姑娘且安心坐著，這是我們家姑娘特意安排的，今兒來來往往的人又雜又多，一路走到內廳，少不得要衝撞了二位，還是抬了妳們去才妥當。」

「嗯？」清殊微微皺眉，疑惑道：「阿堯不是說賞梅宴嗎？怎的還請了許多不是我們學堂的人？」

鍾嬤嬤笑道：「哎喲我的好姐兒，是賞梅宴不錯，可是我們家二姑娘哪裡就是操辦這些的人？我們家大業大的，請哪個、不請哪個，都是學問。她金口一開，替她操心的人可不得替她做得周全。」

清殊這才無奈地搖頭，笑道：「我只是問她近日可有好的宴席請我去吃杯酒，她便立即說有，我只當是湊巧，怎知她竟是勞動你們特地操辦一場。」

「煩勞什麼，姑娘這話生分了。我們二姑娘平日裡獨來獨往，在家裡也是個混世魔王，只常把您掛在嘴邊，我們家太太也曾說見過曲家兩位小姐，誇妳們是京裡數一數二的好姑娘，我們做下人的自然也惦記著瞧上一眼。」可能是盛家家風如此，鍾嬤嬤也是個健談的，邊說邊笑道：「我燒了高香，領了這個美差，遠遠看著以為兩個下了凡的仙女來了呢！」

隔著簾子，清懿輕笑一聲，有禮道：「嬤嬤謬讚了，我妹妹在學堂有幸識得妳家姑娘，也是難得的緣分。」

「自然自然，今兒來了這麼多貴人家的姑娘，真論起來，主人家實則就是請您二人罷了。」鍾嬤嬤突然一指前邊，笑道：「這不，小主子趕來迎妳們了。」

才說著，轎子剛落地，就有一道熟悉的聲音風風火火傳來。「殊兒！我在這裡！」一聽這聲音，清殊也興沖沖地跑上前，面前一身紅衣，嬌俏可人的丫頭不是盛堯又是哪個？

「好妳個阿堯！」清殊眼睛都笑彎了，嘴卻不饒人。「妳還說特邀我來做主角呢，今日一瞧，門外的馬車都快停不下了，我看妳是來叫我充人數的呢。」

第四十八章

「得了吧，給妳遞帖子就不錯了。少廢話，快快快，別空手來，禮物、禮物。」盛堯面不改色地回敬，又伸出手作勢道：「不給我就搜身啊。」

「沒有沒有，要禮沒有，要命一條。」清殊坦坦蕩蕩，然後扮鬼臉。「哼哼哼。」

清懿笑看她倆吵鬧，此時才出言道：「翠煙，把東西拿來。」

盛堯一見到清懿，方才還厚得城牆似的臉皮一下就紅了，立時收起爪子，彬彬有禮道：「清懿姊姊，我跟殊兒說笑的，不是真要禮物。」

「真要也是使得的，更何況，妳便是不要，我也是要給的。」清懿遞來一個織金藍色錦盒，笑道：「來，妹妹只管拿著，並不是什麼值錢的物件。我想著金銀玉器妳從小不知見了多少，倒不稀奇，我旁的手藝也不甚精通，正巧給我家椒椒裁衣的時候想著這事，便給妳倆一人做一件，還望妹妹不嫌棄才好。」

盛堯接過盒子，喜上眉梢，嬤嬤來不及替她道謝，她便急急地打開盒子，將裡頭的粉紫色潯錦繡雲紋裙裳拿出來細看。「這樣好看的衣裳，我愛還來不及呢，多謝清懿姊姊！」

清懿溫婉笑道：「阿堯喜歡就好。我們椒椒在學堂承蒙妳照顧多時，又最與妳要好，我瞧妳和我親妹妹一樣。」

盛堯沐浴在美人姊姊的目光裡。語氣都軟了許多。「清懿姊姊……」

「哎。」清殊抬了抬下巴，點醒她。「我姊送了就等於是我送了啊，可不能再討了，被人聽見還以為我來吃白食的。」

「沒這回事啊，妳是妳，妳姊是妳姊。」盛堯笑容一收，一面比劃著衣裳，一面哼笑道：「上回妳把我丟在牆邊，自己跑了的事我可還記著呢！」

「都多久了，瞧妳這小心眼。」一說起這個，清殊心中立刻警鈴大作，急忙捂著她的嘴，攬著她的脖子打哈哈。「啊，來來來，咱們邊走邊說。呀，妳看前面是不是妳家花圃，居然有梅花。」

盛堯一頭霧水地被她攬著走，投以看傻子的眼神。「……不然我家今兒個辦的什麼宴呢？」

「哈哈哈對哦，辦的什麼宴呢？」清殊一面笑著、一面趁姊姊不注意，從牙關裡擠出幾個字。「警告妳，別提我翻牆的事，被我姊知道就完蛋！我完蛋前就帶妳一塊兒完蛋！」

盛堯頓時領悟，瞄一眼後頭發現清懿正在跟鍾嬤嬤說話，她才壓低聲音道：「好傢伙，難道妳姊都沒問妳怎麼出來的？」

清殊捂著嘴小聲道：「我說我借世子爺的東風，從正門大搖大擺出去的。要是說翻牆，她能十天半個月不理我。」

畢竟清懿對妹妹的教育就是，可傷人，不可傷己；危險的路不能走，危險的事不能做。這也得虧是近日事情多，她來不及仔細琢磨，不然就憑清殊幾句蹩腳的謊言，定然瞞不住。

盛堯翻了個白眼，頗有些無語，但是眼神中又有些羨慕。「唉，清懿姊姊可真好。」

清殊挑眉。「說得好像妳沒有姊姊似的。」

聞言，盛堯白眼翻得更厲害，語氣很差。「呿，我姊姊？哪能跟妳姊姊比。」

說話間，她們穿過月亮門，往裡面的正房花廳去。才走一半，一旁的遊廊盡頭緩緩走來一位絕色麗人。麗人一身胭紫色織花錦繡鳶尾裙，脖子上圍著一圈上好的雪白兔毛圍脖，襯得臉頰紅潤嬌豔，姝色無雙。

一見這位大美人，盛堯腳步一頓，拉著清殊就要調頭，嘴裡碎碎唸。「我這破嘴，說好的不靈，壞的就靈，說曹操、曹操到。」

清殊被她拉著走，頭卻還側看著美人。「哇，這就是妳姊姊，簡直比畫還美！」

「哼，外表美人，內心羅剎。」盛堯碎碎唸，拉著清殊小跑，卻撞上剛過來的清懿。

「嗯？這是怎麼了？」清懿略掃一眼便瞧出端倪。「在躲誰呢？」

盛堯沒來得及解釋，後頭一道溫柔似鶯啼的聲音不緊不慢地傳到耳畔。

「阿堯，不往花廳去，是要帶貴客往哪裡走？」

盛堯自知被逮著，垂眉轉過頭，沒好氣地道：「本就是我提議的宴，妳橫插一手也罷，怎麼我去哪兒妳也要管啊？」

麗人笑容晏晏，連弧度也不帶變的。她抬了抬下巴，鍾嬤嬤立刻上前把盛堯拉到她後面站著。盛堯還想掙扎，麗人淡淡地瞥她一眼，後者立時不敢動了。

清姝驚得下巴都要掉了，盛堯在學堂可是個竄天猴，現下居然被人一個眼神就制伏，這個大美人手段高明啊！

「是曲家兩位姑娘吧？見笑了，我是盛家行一的姑娘，閨名盛瑾。舍妹頑劣，招待不周，我來為妳們引路吧。」

清懿唇邊帶笑。「有勞瑾姑娘了。」

大美人，也就是盛瑾，原本是隨意一抬頭，待看到清懿，卻停住好一會兒，眼底閃過一絲驚豔與讚賞，連臉上的笑容都真心幾分。

「隨我來吧，今兒過府的貴客諸多，有妳們認得的，也有不認得的。姑娘倒還好，大多斯斯文文；若是半大的小子，閒走閒逛，難免衝撞人。」盛瑾儀態優雅地緩步而行，一面拉過清懿和清姝道：「我瞧二位妹妹花容月貌，要真被些蠢物打攪，心頭都不忍。不如來我房裡坐著，待開宴時，我再差人來喚妳們。」

清姝順著話頭剛想應下，卻聽清懿笑道：「原本是要應承姊姊美意的，只是盛府紅梅開得嬌豔，若是為了片刻清淨，損失了觀賞美景的光陰，豈不可惜？」

盛瑾幾不可察地挑了挑眉，頓了一會兒，又笑道：「既如此，那就隨妹妹的意思才好。」

清懿莞爾一笑，低眉略行了一禮，二人眼神交錯間，自有幾分不必言傳的用意。

盛堯跟在後頭嘟嘟囔囔。「呿，妳怕清懿姊姊搶妳風頭？」

盛瑾彷彿背後長了眼睛，只略側過身掃了她一眼，那眸光就讓盛堯戰慄，又縮頭縮腦地不敢再開口。

此後一路上，不斷有貴女經過，甭管認不認識，都互相見禮，短短的路途倒費了好一會兒工夫。

臨到花廳門外，清懿半隻腳踏在門邊，盛瑾狀似不經意，輕聲道：「今兒來的貴女大多出身高門，裡頭那個是尖尖上的權貴，妹妹賞花是好，但……」她後半句極其輕。「千萬只是賞花才是。」

清懿垂眸聽完，神態自若地抬眸，彷彿沒有聽過這番話，擦身而過時才淺淺道：「多謝提醒。」

再抬頭，恭候在此地的丫鬟打起了擋風的簾子，裡面一室貴女齊齊抬眸望向她。正中央的美貌女子目光格外幽深，赫然是項連伊。

一離開花廳，待到不見人影的僻靜地，盛瑾的笑容就消失了，她揪著盛堯的衣領毫不客氣地往前走。

「哼！我瞧著妳是裝不下去了吧，凡是我的意思，妳便沒有一樣是依了我的，妳可有半點做姊姊的樣子？」盛堯嚷嚷著。

盛瑾懶得應話，她拎得手疼，示意鍾嬤嬤接手。

盛堯嚷嚷一路，但是沒人搭理。

「哎哎哎，別揪我！說什麼帶人家到妳房裡呢，妳就是怕清懿姊姊搶妳風頭！」

鍾嬤嬤聽得直皺眉，低聲道：「堯姐兒少說兩句吧。」

盛堯不服氣。「我怎麼了？我人微言輕，便生不得氣了？她是盛家女，我也是盛家女，都是做女兒的，她說什麼就作數，我說的就不作數？從小到大我做過主嗎？她比娘都嚴苛霸道，我一應吃穿住行哪樣不是她點頭才有我的，不就比我早出生幾年，多了不起似的。」

鍾嬤嬤還待再勸，卻聽盛瑾淡淡道：「由她說。」

盛堯見她這副不鹹不淡的模樣，更氣了，臉脹得通紅。「好啊，那我還要說！原本就是我提議的賞梅宴，我只想獨請我們女學的同窗，妳卻自作主張非要請一大堆人，東家的阿貓，西家的阿狗，八竿子打不著的都要請來。咱家雖是頭一回辦這種名目的宴，卻也不至於淪落到要請這些人來撐場面。這樣花架子的熱鬧，誰稀罕！也就是咱們未來的皇太孫妃愛看眾星捧妳這塊月罷了！」

她一口氣不停地說了一大通，絞盡腦汁地想出些氣人的話來。鍾嬤嬤都不敢聽下去，想捂著耳朵。她偷偷瞥一眼被罵的正主，卻見她臉上雲淡風輕，沒有半點生氣的樣子。

盛瑾聽見沒聲了，這才漫不經心道：「說完了？說完了可就輪到我開口了。」

盛堯閉著眼睛仔細想想還有沒有更氣人的，可是憑藉她有限的九年人生閱歷，實在想不出旁的，只能恨恨地道：「沒有了！輪到妳說！」

「好啊，既然輪到我說，我便好好教妳。」盛瑾隨意拎起裙襬，往廊邊的石凳上一坐，語氣淡淡道：「原先的雞毛蒜皮我懶得提，以妳這塊朽木再有個十年怕才懂皮毛。」

盛堯剛想頂嘴，盛瑾卻不給她打斷的機會，又繼續道：「我只單說今日這一樁事。其一，此宴並非妳的私宴，妳要開私宴，去哪個犄角旮旯我不管，只要在盛家一畝三分地辦的宴，都是妳姊姊我說了算。」

盛堯小聲唾罵。「霸道！」

「對，我就是霸道。」盛瑾懶懶地看她一眼。「有本事，妳便自己掏錢操辦一場。」

「妳是人嗎？我才九歲！」盛堯怒道。

「哦，妳才曉得自己九歲了？」盛瑾托腮，鄙夷地看了她一眼。「我九歲的時候就跟著娘操辦過除夕夜宴。」

「妳不是人，我可不和妳比。」

盛瑾「嗯」了一聲，轉頭朝鍾嬤嬤道：「二姐兒近日的字越發好了，讓她替娘抄兩本書吧。」

「別！盛瑾，妳是我親姊！」盛蕘急了。「好好說話，扯什麼抄書啊?!」

盛瑾嘲弄地看著她。「既有惹我的膽子，這會兒又慫什麼？看妳那藏不住事的樣子，曲家和妳同齡的丫頭比妳多了八百個心眼，妳被人賣了還幫人數錢。」

盛蕘這回真不悅了。「妳說殊兒做啥？她哪裡惹到妳？我作主邀她，不關她的事。」

「關不關她們的事，我有眼睛可以自己看，不必妳說。」盛瑾又看了一眼盛蕘，投以看傻子的眼神，其中還帶著幾分憐憫和同情。「今日的宴會這樣盛大，還是託了妳那位好友的福呢。

「平國公府二房太太素來與咱們家沒甚交情，頂天了是上回赴她家老太太壽宴，這才有幾面之緣。可是就在前日，這位太太突然造訪，和娘密談了許久。具體說了什麼我不清楚，只知道娘一出來就說要操辦一場宴會。」盛瑾緩緩道：「於是，妳隨口一提的賞梅宴就正好交到我手上。」

盛蕘皺著眉思索，說不出話。

盛瑾似笑非笑地看著她道：「不說與妳聽聽，妳還真當我吃飽了撐得，為了妳一句話就花這好些工夫？」

「那又和殊兒有什麼關係？」盛堯憤憤地道。

「雖說妳確實不聰明，卻也不必笨得這樣細緻。」盛瑾慢條斯理地說著辛辣諷刺的話。「她前腳攛掇妳舉辦宴會，後腳就有她姑母曲雁華來娘親耳邊搧風，這不是成心算計又是什麼？」

聽完這番難以辯駁的問話，盛堯卻堅定搖頭道：「妳說得好沒道理，我與她同窗這麼久，她的為人我再清楚不過。妳要說她有點小心思，想借我辦宴會的便利做些事，我並非沒瞧出一星半點兒；況且她也沒有瞞我的意思，問我時坦蕩得很。我看得出來她有事，可她不說，我便不問，不過是一場小宴，由她去又值當什麼？」

盛瑾眼底閃過幾分揶揄的笑，正想開口，卻被盛堯此時突如其來的正色堵了回去。

「我知道妳想說我蠢，可我和妳不同，我生性如此，認準一個人就不再疑心。更何況，她方才也很意外今日宴會這樣盛大，形容不似作偽，要說她刻意設局利用我，我一個字也不信。」這話擲地有聲，端的是斬釘截鐵，不容置疑。

盛瑾眼底眸光微動，良久，卻閃過一絲笑意。「妳蠢得出奇，倒也難得一副赤子心腸。我說這麼多不過是叫妳凡事留個心眼，可別被賣了還替人數錢。」

「至於曲家姊妹究竟是不是別有用心，我管不著。總之我不做虧本買賣，她們想借宴會的由頭行事當然無妨，只要給足了報酬。」盛瑾施施然拂衣而去，聲音淡淡。「我觀那曲大姑娘行事做派，是個聰明人，我喜歡和聰明人打交道。」

盛堯聽不明白她話裡的機鋒，只覺得她慣愛裝腔作勢，擺出一副高深莫測的樣子，很是煩人。只是有那番教訓在前，她不敢造次，偷偷翻了個白眼，老老實實地跟著。

這廂，清懿和項連伊僅僅只是打了個照面，誰也沒有說話的意思。

清懿淡淡地掃了她一眼，一向愛裝模作樣寒暄的項連伊這會兒卻裝都不裝了，神色晦暗不明，笑容都帶著幾分涼意。

清懿垂了垂眸，心中波瀾不驚。她知道，對方在審視她。

項連伊不清楚她是否重生，也不清楚她為何還能活下來，更不清楚她和袁兆還有沒有牽扯。自從她最有勝算的底牌落了空，二人的局勢就反了。

清懿依然偽裝著普通清流門第嫡女的模樣，以不變應萬變。可她這副樣子在項連伊看來，充滿了未知。她可太想知道曲清懿的底細了。

在接帖子的前一夜，曲家做內應的那個丫頭遞了信，說曲家姑娘也會造訪，於是項連伊才迫不及待地接了盛府賞梅宴的帖子。時下女子出門諸多不便，這是項連伊唯一能盡快接觸對手的場合。

殊不知，這是一招請君入甕。

「姑娘，打聽清楚了，男客已經到了西院前廳。」

「嗯，帶路。」

借著更衣的由頭，清懿離開花廳，碧兒一面為她掀開厚重的擋風簾子，一面低聲耳語。臨走時，清懿還能感覺到身後嬉笑閒談的聲音靜了靜，有人目光灼灼，關注著她的一言一行。

盛府此番賞梅宴，所邀賓客男女老少皆有，為避免衝撞，盛瑾特意以梅園為軸，闢出三處觀賞地。

一處是清懿等年輕貴女所在的小花廳，位於梅園之東；一處是已婚婦人們所在的暖閣；最後一處是西北角的朔風亭，供男客落腳。雖是分為三處，彼此卻離得也不遠，隔著窗戶還能望到對面的情景。

今年的雪下得格外早，凌寒盛開的紅梅尤為豔麗。

清懿才走出花廳遊廊，就有幾片紛飛的雪花落在她的髮梢。少女披著胭脂色鑲狐狸毛邊的厚實披風，鼻尖凍得泛紅。

不遠處，貴婦人們聚在避風的暖閣裡，占據了賞梅的最好視野。曲雁華立在窗邊，正與旁人談笑，轉頭便瞥見清懿的身影。

「死冷寒天，還不快捂個手爐子，到底暖和些。」曲雁華似真似假地嗔道，說著就把懷裡暖烘烘的手爐塞給清懿。「這是我娘家姪女，來京城才半年，還不曾見過諸位夫人。懿兒，還不快給長輩們見禮。」

第四十九章

清懿低眉屈膝一一見禮。

有心眼的夫人略一琢磨便明白曲雁華的意思——把這麼一個靈秀的適齡姑娘帶來婦人圈子，便是有著相看的心思。

果然，坐席中有位夫人留了意，極為熱切地拉過清懿的手，連連道：「真是個標致的孩子，前兒去妳姑母府上還沒打過照面，只聽得盛家太太說咱們京裡又多了個美人，如今可算得見了。」

沒等清懿答話，這回的東道主盛家太太齊落英便上前笑道：「不算是我胡說八道吧？曲家姐兒這樣的好人品，原先不曾露過臉，倒是咱們沒福氣。」

「正是。二奶奶太小氣，藏著自家的姪女不給外人見，是什麼心思？」熱情的太太是承襄伯爵府大奶奶，她娘家有幾分來頭，又因性情潑辣精明，很敢說話，故而夫家門第雖不十分高，可在太太圈子裡也算頗有臉面。這會兒，她話裡一面是開玩笑，一面是試探曲雁華，是否真的有留清懿當兒媳婦的心思。

曲雁華同為人精，眨眼便笑道：「怪我怪我，她家主母近日身子不好，於交際未免疏忽了。如今姑娘漸漸大了，我這個做姑母的自然是要帶她見見世面的。」

耿大奶奶一聽這話，笑容越發真心了，看向清懿的眼神透著明晃晃的中意。「好孩子，好孩子，我家有個不成器的今年正好十七，喏，就在那頭的亭子裡呢，妳剛來京裡，有什麼不懂的只管問妳這哥哥。」

她手指指向不遠處，透過窗櫺，正好能看見朔風亭裡坐著一個身穿寶藍色衫子的斯文年輕人，這人也並不陌生，正是雅集上極為殷勤的耿三郎。

清懿的目光並未看向耿三郎，而是看到屏風隔開的涼亭一角，穿著月白色長袍的男子極為扎眼，他正和旁人對弈，漫不經心地抬頭，好像朝這裡看了一眼。

清懿不動聲色地收回目光，仍然低眉垂首，臉頰泛紅，正是一派小女兒害羞的姿態。當她不經意抬頭，與曲雁華的目光對上，後者立刻便明白了她的意思——演戲可以停止了。

「得耿大奶奶的喜歡，是我們懿姐兒的福氣。只是姑娘家臉皮薄，旁的事還是咱們大人聊，別教小姑娘家聽了害臊。」曲雁華拉過清懿，順勢將她推到窗邊。「懿兒，來，這個位置正好賞梅。」

姑娘俏生生地立在窗邊，連嬌豔盛開的梅花都被好顏色壓得黯淡了幾分。

清懿清楚地察覺有無數道目光彙集在她臉上，有朔風亭那頭的，也有小花廳那頭的。無意探究這些目光背後的深意，她伸手探出窗外，接住了一片雪花。冰涼涼的觸感，讓潔白纖長的手指泛起薄紅。

朔風亭那頭，有好事者瞧見這一幕，立刻起鬨道：「耿三郎，你娘又為你相中一位美人啊，還不快作詩一首，給那美人瞧一瞧。」

耿三郎自然也看到了清懿，臉上雖然掛了一抹紅，嘴上卻道：「去你的，休要亂嚷嚷，壞了人家姑娘的名聲。咱們風雅集會向來有之，到你嘴裡好像就是招蜂引蝶，吸引閨閣女兒的注意似的。」

幾個油條的公子又是嬉笑打趣了一番，他們嘴上雖調笑，心裡卻都像貓抓了似的，忍不住往暖閣窗邊瞧——時下的名門聚會，尤其是老少皆在的，大抵還有相親的功用。

歷來有不成文的規矩，倘或家裡的太太領著適齡的姑娘見人，就是有相看的意思。如若有哪家看上了，便不拘用哪個名目，領著與自家小子看上一眼，表明男方主母也有心思。

如今的京裡適婚男女眾多，每每宴席結束不久，便能聽到哪家的公子和小姐喜結連理了，一打聽，都猜得到是哪次宴會上看對眼的。

這會兒不少公子都有些豔羨耿三郎，一面詫異這是哪裡冒出來的美人，一面暗恨自家主母下手太慢，叫耿大奶奶先看上了。不過，這也不一定就是說準了，婚姻的事，變動多著呢，不到下聘禮，哪裡就能定下？

有幾個公子心中憋足了勁，想在後面的雅集上壓過耿三郎。

「耿三兄，咱們不如辦個雅集，邀對面的女學生一同過來，以梅為題，不拘琴棋書畫，聊表才情，方不負主人家的美意啊，你說是不是？」

耿三郎其實也有出出風頭的意思，但他不好意思提，現在瞌睡有人送枕頭，哪有不應的道理，立刻道：「甚好、甚好，我瞧項大姑娘也來了，我正好和她說一說，請她領著女學的同窗們過來。」

有幾個小廝領命去了，那頭的姑娘們接了信，也不時往這兒好奇的探看。一時間，朔風亭的男子們理衣裳的理衣裳，裝深沈的裝深沈，舉止間俱是壓抑不住的高興。

唯有月白色長袍的男子托腮坐在亭子一角，有一搭、沒一搭地撥弄手裡的棋子，直到對面的人不滿地催促，才百無聊賴地落下一子。

「我說你是怎麼了？姑娘們要過來，你心思也亂了不成？」對弈者打趣道。

「嗯。」袁兆摸了摸下巴，淡淡道：「比不得已有嬌妻的人，我們這種打光棍的苦楚，皇兄不懂也是有的。」

對弈者的棋子久久沒落下，顯然被袁兆的話噎住了，半晌才嘲弄道：「那敢情好，我這就給姑母遞話，說你求娶心切，從今兒起每天安排十場相親宴，必要為我們袁郎找到稱心如意的良配。」

袁兆點頭道：「唉，那想必我就沒空參與皇兄的農桑改良新政了，屆時還望另請高明，最好請個已婚的。」

對面的晏徽揚再次被噎住，半是生氣、半是好笑，搖頭道：「真是占不得你半點便宜。「不過，話說回來，你也到了適婚的年紀，前兒我聽人說起，姑母有意為你聘項家女，人品、才情我倒不提……」晏徽揚頓了頓，略有深意地看了他一眼道：「倘或你做了項家的女婿，權臣那一派的阻力就煙消雲散，屆時你想入朝堂有作為，自然輕而易舉。」

袁兆垂著眸，自顧自地落子，並未答話。

晏徽揚繼續道：「我知道你的抱負，如今朝堂上權臣黨羽勢大，便是皇祖父也有諸多難處，不能任意施為；更何況……你也清楚我父親的身體，說不定是什麼時候，倘若他倒下了……」

他們說話的聲音壓得很低，可到底沒有說下去，晏徽揚又轉了話頭道：「總之，即便是天家人，也有不得已的難處。我說這話也並非勸諫你，你是全家最聰明的一個，無論你怎麼選，你都有走下去的本事。可聰明人難免有傲骨，我便做個蠢人，替你這個聰明人彎一彎脊梁，指一條捷徑給你。走或不走，都由你自己。」

袁兆仍然有一搭、沒一搭地落子，然後漫不經心地道：「捷徑未必是捷徑，皇兄既然知道我走哪條路都能走通，又何必替我彎腰，你本就不是這樣的人，不必為我自貶。」

晏徽揚一愣，眼神轉而露出柔和的笑意。「袁兆啊袁兆，我何嘗不知道你會怎麼選，可我多這一句嘴，也不全是為了你的婚事。」

袁兆垂眸聽著，將棋子落在不起眼的角落。

「你這人瞧著萬事不掛心，實則是個極為固執堅韌的性子，往後風浪大了，我怕你寧為玉碎，不為瓦全，所以提前點一點你。」

袁兆微勾唇角，不答話，轉而又落了一子。上好的棋子落在白玉盤上，透出華麗的冷光。不知何時，黑子已對白子形成包圍之勢，以沈默卻雷霆的方式，將其絞殺。

「皇兄，落子無悔便好，管什麼結局呢。」

晏徽揚詫異地望著棋局，沈默了一會兒，然後抬頭望向袁兆，眼神極為複雜，好像帶著幾分隱憂。

袁兆不閃不避，和他對視，唇角帶笑。

直到屏風外傳來吵嚷聲，好像是女學生們到了，這才讓晏徽揚回過神來。他眼底的光消失不見，轉而一拍大腿叫道：「哎呀！我光顧著和你聊天，疏忽了、疏忽了！這局不算！」

袁兆一挑眉，道：「堂堂皇太孫殿下，還耍賴啊？」

那廂，盛瑾得了信，立時便布置了一處更大的園子，待一切妥當，就打發了一眾小廝領著眾人前去。

姑娘們先行，路過朔風亭，有性子爽利的大大方方地朝亭子裡的公子們見了禮，幾個沒見識的當下就通紅了臉，慌得不知怎麼才好。這副模樣落在姑娘們眼裡，都忍不住捂嘴偷笑。

時下男女同席的雅宴本就稀罕，這些公子、小姐們又是知慕少艾的年紀，明裡暗裡，每個人都恨不得使盡渾身解數大放光彩。其中又以耿三郎最愛賣弄才情，他屁股才沾座，算盤便打得噼啪響，糾集了一幫人挑出「以藝會友」的話頭。

「今日既然是賞梅雅宴，不如諸君就以梅為題，不拘琴箏詩畫，只表出雅意，再由公認的大家點出個魁首。」耿三郎道：「誠然，究竟這不是什麼正經比鬥，不過是為了增添幾分趣味，諸位隨興而為便好。」

有人附和道：「此計甚妙，只是雖為玩樂，也要有章程才好。舉凡詩會鬥馬，皆要有主事人，彩頭，以及公認的評選人，咱們也要選出幾個人才好玩。」

是時，盛瑾正打發人布置暖爐，聞言便笑道：「我自然是這個主事人，彩頭我也包了。前兒正得了一支寶藍點翠攢金珠釵，倒也算個精巧物件，還拿得出手。」

「盛姑娘出手忒大方，只是這珠釵作得姑娘們的彩頭，我們男子又怎麼往頭上戴？」耿三郎打趣道。

盛瑾絲毫沒有為難的模樣，挑眉笑道：「公子們家裡總有母親、姊妹在，送與她們便是，還替你們省了一次節禮呢；倘若再不稱心，我可沒有好的了，叫旁人出吧。」

她說的旁人……眾人心思一轉，便都會意。畢竟盛大姑娘還有另一個身分，皇太孫晏徽揚的未婚妻。正是因為她已訂親，故而說話格外直率，不必像閨閣女兒似的端著矜持。

耿三郎順勢道：「盛姑娘提點得是，彩頭倒罷了，只是評選人正空著，不如求盛姑娘賣個臉面，請殿下屈尊？」

還未等盛瑾作答，就聽不遠處有人笑道：「孤是最不通風雅之人，還是再拉上一個墊背的，有他一同當評選人，倒不失公允，雅集方有意趣。」

眾人反應過來，還未行禮，晏徽揚便擺手制止了。「今日不必拘君臣禮。」

「謝殿下。」

眾人陸陸續續坐定，唯有項連伊走在最後。她手裡摘了一枝梅花，也不知是有意還是無意，嬌豔紅梅映襯著潔白的斗篷，端的楚楚動人。

「恕我來遲了，我瞧著院裡的梅花實在美麗，就駐足觀賞片刻，到底沒忍住摘了一朵。」項連伊眉眼彎彎，嬌俏的神情叫人不忍怪她折花，反倒心生憐愛。

有人這才恍惚想起，項連伊也是京中出了名的佳人啊。

可是這份驚豔尚未延續太久，又一抹突兀的亮色撞入眼簾。來人披著大紅羽紗面斗篷，脖子邊圍了一圈雪白的兔毛領。因為步子邁得急，兜帽不經意滑落，露出被冷風吹得泛紅的臉，髮梢上還沾著細碎的雪花。

姑娘被凍得下意識搓搓手，等一抬頭，她的動作就頓住了——許是沒料到這麼多人都巧合似的一齊看向自己，於是她雪白的耳垂都透出害羞的粉紅，不安分的手也掩蓋在袖子裡，也不說話，只是規規矩矩地福了福身，算是行禮。

短短一瞬間，活脫脫的靈動佳人變成了端莊的閨閣小姐，比起前面進來的項連伊，她才真像是流連花叢不忍歸的少女。

眾人靜了片刻，又默契地開始談天說地，只是也不知怎麼的，目光總忍不住往某處飄——座中不乏有上回見過清懿的，只記得是個美則美矣，毫無新意的女子，怎麼這回格外不一樣？可究竟哪裡不一樣，又難說出個一二三……

有這種感覺的還有座首某個懶散看戲的郎君。

他原本在自斟自飲，酒喝半杯，忍不住抬了一眼；喝一口，又瞥一眼；再一口，這回眼神還沒著地呢，那頭的姑娘突然不閃不避地回視，甚至極為隱蔽地挑了挑眉，是個與方才羞怯模樣截然不同的神態——清冷如霜，這才是她嘛。

「笑什麼呢？」晏徽揚用酒杯掩口，悄悄問道。

袁兆一愣。「我笑了嗎？」

晏徽揚用匪夷所思的眼神上下打量他，然後彷彿明白了什麼，乾咳一聲道：「笑就笑了，男子漢大丈夫何須扯謊。

「誠然，我也看不明白為何誦詩要赤腳散髮，重現古人風骨也不是這個現法。」晏徽揚努力維持表情的正常，只是顫抖的嘴角實在不太妙，真怕下一秒就繃不住。他雖想笑，但是更憂慮。「這死冷寒天，一會兒還是叫人給他備上爐子暖暖，可別染了風寒。」

袁兆不明所以，把目光挪到園子中央，這才知道發生了什麼。

原來已有人當先表演，據說這人是個出了名的詩文瘋子，向來崇尚古人風骨，熱愛作詩清談，一有機會便要露一手跳大神似的賦詩法。

現下，他正披頭散髮，滿目悲愴，對著青花瓷瓶中的梅花流淚，口中喃喃不絕。給他做配的琵琶手都跟不上情境，趕命似的把那琴弦撥得上下翻飛。

座中憋笑的不在少數，只有幾個醉心詩文的人誠心拍手讚美。

袁兆並沒有笑，他垂著眸，耳邊聽著那人似哭似笑的嚎啕。

「雪虐，風饕……愈凜然，花中氣節……最高堅！」

那人猛灌一口酒，搖搖擺擺地環顧四周。他的聲音漸漸低沈，又好像洶湧波濤藏匿其中。「過時自合飄零去……恥向東君更乞憐。」

有一、兩個人沒忍住，發出嘲弄的笑聲，在這笑聲裡，他的語氣越發急促。

「醉折殘梅一兩枝，不妨桃李自逢時！向來冰雪凝嚴地……力斡春回竟是誰?!」

滿座的觥籌交錯，富貴迷人眼，唯獨他的眼神沈醉而清醒，他重複喃喃。「向來冰雪凝嚴地，力斡春回竟是誰……」

待到最後一句收尾，他將酒瓶信手一扔，砸得粉碎，人也搖搖晃晃地入了席。不知是有人搗鬼，還是自己沒站穩，他「砰」的一聲被絆倒，摔在花梨木几案上，摔得鼻青臉腫。周圍隱隱有哄笑聲，這一刻，他像戲臺上供人逗趣的丑角。

袁兆下意識地看向某個角落，少女的側臉在明暗的光影裡不甚清晰，只看得清她也沒有笑，嘴角的弧度甚至是冷冽的。

第五十章

清懿摩挲著手爐，眼神落在誦詩人碎裂的酒瓶上，很快，有下人將碎片都打掃乾淨。因她坐在角落，能聽到下人們的閒言碎語。

「這是哪家公子？太丟臉面了。」

「哪是什麼公子，聽說是哪家少爺帶來的寒門子，姓裴，不過是借著雅集的風頭譁眾取寵的。」

「我說呢，瞧他的模樣真是有怪病，自己都凍得發紫了，還抱著梅花不撒手，真不怕被刺扎啊。」

「唉，別嚼舌根了，他是下人，咱們是下人的下人，來這個場子的，都得叫咱們伺候。」

說著，下人們便抬著他往外走，這人已經醉醺醺了，臨到門口，不知怎的掙扎起來，抬手要找掉落的梅花。小廝不知其意，懶得理會，他掙扎得越發厲害，差點從抬人的架子上翻下來。眾人不會注意丑角的離場，自然不會注意這個不起眼的角落。

有一隻纖細潔白的手，拾起那朵沾了酒氣的花，輕輕遞到他手裡。那人渾濁的眼睛突然睜開，盯住眼前的人。清懿這才發現，這人凌亂頭髮下的臉，其實算得上清秀，只是酒意上頭，多了幾分狂態。

「多……謝。」他含糊道。

清懿垂著眸，微微頷首。

「不必謝我。」她好像是不經意間開口，聲音如霜似雪。「雪虐風饕愈凜然，花中氣節最高堅。陸游的詩，極好。」

宴至半途，盛瑾差人奉上以梅花點綴的各樣小食酒水，供客人品嚐。

趁著這個空檔，清懿喚來碧兒。「方才沒顧上椒椒，想來仍是和盛二姑娘在一處，妳去尋她來，這會兒怕是要餓了。」

碧兒領命去了。

清懿雖記掛著妹妹肚子餓，自己卻懶怠動筷子，略微嚐了幾口梅花蒸奶酥酪，便覺三分飽，不再飲食。

耿三郎暗中注意著這頭的情形，借著眾人四散飲酒閒談的契機，他狀似不經意地擦身而過。「哎呀，曲姑娘，飯食可是不合妳胃口？一日三餐，午飯最講究飽肚，餓著可不行。倘若妳吃不慣，我家侍僮還帶了幾樣府上的點心，雖不是山珍，勝在有幾分滋味，如何？」

清懿垂頭行了一禮，袖子下的手仍不緊不慢地摩挲著暖爐。「多謝耿公子好意，小女心領。盛府的吃食別出心裁，不是它的緣故。我只因來時貪嘴，在家多用了幾塊糕，如今並不覺得餓。」

耿三郎定定地看著她說話時的神態，一時也沒注意聽她說了什麼，只胡亂點點頭，「嗯」了一聲。「啊，既然如此，也就罷了。」

清懿察覺到他的眼神，眉頭輕蹙，唇邊的笑意越發敷衍。

耿三郎還想說什麼，卻被突然趕到身後的老友猛地一拽袖子。「好啊耿兄，叫我好找，方兄他們都在等你呢，還不快去。」

耿三郎還戀戀不捨，想要回頭說些什麼，卻被連拖帶拽地帶走了，那老友還順口打趣了他兩句，清懿隱約聽到隻言片語。

「不過是個草包美人，你上回又不是沒見識過……這回美之更甚，你就動心了不成？」

離得近的幾個姑娘聽了這話，暗暗打量清懿的臉色，卻只見她神情淡淡，理了理斗篷，往園外走去。

有心腸軟的看不下去，悄聲抱怨道：「唉，我真看不下去，上回這樣，這回又這樣。妳們有所不知，曲家姑娘來京才半年，前兒就因為不通才藝被擠兌了一番，鬧得好生沒臉。這會兒，那幾個才子、佳人架勢這樣大，怕又要叫她難堪了。」

有不知內情的打聽了起來，這人就細細將前事告訴她，一時間，這一些姑娘心中都不是滋味。

雖然，她們是大家閨秀，平日裡也學得幾樣才藝傍身，可到底不是拿來吃飯的本事，技藝自然說不上精湛。時下攀比風氣太盛，年輕學生又好風雅之事，每每集會，她們這些個平庸之輩，哪次不是淪為了陪襯鮮花的綠葉？

而鮮花一角，總歸是固定幾個出風頭的人輪流當，諸如項連伊、耿三郎等。因此，熱衷於辦雅集的也就是這幫「鮮花」，誰又能知道綠葉的不忿呢？她們一帶入曲家姊妹的情境，同情之心油然而生。

「話可不是這麼說的。」冷不防的，與項連伊交好的一幫貴女走了過來。「沒本事的不知勤學苦練，倒在背後挖苦諷刺本事大的人，這是什麼道理？臉面都是自己掙的，她沒臉是她的事，妳們可要替她出頭？」

領頭的女子是督察院左副都御史家的嫡女，因她父親在項丞相手底下做事，她又與項連伊是同窗，所以算得上是頭號馬前卒。

這女子穿著絳紅色百蝶穿花襖裙，滿頭珠飾，傲慢的眼神掃過一圈年紀小的姑娘們，直把她們看得縮頭縮腦，才滿意道：「妳們年紀小，掌教娘子還沒教妳們識人的道理，別瞧見個弱柳扶風的就生出憐愛的心。」

坐在角落裡的小姑娘，原就是家世並不如何貴重的，又因年紀矮了一頭，哪裡還敢多言，都垂著腦袋大氣不敢出。

「好了，莫要嚇到她們。」項連伊隱在後面，這時才出聲，一副斯文柔弱的模樣。「妹妹們別怕，我知道妳們誤會我，所以今日也想替自己辯上一辯。」

她語氣陡然低沈，眼眶微微濕潤。「在旁人眼裡，我愛慕虛名，事事要拔頭籌，可我又豈是單單掙一個人的名聲？我雖虛長諸位幾歲，卻也算不得聰慧。為了這些虛名，我在人後苦練技藝，下了不少功夫，為的只是不讓男人將咱們女子看輕。」

小姑娘們漸漸聽進去，抬頭看向她。

「雅集自古有之，仰賴天家寬仁，特開女學，讓咱們女子和男子一道談詩論畫，這是何等殊榮？既然有如此之幸，咱們自然要齊心合力，哪能為了一些小事生出嫌隙，叫人看笑話？」項連伊言辭懇切，目光所及之處，姑娘們臉上隱隱有愧色。

「連伊姊姊，是我們不懂事了。」有人低聲道。

「對，是我們誤會姊姊了。」道歉接二連三。

項連伊仍然是那副溫婉的神情。「無妨，妳們年紀小，慢慢就懂這些道理了。」

小姑娘們頓時佩服她的氣度心胸，倒有幾分真心實意地愛戴她了。唯有最開頭說話的圓臉女孩冷冷淡淡，不為所動，並不參與她們突然熱絡的暢聊。

項連伊餘光瞥見這一幕，臉色冷了一瞬，復又笑容和煦，越發熱絡地和旁人說話。沒一會兒工夫，角落裡的氛圍一片其樂融融，笑聲能穿過窗櫺傳出院門去。

不遠處，避著風雪的廊下。聽到傳至耳畔的笑聲，清懿手上動作沒停，依然轉動著小玉磨，梅花不斷被碾碎，有殷紅的汁液從玉磨中流到寬口琉璃碗裡。

「曲姑娘倒氣定神閒，裡頭那個連為女子掙名聲這樣的大旗都扯出來，可見今日的必勝之心。」盛瑾手裡有一搭、沒一搭地推著巴掌大的玉磨，淡淡道。

清懿唇角微勾，語氣平靜。「倘或只要在紙上寫寫畫畫，彈彈琴、跳跳舞，就能掙到女子的名聲，那麼這買賣也好做。」

盛瑾頓了頓，挑眉一笑，神情意味不明。「妳既然知道這個道理，那和妳爭這個名聲有什麼意思？」

清懿抬頭看她，兩個聰明女人的目光短暫彙聚，彼此默契一笑。

「那麼我也問妳，盛姑娘家中如日中天，又為何對女學動了心思？」清懿不緊不慢地道。「再者，妳不久便要與皇太孫成婚，說是未來天朝尊后也不為過。若是旁人，我必定要道賀，可妳盛家兵權在握，外戚聲勢浩大，嫁到皇家可不是好事。」

「所以……」清懿緩緩抬頭。「盛姑娘坦途不走，偏走歧路，有什麼意思？」

盛瑾眼底的笑容慢慢轉變成越發有興味的神色，她放下手裡的玉磨，玉磨落在石桌上，碰撞出清脆的聲響。

「懿姐兒這麼聰明，膽子卻忒大。」盛瑾的語氣不辨喜怒，她垂著眸，用手指撚起一瓣梅花，漫不經心地揉碎。「妳既知道我也許是未來的皇后，怎麼敢在這時候開罪我？」

清懿頭也不抬，自顧自地把她手裡擰出汁的梅花奪回來放到玉磨裡，又給她遞上一塊絹帕。「擦擦手，花汁易染色。」

等待的回答落了個空，盛瑾也沒惱，接過帕子細細擦了手，目光卻仍盯著清懿。冷不防的，才聽清懿淡淡道：「我不曾開罪妳，即便開罪了，妳也不會對我如何。」

盛瑾挑眉。「在我嫡親姊妹眼裡，我尚且是個心胸狹隘、不擇手段的人，難為妳倒抬舉我，可有緣故？」

清懿將琉璃碗封上，慢慢收拾著一桌狼藉，緩緩道：「起初，我原想著滿京城只有盛家有本事辦一個風頭壓過項家的集會，於是我才讓姑母來探妳們的口風。

「誰知盛家主母開口就是打聽女學，言談間是有意要開辦第二個女子學堂。」清懿突然輕笑出聲，直視著盛瑾道：「要錢、要地、要人我都不奇怪，只是妳們想借國公府的勢，順理成章地開第二個學堂，我便知道妳不是尋常女子。

「女學設在國公府，誕生於趙女官之手，起初只是小學堂。歷經數十載，貴女們已為人婦，又將家中女兒送至女學，女兒長大又嫁入高門。如此周而復始，半個京城的高官夫人都與這座學堂緊密相連。」清懿輕輕擦拭指尖餘留的紅，眼底眸光如水般平靜。「妳對女學有意，想必與這其中的好處脫不開關係。」

外頭風雪不知何時停的，熹微的暖陽突然從雲層後掙脫出來，投來一縷澄澈的光，照在盛瑾的側臉上。

「是。」盛瑾坦坦蕩蕩道：「妳說得很對。就像妳說的那樣，以我盛家門楣，嫁與帝王家，反倒是蒼鷹縛爪，甚至在我父親頭頂上懸了一柄利劍。」

桌上有一壺涼了的酒，有下人遠遠張望，想上前伺候，卻被盛瑾揮退。她自顧自地斟酒，仰頭一飲而盡，動作間頗有幾分不屬於閨閣女兒的豪氣。

她擦了擦嘴，笑道：「我父親出身寒微，鎮守邊關數十年，所獲軍功無數，丟了一條胳膊，沒了半條命，才有個鎮遠大將軍的名頭，得以回京。可在這之前，京裡的人都是怎麼笑話我父親的，我還記得一清二楚。他們說，盛懷康泥腿子出身，娶了我母親這樣的高門女，到底是用盡了功德，不然怎麼生不出個兒子來？臨到知天命的年紀，才得了兩個不帶把的，連香火都無人繼承。」

清懿垂眸聽著，眉頭微蹙。

盛瑾卻渾不在意，不帶絲毫感情地道：「泥腿子替他們賣命守家國，他們只關心人家後院的一畝三分地。如今泥腿子搖身一變成為手握重兵的將軍，又哈巴狗似的上前搖尾巴。所以妳瞧啊，這就是京城貴人們的嘴臉。

「我父親尚未發跡時，我與阿堯也像如今的妳們，處處遭人排擠，現在我卻連皇家的門都進得了。」說起這話，盛瑾的臉上卻沒有半點笑意，眼底的譏諷如有實質。「所以，即便是天下女人至高的尊位，也不過是一樁買賣，連同女人本身，都是買賣的貨品。」

明明暖陽懸在天空，卻並不叫人覺得暖和。盛瑾給清懿斟了一杯酒，又給自己滿上，二人沈默了一會兒，各自想著心事。

良久，清懿突然問道：「是妳自己選的嗎？」

盛瑾一愣，然後哂笑道：「是我自己。我父母沒有野心，都是再好不過的人。母親生了阿堯以後，身子不好，不能再生育。父親從未有納妾的打算，他打心眼裡疼愛我們母女三人，從不曾因為旁人的話心生嫌隙。

「阿堯小時候還鬧過一樁笑話，她那時才四歲，有那些壞心眼的人逗她說，我們家沒兒子，要將她變作男兒身，當男娃娃養，不然就把她扔掉。她信以為真，大哭了一場，從此說自己是個男孩。」盛瑾眼底閃過笑意，想得深了，笑意又漸漸隱去。「因父親不常在家，母親管一大家子事情又多，我們常吃這種暗虧。直到我父親回京過年時知道了這事，揪出那個人，當街打了一頓。那人也是官家子，他家人在朝裡狠狠參了我父親一本，鬧到了御前。」

清懿沒有聽過這樁逸聞。「後來呢？」

盛瑾頓了一會兒，笑道：「後來，我父親在陛下面前也不肯認錯，還說道『難道有兒子就比有女兒高一等嗎？和大人你一般生個草包似的兒子丟人現眼，我寧可斷子絕孫！』」

清懿失笑道：「盛將軍當真率性人。」

盛瑾挑了挑眉。「率性人可是因此跌了一跤狠的。他在御前失儀，被狠狠罰了一通。那人懷恨在心，背地裡耍了不少陰招，倘若不是後來邊關大捷，只怕我家現在還翻不過身來。

「我懂事以後，也問過父親這樣做值不值，忍一時之氣也就罷了，何必針鋒相對。」盛瑾笑道：「可是他說，他並非為了自己的臉面，而是怕忍這一時之氣，阿堯真的會以為自己的出生是個錯誤。老盛家從此只有兩個女兒，如果一定要有香火一說，那麼繼承香火的也必須是女兒。這是盛老頭的原話。」

清懿低頭抿了一口冷酒，醇厚的香味久久不散，火辣辣地順著喉嚨流進胃裡。她點點頭道：「他是個好父親。」

盛瑾晃了晃酒瓶，發現裡頭沒剩多少，索性仰頭灌了一口，等酒勁過去才笑道：「他是好父親，可我不是好女兒。」

「阿堯今年快十歲了，已經能看出我父母親的影子，她性子急躁跳脫，沒心眼，卻很善良。我這個人卻不同，我不像他們中的任何一個……」盛瑾眼底帶著漫不經心的冷淡。「其實晏徽揚和我是一類人，他需要我父親的兵馬，我需要未來皇后的尊位，既然彼此知道目的，那就各取所需做一筆買賣。」

清懿沒有說話，她攏了攏披風，望向天邊飄落的雪花，半是天晴、半落雪。

「何必呢？他雖貴為皇太孫，哪裡又有十拿九穩的把握登上九五之尊之位？以盛家如今權勢，妳有更順遂的選擇。」

盛瑾輕輕笑了一聲，手裡把玩著空了的酒瓶，眼底卻一片清明。「可我不大甘心啊……」

「不甘心，所以要掙個后位坐一坐，過一把癮？」清懿平靜的語氣帶著幾分揶揄。

「懿姐兒，別裝了，妳和我是一樣的人。」盛瑾好像放鬆了很多，語氣夾雜著淡淡的譏誚。「后位就一定尊貴嗎？不過是個最精美的鐐銬。我選擇戴這個金鐐銬，難道是為了做天底下最尊貴的囚徒嗎……」

她直視著清懿微勾唇角，後半截戛然而止，像在審視對方夠不夠資格聽她接下來的話。

良久，清懿也笑了，不閃不避地回以平淡的目光，然後豎起食指放在唇邊。「噓。囚徒越獄時，不可高聲語。」

盛瑾眼底笑意更深，這回的笑容真心許多。

不遠處，已經有侍從在揮手示意她回去，短暫的宴席即將結束，二人的碾花閒聊也要告一段落。

盛瑾瞥了一眼琉璃碗中的紅色汁液，知道清懿接下來有戲要唱，想了片刻，還是說道：「雖不知妳走的什麼路，但想必是殊途同歸。好歹算半個朋友，別怪我沒有提醒妳，妳壓過她風頭事小，可別牽扯到袁小侯爺身上去。

「有一樁事，知道的人極少。」盛瑾突然低聲道：「原本太孫妃屬意項家女，可項連伊不願意，一片癡心在袁兆，所以這樁婚事才落到我們盛家頭上。妳若是在袁兆身上做文章，她怕是會不擇手段對付妳。」

清懿沉默了片刻，才道：「多謝提醒，不過，想知道一個人的底牌厲害到什麼程度，當然要把她氣狠了才好。如果這一次的報復我能挺過去，今後也就無所畏懼。如果是現在我有了不測，一切還有人可以託付。如果是將來，牽連的人只會更多。」

盛瑾細細咀嚼她的話，半晌才起身，一揮袖子，揮了揮手道：「我明白了，置之死地而後生，妳自求多福吧。」

清懿莞爾，行了一禮。「妳也是，道阻且長，自求多福。」

盛瑾頷首，略微福身，算是回了禮，然後招來人收拾桌椅和器物，一扭頭的工夫，方才把酒當水喝的颯爽女子搖身一變，又是個儀態端方的貴女。

——未完，待續，請看文創風1278《攀龍不如當高枝》3

2024年7月出版

小公爺別慌張

文創風 1271~1273

明知是性命攸關之事，可自己卻漠然置之，
她一心只求安穩平靜的日子，不料卻釀成大禍，
不僅自己幾次三番陷入險境，
從小伴著自己長大的丫鬟也為了救她而死，
既如此，她決定不再逃避，要一一揪出幕後黑手！

我本無意入江南，奈何江南入我心／寄蠶月

穿成古代孤兒，竟連姓氏都無，只知名字叫允棠，母親留下不少遺產給她，
自己承了人家的身，卻沒有原身的記憶，哪還有心思去管什麼身世來歷？
本打算這輩子過好自個兒的小日子便好，偏偏有人不讓她順心如意，
隔壁開錢莊的勢利眼婦人帶著媒婆上門替家中兒子求娶她，
但這人根本侵門踏戶，說出來的話句句貶抑，她一時氣憤就懟了回去，
甚至，她還掰出亡母生前就幫她與魏國公的兒子訂了親的謊話威嚇對方！
小公爺這號人物她也是聽別家小娘子說的，據說家世驚人、相貌俊朗，
反正，天高皇帝遠的，那不認識的小公爺可不會跳出來自清，不怕不怕！
萬萬沒想到，剛上汴京要祭拜亡母的她就撞上一名男子，一碗湯水灑了對方一身，
由路人的驚呼中，她得知這位好看的受害者是個小公爺……不會這麼巧吧？
喔喔，原來這位是蕭小公爺啊，那沒事了，這「蕭」可是國姓呢，
先前她在揚州時，曾聽說書人提起過魏國公三次勤王救駕的故事，
所以說，她很確定魏國公家的小公爺是姓「沈」才對，
還好還好，有驚無險，只要不是她編排的那個未婚夫就行……
咦？不料這個蕭卿塵竟然就是魏國公的兒子，人稱小公爺是也?!

2024年6月出版

養娃好食光

文創風 1268～1270

「店家，兩碗荔枝楊梅飲，要放冰～～」
身懷絕妙廚藝的她就好這一口，
賣相鮮豔誘人，吃了更是甜上心頭！

日好家潤，福氣食足／三朵青

穿越到古代已經夠驚嚇，還沒名沒分當了景明侯世子程行彧的外室，
雲岫很想扶額，前世的學霸人生怎麼能栽在今生的戀愛腦上？
又聽聞程行彧要迎娶別的高門女子，她終於心碎夢醒，打包行李走人，
靠著好廚藝跟過目不忘的本事，走到哪吃到哪賺到哪，餓不死她的，
而且她不孤單，肚裡懷了程行彧的娃，以後母子倆就一起遊遍南越吧！
五年後，她跟閨密合開鏢局，做起日進斗金的物流生意，堪稱業界第一，
兒子阿圓更是眾人的心頭寶，成了天天蹭吃蹭喝的小吃貨一枚。
孰料平靜日子還沒過夠，一場遠行讓雲岫再遇苦尋她的程行彧，
原來當年他另娶是為辦案演的戲，情非得已，卻聽得她怒火噌噌噌往上漲——
這麼大的事，他竟自作主張瞞著她？說是為她好，實則插了她一身亂刀。
如此惹她傷心根本罪加一等，想當阿圓的爹，先拿出誠意讓她氣消再說！

2024年5月出版

算是劫也是緣

文創風 1261~1262

她這個大俗人是真的不明白，
卜卦神準的國師明明算過與她結親是命定大劫，
最終竟然還是同意皇帝的賜婚？
如果他不是窺得天機的非凡之人，
要麼就是下凡的時候腦子著了地……

縱使知悉天命，終也敵不過有情人／墨脫秘境

大婚之日，新郎官未能親迎，新娘只能與一隻大雁拜堂成親?!
身穿喜服的孟夷光縱有萬般無奈，也只能接受帝王亂點鴛鴦譜。
原以為深居簡出的國師是個又老又醜的，沒想到竟是性情如稚子的美少年，
偌大府邸就他一個主子和兩隨從，雖然上無公婆要伺候、下無妯娌需應對，
但是環顧四周，除了他倆的院落還堪用，其他則荒蕪得像是百廢待興，
更令人吃驚的是，這三個大男人還是妥妥的吃貨，不知柴米油鹽貴，
即使他上繳身家俸祿，她有娘家的十里紅妝陪嫁，也禁不起花銷如流水啊！
孟夷光驚覺結這門親根本是跳入火坑，想過佛系生活根本癡人説夢，
她只能當個俗人，平日看帳冊精打細算，找門路投資鋪面和海船以生財。
一向嫌棄錢為阿堵物的國師也被她賺銀子的熱情所感化，搗鼓起棋攤、書畫，
她正覺孺子可教也，怎料，一日他突地口吐鮮血，就此不省人事。
當初他算過自己有大劫避不過，難道是……她讓他動了凡心鑄成大錯？

別出心裁，與眾不同／雁中亭

2024年6月出版

廢柴么女勞碌命

荒唐恣意，是保住一條命的小心機；
兼容並蓄，是引領國家進步的真諦。
且看她融合古今科技，成為前無來者的女帝！

文創風 1263 1

身為一名頂尖外科醫師，卻在為患者動完馬拉松手術後猝死，
若要問這個悲慘的經歷帶給了趙瑾什麼教訓的話，
她會說：無論如何，「保住一條小命」最要緊。
正因如此，當趙瑾發現自己穿越成武朝的嫡長公主，
且可能被捲入皇儲之爭時，立刻偽裝成「學渣」，
怎麼荒唐就怎麼來，被當成混吃等死的廢柴也無所謂。

文創風 1264 2

趙瑾實在是想不通，選了一個出乎眾人意料的駙馬又怎麼了，
覬覦皇位的那個人，有必要在他們新婚三天就把她擄走，
甚至揚言要她替自己生下子嗣嗎？也太心急了。
不管怎樣，雖然火速平安獲救，她的信念卻更堅定了；
絕對不生孩子，說什麼都要遠離紛紛擾擾的朝堂。
於是乎，趙瑾拉著把她當女神的丈夫——侯府次子唐韞修，
結伴同去青樓競標花魁，大把大把銀兩往外撒……

文創風 1265 3

解決水災與瘟疫事件之後，趙瑾與唐韞修兩人「死性不改」，
堅定地過著你儂我儂、逍遙自在的享樂人生，
然而，意外到來的小生命卻引發波瀾，讓局勢變得更加複雜，
先是有人企圖用藥改變孩子性別，後有王爺帶兵謀反。
就在趙瑾接受自己即將落得「一屍兩命」的悲劇下場時，
她那平時一副紈袴子弟模樣的駙馬竟大顯神威，
率軍降服逆賊，無懈可擊地瀟灑了一回。

文創風 1266 4

儘管擺脫了通敵的嫌疑，趙瑾仍選擇帶著一家人離開京城，
只不過「天高皇帝遠」的生活終究有個盡頭，
一回到宮裡，她就悲劇地發現當年努力接生的皇姪竟有心疾，
偏偏皇帝哥哥還指名她代理朝政，然後自己閉關不見人？
這下趙瑾算是真切體驗到一國之主到底有多悲哀了，
她不但被剝奪了在一旁嗑瓜子看朝臣吵架的樂趣，
更差點遭堆積如山的奏摺淹死，簡直生無可戀。

文創風 1267 5 完

說起那幫認定只有男人擔得起重責大任的迂腐臣子，
趙瑾實在懶得理會他們，橫豎這個監國不是她想當的，
什麼蒙蔽聖上、謀害皇子、篡位奪權……愛怎麼說就怎麼說。
遺憾的是，利慾薰心者根本不管如今還在打仗，
傢伙一抄就上門逼宮，讓人想當作沒這回事都難，
既然如此，她乾脆來個一網打盡，順勢為朝廷大換血！

文創風
1277

攀龍不如當高枝 2

國家圖書館出版品預行編目資料

攀龍不如當高枝 / 小粽著. --
初版. -- 臺北市 ： 狗屋出版社有限公司, 2024.07
冊 ； 公分. --（文創風；1276-1279）
ISBN 978-986-509-540-6（第2冊：平裝）. --

857.7　　113007935

著作者　小粽
編輯　林俐君
校對　沈毓萍
發行所　狗屋出版社有限公司
地址　台北市104中山區龍江路71巷15號1樓
電話　02-2776-5889～0
發行字號　局版台業字845號
法律顧問　蕭雄淋律師
總經銷　知遠文化事業有限公司
電話　02-2664-8800
初版　2024年7月
國際書碼　ISBN-13　978-986-509-540-6

本著作物由北京晉江原創網絡科技有限公司授權出版

定價290元
狗屋劃撥帳號：19001626
網址：love.doghouse.com.tw　E-mail：love@doghouse.com.tw